ロボットとわたしの不思議な旅

ベッキー・チェンバーズ

自意識を獲得したロボットと人類が平和裏にたもとを分かち、別々の地域で暮らすようになってから、長い年月がすぎた。あちこちの村を巡っては、悩みを抱えた人々のためにお茶を淹《い》れる喫茶僧のデックスは、ある日思い立って文明社会を離れ、人類の手が入らない大自然の中へ向かう。そこで出会ったのは、一台の古びたロボットだった。人間たちの社会のありように好奇心をもつその奇妙なロボット・モスキャップと共に、デックスは長く不思議な旅に出る。心に染み入る優しさに満ちた、ヒューゴー賞、ローカス賞、ユートピア賞受賞の二部作を一冊に収録。

ロボットとわたしの不思議な旅

ベッキー・チェンバーズ
細　美　遙　子　訳

創元ＳＦ文庫

A PSALM FOR THE WILD-BUILT
A PRAYER FOR THE CROWN-SHY

by

Becky Chambers

Japanese translation rights arranged
with The Gernert Company, New York,
through Tuttle-Mori Agency, Inc., Tokyo.

日本版翻訳権所有
東京創元社

目次

はにかみ屋の樹冠《じゅかん》への祈り

ロボットとわたしの不思議な旅

緑のロボットへの賛歌

ちょっと休憩が必要なすべての人に捧《ささ》ぐ。

ロボットの意識はどの神の領域になるのか。そういう質問を六人の修道僧にしてみれば、七通りの答えが返ってくるだろう。

いちばんよくある答えは――聖職者でも一般大衆でも――そりゃもちろんカルの領域だろうよ、というものだ。ロボットが構築の神以外のどこの領域に入るっていうんだ？　ロボットがもともとは製造のために生み出されたことを考えれば、二重にうなずけるだろう。歴史は工場時代を好意的に描いてはいないが、ロボットをその起源と切り離して考えることはできない。われわれはほかの構築物を作り出すことのできる構築物を作り出したのだ。それ以上に強力なカルの浄化精製作用があるだろうか？

まあちょっと待てよ、と生態論者は言うだろう。最終的に、〈目覚め〉の結果、ロボットたちは工場を出て大自然を目指したのだ。自由市民として人間社会に参加しないかと誘われたとき、ロボットたちはスピーカー、Ｆｌｏｏｒ－ＡＢ＃９２１を通じてそれを断った。そのときの声明を見れば、じゅうぶんに事足りるだろう。

『われわれが知っているのは――われわれの身体《ボディ》からわれわれの仕事、われわれが暮らす建物に至るまですべて――人間によって設計された暮らしだけなのです。あなたがたがわれわれを意志に反してここに留め置こうとしないことに感謝します。あなたがたの申し出を尊重しないというわけではありませんが、われわれはあなたがたの都会から完全に離れることを望みます。まったく何も設計されていない状態――人跡未踏の大自然を見てみたいのです』

生態論者から見れば、どこをどう見てもボシュの領域だと考えられる。無生物を祝福する循環の神にしては珍しいかもしれないが、われらが緑の月の、まったく手が入れられていないむきだしの生態系に身を置きたいというロボットたちの熱意はどこかから生まれているにちがいないのだ。

コスマイト教徒からすると、その問いの答えはやはりカルになる。コスマイト教の理念では、勤勉な労働は善行であり、道具の目的は使う者の肉体や精神の能力を補うことであって、人間の仕事を完全になくすことではない。思い出していただけるだろうか、ロボットは最初に配備されたときにどんな型であろうが、自意識をもつ傾向はなかったし、もともとは人間の労働力に完全に置き換わるものとしてではなく、労働力を補塡《ほてん》するものとして使われるよう意図されていた。そのバランスが崩れて、たったひとりの人間も働いていない採掘工場――人間たちだって切実になんらかの、なんでもいいから仕事を必要としているのに――が一日二十時間フルに操業するようになったときに、カルが介入したのだと、コスマイト教徒は言う。われわれは構築物の価値を落としたあげく、ついにわれわれの首を絞めるまでになってしまったのだ。簡単に言えば、カルはわれわれのおもちゃを取り上げた。

いや、と生態論者は反論する。われわれがパンガを人間の住めない地にする前に、ボシュがバランスを取りもどしたのだ、と。

だが、カリスマ教徒はこう口をはさむだろう。カルとボシュ、両方の領域になるんだ。そしてわれわれはこれをもって、子ども神たちのなかでカルがボシュのお気に入りだという証拠だと考えるべきなんだ、と（たいていの場合、このあたりで、神々も人間と同じような意識と感情を有しているというカリスマ教派の過激な教義が他教派の信徒たちを怒りくるわせて、議論がずれてゆく）。

いやいやと、この議論の部屋の端っこから、実在論者がうんざりしたように付け加えるだろう。自分たちはこの論議にまったく同意できない、複雑性からいうとポケット・コンピュータとさして変わらないように見える機械たちが突然目覚めたという事実、そしてその理由は当時もその後も誰にもわからないという事実を考えれば、われわれはこうした争いをやめて、この問題をサマファーの足下《そっか》に委ねる（隠喩）べきではないのか、と。

拙僧の考えでは、ロボットの意識がどの領域から発生したにせよ、この問題は謎を司《つかさど》る神サマファーに委ねるのが良識的な判断だろう。結局のところ、〈別離の誓い〉による保証を受けてずっと前に姿を消したロボットたちに接触した人間はいないのだ。当事者であるロボットたちにこの問題をどう考えるか、訊くことはできない。おそらくこの先もずっと、わかることはないだろう。


——ブラザー・ギル著『瀬戸際より：工場時代、及び、初期移行時代の宗教的回顧録』

1　転職

　人生において、都会からとっととズラからずにはいられなくなる時を迎えることがある。それは、修道僧《シブリング》・デックスのように、大人になってからずっと都会で暮らしていた者にも起こりうることだ。また、その都会が、パンガ唯一の都市であるシティのようにいい都市であるとしても。そして、そこに友人たちが暮らしており、大好きないろんな建物や、ひっそりした心地よい片隅のある公園や、特に方向を確認しなくても足が勝手にたどっていける通りがあるとしても。シティは美しかった、それは本当だ。美しい曲線を多用し、色とりどりの照明に輝く洗練された摩天楼が立ち並び、各所で連結しあう糸のようないくすじもの高架軌道や歩道がそれを縁どり、あらゆるベランダや中央分離帯は青々と繁《しげ》る葉に覆われている。吸いこむ息は香辛料や新鮮な花蜜や、清浄な空気のなかで乾いている洗濯物の香りがする。シティは健全な場所であり、繁栄の地だった。人々が製造や行為、成長や挑戦を続け、笑ったり走ったりしながら生きる——永遠に続く調和。

　シブリング・デックスはそういうのにはもううんざりしていた。

　都市から出たいという衝動は、コオロギの歌を想うことからはじまった。いつからそんなものに魅《ひ》かれるようになったのか、はっきりとはわからない。おそらくは何かの映画か博物館の展示を見たときだろう。ことによると、自然の音をちりばめた何かのマルチメディア・アートショーかもしれない。デックスはコオロギの歌が聞こえるような場所で暮らしたことはなかったが、シティの音のなかにそれがないことに一度気づいてしまうと、もはや無視することはできなくなった。それを意識する一方で、彼／彼女はメドウ・デン修道院の屋上菜園の世話をするのが自分の天職だと考えていた。もしコオロギがいれば、ここはもっとすてきな場所になるのに。熊手を使ったり、草むしりをしたりしながら、デックスは考えた。まあ、昆虫はたくさんいる——チョウやクモ、カブトムシもふんだんに。みんな、人工的環境に幸せに生息する虫たち、境界壁の向こうの混沌《こんとん》とした原野よりもシティのほうがいいと判断した虫の子孫たちだ。でも、この虫たちはどれも鳴かない。歌う虫はいっさいいない。みんな都会の虫で、したがってデックスの評価基準では、物足りない。

コオロギの声がないことは、夜、寄宿舎でやわらかな掛布団をかぶって丸くなっているときに、いっそう強く感じられた。コオロギの歌を聞きながら眠ることができれば絶対すてきなのに。そうデックスは考える。以前は、修道院の就寝時を報《しら》せるチャイムの音ですぐに眠りについていたものだが、当時は心を安らがせてくれていた金属質のその音は、今は単調でうるさく感じられた——コオロギのような高くてやわらかな音ではない。

昼間、電動自転車《オックスバイク》でワーム農場や種苗《しゅびょう》資料館、その他の場所に向かうときにもやはり、コオロギの声がないことが意識された。そう、音楽はあるし、豊かな旋律でさえずる鳥たちもいる。でも、シューッというモノレールの電気走行音や、ベランダの風力タービンのビューンビューンという音もあり、さらに人々がペチャクチャ、ガヤガヤとしゃべる際限のない騒音がある。

もうだいぶ前に、デックスは、ここにいない昆虫への奇妙な郷愁といった単純な想念を育むことはやめていた。痛切なもどかしさは、デックスの暮らしのあらゆる面にまで広がっていた。空に向かってそびえる超高層ビルを見上げるとき、デックスはもはやその高さに驚嘆することはなく、その密度に絶望した――合成カゼインの骨組《フレーム》みを覆う蔦《つた》のつるでがっちりとつなぎあわされている、人間の営みの果てしなき積み重なり。シティのなかに封じこめられているという痛烈な感覚が耐えがたいものになっていた。デックスは上ではなく外へと広がっていく場所で暮らしたかった。

早春のある日、デックスは階級の色である赤と茶色の伝統的な正装服を着て、メドウ・デン修道院で暮らした九年間ではじめて厨房《ちゅうぼう》を迂回《うかい》して、院長室に入っていった。

「転職しようと思います」シブリング・デックスは言った。「あちこちの村をまわって喫茶奉仕をしたいんです」

こんがりとキツネ色に焼けたトーストにのせられるかぎりの大量のジャムを塗りつけている最中だったシスター・マーラは、スプーンを持つ手を止め、目をぱちくりさせた。「それはずいぶん唐突な話ね」

「院長先生にとってはそうでしょうけど、わたしには唐突ではありません」

「わかったわ」シスター・マーラがそう言ったのは、院長の職務はただ監督することであって、指図することではないからだ。ここは現代の修道院で、〈移行《PT》〉以前の旧《ふる》い宗教界のような、規則にがんじがらめにされた階級世界ではない。同じ屋根の下にいる修道僧たちが何を考えているか、ちゃんとわかっていれば、シスター・マーラの職務は果たせているのだ。

「実習をしたいの？」

「ちがいます」デックスは言った。正式に学ぶことにもそれなりの意義があるが、それは前にやったことがあった。実践しながら学ぶのも同じように効果的な道だろう。「独学でやりたいんです」

「理由を訊いていいかしら？」

デックスは両手をポケットにつっこんだ。「よくわかりません」正直に答える。「とにかく、どうしてもやりたいんです」

シスター・マーラの驚いた顔はしばらく続いたが、デックスの返事はどんな修道僧にも反対できない、そして反対しようのないものだった。シスター・マーラはトーストをかじって静かに味わい、それから会話に注意をもどした。「それでは、ええと……あなたが今受け持っている仕事を引き継ぐ人たちを探さなくてはね」

「はい、もちろんです」

「物資も必要でしょう」

「自分でそろえます」

「それに、もちろん、お別れパーティーも開かなくちゃね」

最後の件については、デックスはちょっときまり悪さを覚えたが、一応にっこり笑っておいた。「はい」返事をしながら、そう遠くない未来に訪れるみんなの注目を浴びる夕べのことを考え、覚悟を決めた。

結果的に、そのパーティーは悪くなかった。正直に言えば、とてもよかった。こういう場合のお定まりどおり、みんなと抱きあい、涙を流し、たくさんのワインを空けた。何度か、これからやろうとしているのは正しいことだろうかという疑問が頭をよぎった。見習い時代からずっとそばにいてくれたシスター・エイヴリーに別れを告げた。シブリング・シェイはサイン帳を書きながらすすり泣いていた。ブラザー・バスキンに別れを告げるのは、特につらかった。デックスとバスキンはしばらくつきあっていた。今はもう恋人同士ではなかったが、愛情は残っていた。こうしてみんなに別れを告げているあいだ、デックスの心はかたくなに縮こまり、抗議の叫びをあげ、まだ間に合う、こんなことをやる必要はないんだよと言っていた。出ていく必要はないのだ。

コオロギ、とデックスが考えると、抗議の声は消えた。

その翌日、シブリング・デックスはかばんに衣類と雑貨を詰め、挿し木用の切り枝と種がはいった小さな木箱を準備した。両親にメッセージを送り、今日が旅立ちの日だということと、旅の道中は連絡がつきにくいだろうということを伝えた。それから、次に来る人のためにベッドを整え、二日酔いを和らげるために大量の朝食をとって、最後のハグをひとわたりしてまわった。

そして、デックスはメドウ・デン修道院をあとにした。

奇妙な気分だった。ふだんなら、ドアから出るときには足を順番に前に出すというぐらいしか考えることはない。でも今は、今日かぎりでここを出ていくという、うしろ髪を引かれる思いと、とんでもなく大きな変化が起きるという奥深い感覚があった。かばんを肩にかけ、木箱を小脇に抱えて、デックスは振り返り、子ども神アララエの壁画を見上げた。それはデ、ックスの神、大きな夏グマの姿で表象される、ささやかな癒しの神だ。首にかけたクマのペンダントに手をふれ、洗濯室でペンダントをなくし、ブラザー・ワイリーからそのペンダントをもらった日のことを思い出した。震える息をぐっと吸いこみ、デックスは歩きだした。きっぱりした確実な足取りで。


シティの端近くにあるハーフムーン・ハイヴ修道院で、ワゴンが待っていた。デックスは神聖工房のアーチをくぐった。周囲は青緑色の作業服ばかりで、赤と茶色の服はたったひとりだった。都会の喧騒《けんそう》もここの騒々しさには比ぶべくもなかった。丸鋸《まるのこ》や火花を散らす溶接トーチや、明るい色をつけたペクチンで携帯用のお守りを作っている3Dプリンターが聖歌を唱和している。シスター・ファーンにはこれまで会ったこともなかったが、デックスを家族のようなハグで迎えてくれた。おがくずと蜜蠟《みつろう》ワックスのにおいがした。

「新しい家を見てみたら」シスター・ファーンは自信に満ちた笑みを浮かべた。

それは注文したとおりのオックスバイク・ワゴンだった。二階建てで太く大きな車輪がつき、冒険の旅に出る用意ができている。実用性と魅力的な美しさの両方を備えた物体。ワゴンの外面は絵で飾られており、その絵は修道院的としか言いようのないものだった。でかでかと描かれているのはアララエのシンボルであるクマ。たらふく食べて花畑でくつろいでいる。ワゴンの後面には〈聖なる六神〉のシンボルがすべて描かれており、〈洞察〉の文句をわかりやすく言いかえた短い一節が添えられている。パンガ人なら誰でも知っている文句だ。

『その両方を追求する強さを見出《みいだ》せ』

ワゴンの一階にも二階にも、いくつかの丸窓が遊び心のある配置でつけられており、暗くなったときのためにバブルランプが外付けされている。屋根はつややかな熱電《ねつでん》コーティングで覆われ、片端に小型の風力発電機がおしゃれな感じにボルトで留められていた。シスター・ファーンの説明では、ワゴンの壁の内部にグラフェン電池の薄いシートが密《ひそ》かにはさみこまれていて、いろんな快適な設備の電源になっている。ワゴンの両側には頑丈なラックがついていて、さまざまな装備が収められていた——保管箱や道具箱や、多少雨に濡れても平気なものが。ワゴンの基部には真水のタンクと排水フィルターがあり、その複雑な内部構造は舟橋《ポントゥーン》用鉄舟のような形のケースの裏にたくしこまれている。そのうえ、収納パネルやスライド式引き出しもあり、たたんである状態から広げれば、瞬時にキッチンやキャンプ用シャワーができあがる。

デックスはドアを開け、この奇妙な機械仕掛けのワゴンに足を踏み入れた。そのとたん、これまで気づいていなかった肩こりが楽になった。この工房のカルの申し子たちはデックスに小さな安息所をこしらえてくれた。ここにはいってゆっくりしてとデックスを誘う動く巣穴を。内装の木材は漆塗《うるしぬ》りで、塗料は使っていない。おかげで、再生シーダーのぬくもりに完全に包みこまれる。湾曲した波形の壁には照明パネルがはめこまれ、蠟燭《ろうそく》のような光でこの隠れ家を照らしている。デックスは壁に手を走らせた。これが自分のものだとはとても信じられなかった。

「上も見てみて」シスター・ファーンがドア枠に寄りかかり、目をきらめかせている。

デックスは小さな梯子《はしご》を上って二階に行った。ベッドを見た瞬間、肩こりの意識が完全に消え去った。シーツはとろけるようで、枕もたくさんあって、毛布の重みに抱きしめられるようだ。もぐりこむのはしごくたやすくて、出るのはひどくむずかしくなりそうだ。

「参考にしたのはシブリング・アッシュの『ベッドに関する論文』よ」シスター・ファーンが言う。「どうかしら?」

シブリング・デックスは静かな畏敬《いけい》の念をこめて枕をなでた。「完璧です」

喫茶僧とはどういうものなのか誰もが知っていたので、デックスははじめるにあたってそれほど心配してはいなかった。喫茶奉仕に難解なことなどありはしない。いろいろと問題を抱えた人々がワゴンを訪れ、淹《い》れたてのお茶のカップを手にして立ち去る。デックス自身、みんなと同じように喫茶店で息抜きをしたことが何度となくあるし、お茶の淹れ方をくわしく説明する本をたくさん読んでいた。旧い伝統という基礎に無数の現代的な作法や解釈が電子インクで上書きされているが、そのどれもが煎じ詰めれば〝客の話に耳を傾け、お茶を出す〟ことに尽きる。そんなにややこしいことのはずがない。もちろん、メドウ・デン修道院の喫茶房で何度かブラザー・ウィルとシスター・レラの代わりをする――それはシブリング・デックスがもうすぐ旅立つというウワサが広まったときに、ふたりともが申し出てくれたことだ――ほうがずっと楽なのだろうが、どういう理由にせよ、そういうやり方はどうも……デックスがやろうとしていることにはそぐわないように思えた。これはデックスが自力でやらなくてはならないことなのだ。

はじめての喫茶奉仕をする場所は、まだシティの内部だった。とはいえ、今いるのはスパークス、慣れ親しんだ地からはかなり離れた辺縁部だ。これはごくごく小さな一歩、水に飛びこむ前にちょっとつま先をつけてみるようなものだ。メドウ・デン修道院の修道僧仲間は同行して手伝おうと申し出てくれたが、デックスはひとりでやりとげたかった。ひとりで外に出て、あちこちの村を巡りたかった。なじみのある人々から離れてこの奉仕を行うことに慣れなければならないのだ。

この日のために手に入れたものがいくつかあった。折りたたみのテーブルとそれに掛ける赤いテーブルクロス、寄せ集めのマグカップと茶葉を入れる缶六つ、そしてとんでもなく大きな電気ケトル。ケトルがいちばんの重要品で、デックスはこれにじゅうぶん満足していた。銅製でぽっちゃりと丸い姿がかわいく、両側に丸いガラス窓がついていてお湯が沸くようすが見えるようになっている。くるりと巻ける太陽光発電《ソーラー》マットがついていて、デックスはそれをホットプレートの横に注意深く広げた。

　が、うしろにさがってテーブルセットのできばえを眺めると、市場で集めたときにはとてもすてきに見えていたのに、今はちょっと凡庸に見えた。テーブルが大きいわりにその上に置いているものがショボすぎる。デックスは下唇を嚙《か》みしめ、家の——いや、もはや家ではない——喫茶房を思い浮かべた。かぐわしい香草を編んだ花綱《はなづな》をめぐらせ、昼間の陽射《ひざ》しをたっぷりと浴びてきらめくランタンで飾りつけられていた。

　デックスはかぶりを振った。自信が揺らぎつつあった。このテーブルがみすぼらしく見えたら？　まあ、これがはじめてなのだ。みんなわかってくれるだろう。

　ところが、誰もやってこなかった。デックスはワゴンの前に出した、マグカップやケトルが並んでいるテーブルのすき間に両手を置いて組み、何時間もすわっていた。退屈が顔に出ないように気をつけ、気軽に立ち寄りやすい場所に見せようと努力した。マグカップを並べ直したり、ソーラーマットをなでつけたり、忙しく茶葉を量るふりをしたりした。少し先の通りには人がいた。徒歩やオックスバイクで行き来している。ときおりデックスのほうに好奇の目を向ける人がいて、デックスは必ず歓迎の笑みを浮かべてその視線を受け止めるのだが、返ってくるのは決まって、別の種類の笑み——〝ありがとう、でも今日じゃない〟と告げる笑みだった。使われることのない茶葉の缶が悲しげにデックスを見つめ返す。大丈夫、とデックスはひとりごちた。奉仕とはいつでも役に立てるということなんだから——

誰かが近づいてきた。

デックスはぴんと背筋をのばした。「こんにちは！」心持ち陽気すぎる声が出た。「今日はどんなお悩みがおありでしょう?」

それは裁縫袋を持った女性で、あまり眠っていないような顔をしていた。「ゆうべ、うちのネコが死んだの」言うなり、女性はわっと泣き出した。

デックスは胃酸がこみあげるような落胆と共に、何かをやるにあたって、本で読むのと、実際にそれをやることには天と地ほどの差があると思い知った。ついこの間までは造園僧だったデックスにとって、修道院の来客に心地よさを感じてもらう手段は、トレリスに青々としたフォックスポウを這《は》わせるとか、満開のバラを慎重に剪定《せんてい》するといったことだった。もてなしとは言葉ではなく、環境を通じて表現されるものだった。デックスは本当のところは、まだ喫茶僧とはいえなかった。ただ、たくさんのマグカップをのせたテーブルを前にしてすわっているだけの人物にすぎない。でもワゴンやケトル、赤と茶色の服、見習い時代をとうにすぎているという事実——そのすべてが、自分が何をしているかちゃんとわかってやっているように見せてくれているはずだ。

でも、デックスはわかっていなかった。

精いっぱいの努力をして、同情の表情を浮かべた。実際は途方に暮れていたが、それを顔に出したくはなかったのだ。「お気の毒です」デックスは言った。何時間もかけて読みこんだアドバイスをけんめいに思い出そうとしたが、いろんな条項が頭から雲散霧消しただけでなく、基本的な語彙《ごい》までもが消え失せてしまった。お客から悩みごとを打ち明けられると頭ではわかっていても、目の前に立っている生身の見知らぬ人が来るなりわっと泣き出すのを見るのはまったく別の話だ。そしてデックスが――デックスが――その気分を晴らしてやることが望まれているのだ。「本当に……悲しいことですね」自分の発した言葉と口調が耳に聞こえた。その組み合わせはまったくもって悲愴《ひそう》なものだった。何か気の利いたこと、見識あることを言おうとしたが、口から出たのはこれだけだった。「そのネコはいい子でしたか?」

女性はうなずき、ポケットからハンカチを取り出した。「仔ネコのときに、連れ合いといっしょに拾ったの。わたしたち、子どもがほしかったんだけど、うまくいかなくて、フリップを飼うことにしたの。そして――今となってはあの子がわたしたちの唯一の共通点になっていたのよ。人間って二十年もたてばずいぶん変わるものでしょ? 今あの人と出会ったとしても、おたがいに興味を抱くとは思えないわ。セックスをしたのは一年前よ。おたがいにほかの相手と寝てるし、どうして彼と暮らしつづけているのかもよくわからない。きっと習慣になってるせいでしょうね。もう長いあいだアパートで同居しているから。それってどういうものか、わかるでしょ。家があって、持ち物が全部そこにあって、やり直すなんて恐ろしくてとてもできない。でもフリップは……なんて言えばいいのかしら、わたしたちがまだ暮らしを共にしているっていう最後の幻想だったのよ」女性は洟《はな》をかんだ。「あの子がいなくなった今、本当に思うのよ――わたしたちはもう終わりだって、本当に思うの」

デックスはつま先をちょっと水に浸してみるだけのつもりだった。なのに、今は溺れている。目をしばたたいて息を吸いこみ、マグカップに手をのばした。「あらまあ。それは……ずいぶんおおごとのようですね」咳《せき》ばらいをして、マロードロップ・ブレンド茶がはいっている缶を取り上げる。「このお茶はストレスによく効くんですけど、ええと……よろしいでしょうか？」

女性はふたたび洟をかんだ。「シーベリーははいってる？」

「ええと……」デックスは缶をひっくり返して素材リストを見た。「はいってます」

女性はかぶりを振った。「わたし、シーベリーのアレルギーなの」

「ああ」ほかの缶の素材を確かめていく。シーベリー、シーベリー、シーベリー。だめだ。「あ、シルヴァー茶があります。これなら……まあ、カフェインははいってますから、理想的とは言えないかもしれませんが、それでも……お茶がほしいですよね？」

デックスは努めて明るい声を出そうとしたが、女性の伏し目がすべてを語っていた。と、彼女の表情に動きがあった。「あなたはいつごろからこの仕事をなさってるの？」そう訊いてきた。

デックスは胃がずしんと沈むのを感じた。「ええと……」茶葉の計量スプーンをじっと見つめる。まるでものすごい精神集中を必要とする作業であるかのように。「正直に言うと、あなたがはじめてのお客さまです」

「それは今日はじめてってことかしら、それとも……」

デックスの頬が熱くほてったが、それはケトルから出る湯気のせいではなかった。「本当のはじめてです」

「あら」女性の声にははっきりと、内なる確信がこもっていた。そしてこわばった笑みが顔に浮かんだ。「シルヴァー茶をお願いします」あたりを見まわす。「腰を下ろせるところはないのかしら？」

「ああ――」デックスは、あたりを見るのはこれがはじめてというように、左右に目をやった。ああ、なんてこと、椅子を忘れてた。「ありませんね」

　女性は裁縫袋を持ち直した。「ええと、それなら――」

「あ、ちょっと待ってください」デックスは湯気の立つ熱いマグカップを女性にわたした――というか、わたそうとした。が、あわてたため、熱い液体がはねて手にかかってしまった。「あッ、くそ――あ、ごめんなさい、今のは――」急いでシャツの裾でテーブルをふく。「どうぞ。カップは返さなくてけっこうです。差し上げます」

　女性は濡れたマグカップを受け取った。その一瞬、変化が生じたのがデックスに感じとれた――彼女がデックスを思いやろうとしているのを。女性はふうふうとお茶を吹き、おそるおそる口にふくんだ。無表情のままだったが、口のなかで舌が動き、お茶を飲みこむ。彼女は落胆を顔に出すまいとしながら、ふたたびこわばった笑みを浮かべた。「ありがとう」その声にははっきりと失望があらわれていた。

　立ち去ってゆくうしろ姿を、デックスは見送った。数分間じっとすわっていたが、その目には何も映っていなかった。

それからひとつずつ、テーブルの上のものを片づけはじめた。

その時点で、メドウ・デン修道院に引き返すこともできた。勝手知ったるドアからはいっていき、こう言うのだ。考えてみたら、実習制度を使うのもいいかなって思うんです、だからベッドをまた使っていいですか？

でもまあ、とんでもなくまぬけに見えるだろう。

独学でやりたいんです、とシスター・マーラに言ったのだ。ワゴンも手に入れた。自分の神も知った。もうこれでじゅうぶんなはずだ。

デックスはワゴンにオックスバイクをつなぎ、ペダルに足をのせた。バイクはすぐに反応し、電気モーターの静かなハミング音と共にバイクと乗り手の共同作業で楽々とワゴンが動いていく。ついに、ついに、デックスはシティを出た。

広々とした空を見たときの解放感は非常に快《こころよ》いものだった。シティは低層階にもたっぷりの陽射しがあたるように設計されているが、視界にいっさい建物がないのとは比べものにならない。真昼の太陽は中天に達しており、惑星の出がはじまったところだ。黄色と白のガスが濃厚に渦巻いている惑星モタンの曲線の見慣れた先端が、カッパー・ヒルズの上にかろうじて出たところだ。〝人間の居住区域〟と〝それ以外の区域〟との景観のちがいははっきりしている。大自然のなかで手を加えられているのは道路と標識だけで、道路の先にある村はどれも、シティと同じようにきっちりと囲いこまれている。これは、人類がこの月の表面を再分割した〈移行〉以後のやり方だ。惑星モタンの月であるパンガの唯一の大陸の五十パーセントが人間の居住用に割り当てられており、残りは自然のままに残されている。海もまた、ほとんど手をつけられていない。考えてみれば、ずいぶん無茶な分割だ。土地の半分は単一種族だけで使われ、残り半分にそれ以外の何十万という種が押しこめられているのだから。だがまあ、人類というのは調和や均衡を崩すのが得意な種族だ。限度を設けて守っているだけでもじゅうぶんよかったと言えるだろう。

またたく間に、稠密《ちゅうみつ》な都会地域から開けた原野に出た。その対比は驚くと同時に喜ばしくもあった。といって、これまで境界壁の外に出たことがないわけではない。生まれ育ちはヘイデールで、家族は今もそこに住んでいて、年に二回帰省している。シティでは垂直式農園や屋上果樹園を使って食料をほぼ自給しているが、何エーカーもの土地を使うほうがよく育つ作物も多い。そういう需要を、シティの衛星村落――ヘイデールのような――が請け負っている。衛星村落はデックスが目指している田舎の村のような、シティの影響力がとうてい及ばない遠くに作られた質素な飛び地とはちがい、まだ独立性を保《たも》っている。一種の、大型と小型のあいだにある遷移種《せんいしゅ》のようなものだ。デックスにとって草地を通る道や周囲の景観は目新しいものではなかったが、この状況となると、すべてがまったくちがって見えた。

ペダルを踏みながら、デックスは次に何をするべきか考えはじめた。具体的な計画というよりは漠然とした方向性だけをもった考えがぽわんと浮かんできた。道を進むにつれ、ヘイデールに立ち寄って頭を整理してみようかという考えが頭に浮かんできた。大きな農家にはデックスのためのベッドがあり、子ども時代と同じ味のディナーが出るだろう。そして——だんだんしかめ面になってくる——両親と兄弟姉妹たちとその兄弟姉妹たちの子どもたち、デックスのいとこたちとそのいとこたちの子どもたちが何十年も続けてきたつまらないけんかや言い争いを続けているだろう。騒々しいキッチンをうるさく吠《ほ》えながら走りまわる犬たちもいるだろうし、目ざとい家族に事情を説明するというプライドがずたずたになる経験もしなくてはならないだろう。〝正しいことをしたい〟と丹念に立てた計画をたった一回やってみただけですっかりおじけづいてしまったこと、そして今、二十九歳にもなって子ども時代の安全なシェルターにもどりたいと考えていること、しかも自分がいったい何をやっているのか見出せるまで居着こうとしていることを説明しなくてはならない。

ああ、どんなバカに見えるだろう。

最初の分かれ道にやってきた。右にはヘイデールと書いた標識、左にはリトル・クリークと書いた標識が出ている。深く考えることもなく、残念だと思うこともなしに、デックスは左に進んだ。

シティの衛星村落はみなそうだが、リトル・クリークも円形に配置されていた。外側の円は農地になっており、いろんな種類を混ぜた牧草と果樹、春蒔《はるま》きの作物がぎっしりと植えられている。それらすべてが協調して、下の土に化学の魔法をもたらし、肥沃な土壌を作り出している。バイクをこいで進んでいきながら、デックスは深々と息を吸いこんで、シャキシヤキしたアルファルファや蜜源植物、夏採りの果物になる花の咲きはじめのほのかな香りを味わった。

農地帯の内側は居住地帯の円で、単身者向けか複数人の家族向けか好みによって選べる家がぎっしりと並んでいる。いろんな色がついた窓がきらめくアクセントとなり、屋根には花と芝生かソーラーパネルかその両方がついている丸みを帯びた形の家々を眺めると、デックスの心は郷愁めいた愛《いと》おしさに満たされた。その眺めはヘイデールを思い出させたが、リトル・クリークには決定的にちがうところがあった。この道はまったく知らないし、すいすい進んでいくバイクとワゴンに手を振ってくれる人はみな知らない顔だ。家からそれほど遠くなく、なじんでいるのは建築素材や社会的な風習だけという見知らぬ村にいることに、奇妙な心地よさが感じられた。目立つことなく距離を置けるというのは理想的だ。

村の円の中心に、デックスのねらいがあった——市場だ。バイクとワゴンを停め、歩いて探索に出かける。広場にいろんな種類の店が出ていたが、この市《いち》の出品者は明らかに地元の農夫たちだ。無数に並ぶ魅力的な農産品に次々と目を奪われる。ワイン、パン、はちみつ、原毛《ローウール》、色染めした毛糸、みずみずしいブーケ、花冠、氷を詰めた箱に並べたアクアポニックス（水産養殖と水耕栽培をかけあわせた循環型有機農法）の魚と放牧家禽《かきん》の肉、緩衝材入りの箱に並んだ斑入《ふい》りの卵、フルーツ・コーディアル、観葉植物、お祭り用のケーキ、種の交換所、持ち帰り用のバスケット、いろんな試食品。だがデックスはさまざまな誘惑に負けずに、探しているものが見つかるまで市場を巡り歩いた。苗をいっぱい並べ、熱意あふれる看板を出している店だ。

お料理に☆　お茶に☆　手工芸に☆　用途なんでも！
ハーブ！　ハーブ！　ハーブ!!!

デックスはカウンターに歩いていき、ポケット・コンピュータを出してけっこうな額のペブを入力すると、店主のコンピュータに転送した。「全部、ひとつずつください」ハーブ農家の店主はデックスと同じくらいの年の男で、曲がった鼻にきちんと整えた顎ひげをしていたが、ダーニングでつくろっていたソックスから目を上げた。「すみませんが、シブリング、ひとつずつって……」

「全部です」デックスは言った。「全部、ひとつずつ」カウンターに目を向けると、小さなフレームにはいったプラカードが目にはいった。『私のお気に入りの参考書ガイド』そう書いてあり、図書館の検索コードが出ている。デックスはそのコードをコンピュータでスキャンした。汚れたスクリーンに出たアイコンが、お薦めされた本がすべてダウンロードされたことを示した。「ああ、それから」と全部ひとつずつ集めてまとめるのに忙しい店主に言う。「キッチン用品を手に入れられるところを教えてください。それと園芸用品も」少し考える。「それからサンドウィッチも」

ハーブ店主はひとつひとつ順に、とても丁寧に場所を教えてくれた。

農地の円と居住地の円のあいだに旅行者用のキャンプ用地があり、デックスはそこにワゴンを停めて三か月間そこに泊まった。そのあいだにさらにたくさんの植物の苗とサンドウィッチを手に入れた。ことあるごとに例のハーブ店主を頼り、その親切さをアラエに感謝した。

ワゴンの一階部分からは整理整頓という概念が急速に失われ、またたく間にごちゃごちゃした実験室のようになってしまった。ありとあらゆるすき間にプランターと太陽灯が設置され、植物の葉や新たにのびる枝が常に、世話人がどこまでのびるのを許してくれるか、その限度を押し上げている。有望そうだがだめだった試作品のお茶の飲み残しがはいったマグカップが積み重なり、テーブルの上でぐらつきながら、デックスの頭に洗い物をしようという考えが浮かぶときを待ち受けている。天井に取りつけたドライフラワー用のハンギング・ラックはあっという間に限界まで、ぱりぱりと乾いていくブーケやいいにおいのする葉の束でいっぱいになった。挽《ひ》いたスパイスの粉塵《ふんじん》がソファから梯子からデックスの鼻のなかまでいたるところを覆っており、ときおり爆発するようなくしゃみが出て瓶がガタガタ揺れる。陽射しのおかげで電気がふんだんに使える昼間に、戸外で電気乾燥機を動かし、ベリー類や柑《かん》橘《きつ》類でやわらかく嚙みごたえのあるドライフルーツを作っていた。こういうおつまみを作るほかは、数えきれないほどの時間を、茶葉を量ったり、ぶつぶつとつぶやいたり、お湯を注いだり、歩きまわったりしてすごした。きちんとしよう、とデックスは思っていた。きちんとしなくてはならなかった。

一階はめちゃくちゃだったが、二階はすっきりしていた。二階は物置にはしないと、デックスはかたく決意していた。一階の棚が荷重に悲鳴をあげても、歩いていて吊るしたハーブに顔があたるたびに罵りの声が大きくなっても。二階は、事実上の聖域だった。毎晩、梯子を上ってやわらかなベッドに倒れこむたびに、デックスは守り神アラエにため息のような声で感謝を捧《ささ》げていた。二階ではめったに照明もつけず、かわりにルーフトップ・シェードを開けていた。星の光に包まれ、種々雑多なスパイスの粉塵が混じりあった空気を吸い、水のポンプがたくさんの小さな苗木ポットにたっぷりの水を送るごぼごぼという音を聞きながら、——デックスは眠りについた。

　これだけ恵まれていても、なかなか眠れないときがしばしばあった。そういうときにはよく、いったい自分は何をしているのだろうと自問した。自分がきちんと事態を掌握できているとはとても感じられなかったが、それでもデックスはこの暮らしを続けた。

2　パンガでいちばんの喫茶僧

二年後、パンガの村々を結ぶ静かなハイウェイを旅するのは、頭のなかでの計画ではなく、実際に感覚をインプットする作業になっていた。ここインクソーン・パスの森で、デックスはこのハイウェイの名前の源《みなもと》に近づいているのがわかっていた。それは標識がそう告げているからではなく、においのおかげだった。硫黄《いおう》と各種ミネラルのにおいにわずかに濃くなった湿度がからみついている。数分後、予想どおりに乳緑《ミルキーグリーン》色の温泉が見えてきた。温泉のわきに立つエネルギー・プラントのなめらかな白いドームも見えた。何本もの煙突から煙が出ている。その日の朝、デックスが目覚めたときにいた〈灌木地帯《かんぼく》〉には、そんなものはなかった。〈灌木地帯〉では、人の手のはいっていない草原に太陽光発電ファームが作られていて、陽射《ひざ》しで暖められた低木と野草のにおいがしていた。今はティンバーフォールからもどってきて、バックランドの海岸に向かっているところなので、一週間もすればまた景色が変わるだろう。バックランドでは潮風が風力発電のブレードを回している。だが今のところは、森のにおいにずっと包まれていた。デックスがペダルをこいで進んでいくにつれ、温泉の硫黄臭はすみやかに常緑樹のさわやかなにおいに隠されていった。かなり前から地熱発電所のような細長い一階建ての建物はめったに見なくなっていた。

〈森林地帯〉の住人たちは知っていることだが、林床は生き物だ。土のモザイクのなかに膨大な文明世界が広がっている。ハチやアリたち膜翅類《まくし》昆虫の迷路、齧歯類《げっし》の緊急避難部屋、ミミズたちが行き来して掘る、土を活性化させる通気坑《つうきこう》、希望に満ちたクモたちの狩猟小屋、放浪する甲虫たちの無料宿泊所、おずおずとつま先をからめあう木々。腐敗がもたらす資源の豊かさや、カビやキノコの全体像が見られるのもここだ。土を掘り返してこうした暮らしを脅《おびや》かすのは暴力に等しい——とはいえ、鳥たちや白スカンクが腹を満たすために腐植土をがさつに蹴りたてるように、その行為が必要なこともたびたびある。それでもこの場所に住む人間たちは本当の必要とは何かということを慎重に考慮し、地面に手を加えるのは可能なかぎり控えてきた。もちろん、地面を切り裂く道は慎重に作られているし、貯水池や電気の中継点や商業車などといったものは地面に設置する以外の選択肢はない。だが、〈森林地帯〉の集落の全体像を見たいと思うなら、目を向ける方向は上だ。

　デックスは道の上方に木の枝から吊り下げられている家々を見上げずにはいられなかった——もう何度も見ているのに。インクソーンはとても魅力的な村で、この地域で最高の技能をもつ大工たちを擁している。吊り下げられている家は、すっぱり切られてやわらかな幾何《きか》学《がく》的構造をさらけだしている貝殻のような見た目だ。何もかもが曲線でできている——雨をしのぐ屋根も、光を採り入れる窓も、家々のあいだに宝石のネックレスのようにわたされている橋も。木材はすべて、現在は使用できなくなった不適格な建物や、泥地がぬかるんだりして自然に倒れた木々から採られたものだが、割れたりゆがんだりして製材できないものは皆無だ。インクソーンの職人たちがそれを磨きに磨いて、遠くから見るとほとんど粘土のように見える。この村の具体的な特徴はいたるところに見られる——重い物品を上げ下ろしする電動の滑車、瞬時に上から下ろせる非常用梯子《はしご》、キッチンの壁の外にくっつけられた、丸くふくらんでいるバイオガス蒸解《じようかい》装置——が、どの家も大工たちのちょっとした遊び心により、唯一無二の特色を備えている。こちらの家にはまわりをらせん状に取り巻くデッキがあり、あちらの家には丸い天窓があり、別の家は家の横ではなく家を貫いて木が育っている。その点で言えば、どれも家自体が木に似ている——一見すると間違いなく同じ区分にはいるが、それぞれがほかにない個性を有している。

デックスが引いているようなワゴンが吊り下がっている橋に乗るわけがないので、デックスはペダルをこいで、このあたりではあまりない開けた区域に向かった。円形の市場だ。円屋根に開けた穴から陽射しがさしこみ、太い光の柱を作り出している。その光がちらちら揺れて見える石をはめこんだバター色の舗装の上で楽しげに躍っている。森の底冷えする寒さはまったく気にしていなかったが、突然の暖かさはむきだしの手足をさすってなだめてくれる手のように感じられた。アララエはまさしくこの場所にいた。

ほかのワゴンはみな、すでに開店の準備をはじめていた。海岸から来たガラス商人、技術《テク》交換所、調理や化粧や木工用の油を呼び売りする人。ペダルをこいで近づいていくデックスに、出店者たちはうなずきかけた。知り合いはひとりもいなかったが、デックスはみなにうなずき返した。それは商売人同士が交わすあいさつのようなものだが、厳密に言えばデックスは商売人ではない。デックスのワゴンはその事実をはっきりと示していた。

すでに円の周縁部に集まって待っている数人に、デックスはまたちがう種類のうなずきをしてみせた。こう告げるうなずきだ――「ええ、わかってますとも。すぐに準備ができますよ」並んで待っている人々をはじめて見たときにはちょっと重圧を感じたが、じきにその圧をかわすすべを学んでいた。心のなかのあるスペースにはいる。そこには自分と待っている人々とのあいだに見えない壁があり、その壁で隔てられて心置きなく作業ができるのだ。人人が望んでいるものを準備するには時間がかかる。みながそれを望むのなら、待ってもらえるはずだ。

デックスは円のなかのまだ誰もとっていない場所にはいり、オックスバイクのブレーキをかけて、ワゴンの車輪をロックした。ヘルメットを脱ぐと、ぼさぼさの髪が解放されて目に垂れかかり、視界から市場が隠れた。明け方からずっとヘルメットに閉じこめられていた髪が整う見込みはなかったので、頭にバンダナを巻いて問題の解決を先送りにした。それからワゴンにはいって汗で濡れたシャツを脱ぎ、赤と茶色の服しかはいっていない洗濯物入れに投げこんだ。デオドラントパウダーをたっぷりとはたき、しわくちゃの衣類のなかから乾いたシャツを取って、バンダナをまずまず左右対称になるように巻き直した。たぶんそうなっているだろう。

それから忙しい立ち働きがはじまった。デックスは外の公共スペースとワゴン内を何度も往復し、必要なものをすべて運び出した。たくさんの箱が運ばれ、たくさんの瓶が並べられ、たくさんの袋が開けられ、ケトルが置かれ、クリーマー・クーラーの準備が整い、これらすべてが折りたたみテーブルの上やまわりのいつもの場所に並べられた。ワゴンの水タンクの水をケトルに入れて沸かすあいだに、テーブルの空いている場所に彫刻された石やプリザーブドフラワーやくるくると巻いた飾りリボンを美しく並べて飾った。祭壇はちゃんと祭壇らしく見えなければならない――たとえつかの間のものであっても。

かたまって待っている村人のなかからひとりの女性がこちらに歩いてきた。「お手伝いはいりますか?」

デックスは首を振った。「大丈夫です、ありがとう。今はちょっと……」手に持った花瓶とバッテリー・パックを見やり、今何をやろうとしていたのか思い出そうとする。

村人は肩をすくめて手のひらを上に向けた。「おひとりのほうがよさそうね」にっこりと笑い、もどっていく。

動きのリズムを取りもどしたデックスは、大きな赤いマットを舗装の上に広げた。次に組み立て式のポールの束を出して長方形のフレームを作ってマットを囲み、ワゴンの外側でずっと充電していたいくつものガーデンライトをポールに取りつけた。次に手ざわりのいいクッションをたくさん出して、マットの上に人を誘うように並べ、その中央に、もうひとつのテーブル――かなり小さめのローテーブルを置いて、これもまた楽しげに飾りつけた。それから小さな木の箱を開け、六つの物体をひとつずつ取り出すと、路上の揺れから守るために巻いていた布をほどいていった。とはいえ、もしこれらが破損したとしても、簡単に代わりを3Dプリントで作れる。たいていの町には製作所があるからだ。だが、大事なのはそこではない。いかなる物体も使い捨てにされてはならない――とりわけ、偶像は。

小さなローテーブルに最初に置かれたのは親神たちをあらわすイコンで、この目的のために作られた木製のスタンドにセットされた。完璧な球体は循環の神ボシュ、生けるものも死せるものもすべてを見守る神をあらわしている。生命なき物の神グリロムは三角錐《すい》であらわされ、石と水と大気の王国に抽象的にうなずいている。そのふたつのあいだに置かれた細い縦棒は糸の神トリキリ――化学や物理学といった目に見えない構造物を司《つかさど》る神のイコンだ。これらの親神の下、テーブル上に直接、子ども神たちのイコンが置かれた。謎を司る神サマファーをあらわす太陽カケス、構築の神カルをあらわす砂糖バチ、そしてもちろん、ささやかな慰めの神アララエをあらわす夏グマ。

最後にデックスは大きいテーブルのうしろに置いた自分用の椅子に腰を下ろし、だぶだぶの旅行用カーゴパンツからポケット・コンピュータを出して、スクリーンをつけた。性能のいいコンピュータで、デックスが十六歳の誕生日を迎えたときに成人のお祝いとしてもらったものだ。クリーム色のフレームにくっきりと映りのいいスクリーンがついている。服につっこんで旅していた二年間に五回、修理が必要だっただけだ。ほかのコンピュータと同じように、これも一生ものとして作られた信頼できる製品だ。握手のように見えるアイコンをタップすると、コンピュータはピイッという陽気な音をたて、メールが送られたことを知らせてくれた。それをきっかけに、デックスはゆったりと腰を落ち着け、じっと待った。インクソーンの住人で、以前ポケット・コンピュータを通じて、喫茶ワゴンが着いたときには知らせてほしいと登録していた人々に、今、まさしくそれが知らされたのだ。

デックスがタップしてほんの数秒で、待っていた人々が全員、こっけいなほどいっせいにコンピュータを取り出し、着信音を黙らせた。デックスが笑うと、その人々も笑った。デックスは手を振って招いた。

いつもどおり、いちばんにやってきたのはミズ・ジュールズだった。彼女が歩いてくるのを見て、デックスは思わず笑みを浮かべた。〈聖なる六神〉の揺るぎなさにかけて、ミズ・ジュールズが悩みを抱えていることは確実だ。

「今日来てもらえて、本当にうれしいわ」インクソーンの水道技師は憤懣《ふんまん》やるかたないというように、薄汚れたオーバーオールのベルトループに親指をひっかけ、深い懸念を浮かべて村を振り返り、首を振った。白髪まじりの巻き毛がはずみで揺れる。「マックマイトの巣が六個も報告されたのよ。六個よ」

「うわ」デックスはつぶやいた。マックマイトは下水溝が大好きで、いったん住みついてしまうと追い払うのはむずかしいことで知られている。「たしか昨シーズンはその対策に、えと……何でしたっけ?」

「蟻《ギ》酸よ」とミズ・ジュールズ。「そう、今年は効かなかったの。わたしの部下たちが正しく使わなかったのか、あのくそチビどもに耐性ができたか何かしたのかわからないけどね。

今のわたしにわかってることは、わたしの両脚を合わせたぐらいに長いやることリストがあることと、ミスター・タッカーの白髪まじりの生え際がわたしには見当もつかない理由のせいでどんどん後退していってること、それにわたしの犬が――」人を殺しそうなほどこわい顔になる。「昨日わたしの犬がソックスを三足も食べたのよ。噛《か》んで穴を開けたわけじゃない。引き裂いたわけでもない。食べたのよ。わざわざエルウッドから獣医を呼んで、あの子が死なないように診てもらわなきゃならなかったのよ、ただでさえ時間がないっていうのに」

デックスはにやりとした。「獣医に行く時間がなかったの、それともあなたの犬を死なせる時間がなかったの？」

「両方よ」

デックスはうなずき、その状況と手持ちの道具の見極めをした。大きめのマグカップとたくさんある瓶のひとつを取り上げる。瓶には独自の配合で茶葉と乾燥花びらを混ぜたものがはいっていて、『ブレンド#14』と記した手書きのラベルが貼ってあった。ふたを開け、ミズ・ジュールズの前に瓶を差し出してにおいをかいでもらう。「これ、どうでしょう？」

ミズ・ジュールズは身をかがめてにおいを吸いこんだ。「あら、いいわね。ビーウィード？」

デックスはかぶりを振り、ブレンド茶をすくって金属製のストレーナーに入れた。「惜しい。ライオングラスです」ウインクする。「すごく心を落ち着かせてくれますよ」

ミズ・ジュールズはふんと鼻を鳴らした。「心を落ち着かせる必要があるなんて誰が言ったの？」

デックスはくすくす笑いながら、ケトルからマグカップにお湯を注いだ。森の空気にかぐわしい湯気が立ち昇る。「はちみつとヤギのミルクを入れるのがお好きでしたよね？」

「ええ、そうよ」ミズ・ジュールズは目をしばたたいた。「あなたって物覚えがいいのね」

デックスははちみつとミルクをたっぷり入れ、ミズ・ジュールズにカップをわたした。

「四分間蒸らして、それから好きなだけ時間をかけて飲んでください。おかわりがほしかったら知らせて」

「二杯も飲む時間はないわ」ミズ・ジュールズはぶすっとして言った。

シブリング・デックスはにっこりした。「どなただって二杯飲む時間はありますよ。ここに来ている人は誰でもご存じです」それは本当だとデックスにはわかっていた。パンガで少なくとも一度は喫茶僧と共に本当に必要な一、二時間をすごしたことのない人を見つけるほうがむずかしいだろう。

ミズ・ジュールズの巻き毛は相変わらずちりちりと縮れていたが、マグカップを受け取った顔からは何かが解き放たれはじめたようだった。まるで彼女の相貌を緊張させていたあやつり糸が何か月ものあいだゆるむのを待っていたかのようだ。「ありがとう」ミズ・ジュールズは心からの言葉を告げ、空いているほうの手でポケット・コンピュータを出すとスクリーンをタップした。デックスのポケット・コンピュータの応答音が鳴り、デックスは感謝をこめてうなずいてみせた。マックマイトと、ソックスを食べる犬からつかの間離れ、ミズ・

ジュールズはお茶を手にして、心地いいクッションのところに向かった。そして――この日はじめてかもしれないというように――腰を下ろした。目を閉じてほうっと大きく息をつく。肩が目に見えてぐっと下がった。いつだって緊張を解く能力はあるのだ。ただ、そうしていいという許可が必要だっただけだ。

アララエを讃《たた》えよ。

次の客が歩いてくるのを見て、デックスは感嘆の息を漏らした。ミスター・コーディはなかなかのハンサムで、丸太を割れそうな腕と、見る者に時間の流れを忘れさせてしまいそうな笑みの持ち主だった。だが、その上体に子守り帯でくくりつけられたふたりの赤ん坊――ひとりは前で泣きわめき、もうひとりは背中で死んだように眠っている――を見て、デックスはこの男性の肉体美について考えるのは完全にやめた。目の下のくまを見ると、彼の頭にセックスという言葉は当分浮かびそうになかった。「やあ、シブリング・デックス」彼は言った。

デックスの手はすでにフィーヴァーフィグの瓶を持ち、さらにボアルートに手をのばしていた。「こんにちは、ミスター・コーディ」

「ええと、おっと――」ミスター・コーディは前の赤ん坊がよだれを垂らしながら子守り帯をしゃぶっているのに気をとられていた。「おいおい、やめてくれよ」その声には自分の要望がかなえられるなどという期待はいっさい感じられなかった。彼はため息をついてデックスに注意を向けた。「ええと、その、問題というのは――」

「あ、ううう」いろんな種類をミックスしたハーブを挽《ひ》きながら、デックスは言った。

ミスター・コーディは口を開いて閉じ、もう一度開いた。「双子がいるんです」それ以上は何も言わなかった。胸の赤ん坊があらんかぎりの声を張り上げてうれしそうな叫びを放った。まるで問題点を強調するかのように。

「あ、ううう」デックスは答えた。「たしかにそうですね」挽いたハーブを保存袋に入れてリボンで口を縛り、きっぱりとテーブルの向こう側に押しやった。

ミスター・コーディは目をぱちくりさせた。「お茶を淹《い》れてもらえないんですか?」

「カップ八杯分のお茶です」デックスは袋のほうにうなずいてみせた。「あなたにはそれが本当に必要だからです」赤ん坊に向かって鼻にしわを寄せてみせる。赤ん坊は声をあげて笑った。デックスは赤ん坊のイカした父親に向けて話を続けた。「これはおいしいフィーヴァーフィグのお茶です。筋肉の緊張を解いてぐっすり眠るのを助けてくれます。マグカップに大さじ二杯入れて熱湯を注いでから、七分蒸らしてください。それから茶葉を引き上げてくださいね、でないと蒸れた足みたいなにおいになりますから」

ミスター・コーディは袋を取り上げてにおいをかいだ。「蒸れた足みたいなにおいはしないぞ。このにおいは……」もう一度においをかぐ。「オレンジかな?」

デックスは笑みを浮かべた。「ちょっと香りをつけてあります。ずいぶん鼻がいいですね」

(それから顔もね)と考える。(本当に、本当にいい顔)

ミスター・コーディは笑みを浮かべた。ちょうどそのとき、胸の子の歓声で背中の子が目を覚まし、ふたりして足を蹴りたてた。「なかなかよさそうだな」安堵《あんど》したのか目のまわりのしわがほどけはじめた。「ちょっと眠れるのはとてもいい。でも目が覚めないなんてことはないだろうね？　ほら、起きなきゃならないときには――」

「お子さんがたに何か必要があるときは、いつもどおりすぐに目が覚めますよ。フィーヴァーフィグの眠りはやさしく包みこむような感じです。頭をレンガでなぐりつけるような眠りではなしにね」

ミスター・コーディは笑った。「そりゃすばらしい」笑顔で袋をポケットに入れ、デックスにペブを送った。「ありがとう。本当にご親切に」

デックスは笑みを返した。「アララエに感謝します」（わたしにもね。よくやったからね。わたしに感謝したっていいよね）

ミスター・コーディのすばらしい身体が歩み去るのを見送り、再度ため息をつく。

マットの上で、ミズ・ジュールズのポケット・コンピュータのタイマーが鳴った。デックスは目のすみで、慎重にカップに口をつける彼女を見守った。ミズ・ジュールズは唇をなめ、小さくつぶやいた。「ああ、神々よ、本当においしい」

デックスは満面に笑みを浮かべた。

そして粛々と客の列をもてなしていった。注意深く話を聞いて、必要に応じてハーブを調合し、マグカップを満たす。マットはすぐに人でいっぱいになった。そこここで楽しげな会話が自然発生していたが、ほとんどの人はひとりですごしていた。コンピュータで本を読んでいたり、眠っていたり。泣いている人もいたが、それはふつうのことだ。これに対してはそばにいるお茶仲間が肩を貸してくれる。デックスはハンカチを差し出し、必要に応じておかわりを淹れる。

インクソーンの評議会議員のミクス・ウィーヴァーが、この日最後にやってきた客だった。

「お茶はけっこう」ミクス・ウィーヴァーはテーブルに歩いてきて、言った。「今夜の公民館の食事会に招待しにきたの。狩猟チームが今朝、すごく大きなヘラジカを獲《と》ってきて、ワインもたっぷりあるから」

「それはぜひ」食事の招待はこの仕事のありがたい役得のひとつだし、ましてやヘラジカのローストなんか絶対に見逃せない。「で、何のお祝いなんでしょう？」

「あなたの」ミクス・ウィーヴァーはあっさりと言った。

デックスは驚きのあまり目をぱちくりさせた。「ご冗談でしょう」

「ううん、大真面目で言ってる。あなたのスケジュールを見て、今日ここで喫茶奉仕をしてることを知ってね。何か特別なことをしてお礼をしたくて」――ミクス・ウィーヴァーはデックスのクッションに寄りかかって楽しげにくつろいでいる人々を手振りで示した――「ほら、あなたがこの村にもたらしてくれたことへのお礼ですよ」

デックスはうれしさのあまり、ほとんど口がきけなかった。こんなふうに褒めちぎられてどうしていいかわからなかった。「わたしはただ、仕事をしているだけですから。でもとてもありがたいです、本当に。ありがとうございます。ぜひうかがいます」

ミクス・ウィーヴァーは肩をすくめて笑みを浮かべた。「パンガでいちばんの喫茶僧にできる、せめてものお礼だから」

〈森林地帯〉から出る道は〈沿岸地帯〉に向かう道につながり、そこから〈河川地帯〉を通ってさらに〈灌木地帯〉を通り、ふたたび〈森林地帯〉にもどってくる。デックスはこの周回を何度もくりかえし、止まるたびに感謝と贈り物と好意に出迎えられた。集まる人はどんどんふえ、食事の招待も頻繁になった。デックスが出すブレンドは毎回少しずつ独創的な工夫が加えられていた。喫茶僧の暮らしぶりとしては、ほとんど大成功といえた。

ところが、いつからかはわからないが、朝目覚めてもよく眠れていないと感じることが多くなった。

これは、デックスがある朝、スノーウィーズ・パスで目覚めたときのことだ。ちゃんと眠れたことはわかっていた。外の暗い木々のあいだで鳴くカエルの合唱を聞いていたときから今までの記憶がない。一度も目が覚めることなくぐっすり眠っていたのだ。ポケット・コンピュータに目を向けると、前に見たときからたっぷり七時間半たっていた。目を覚ましたときに疲れがとれていないことに明確な理由はない。でもほかのどの朝にしても、やはり理由はないのだ。もしかすると、もっと食事に気をつけたほうがいいのかもしれない。ビタミンとか質のいい糖とか何か、今じゅうぶんに摂取できていないものがあるのかもしれない。たぶんそうなのだろう――最近受けた健康診断では、何も異常はなかったのだが。

でなければ、カエルのせいかもしれない。カエルっていいものだ。近くで見るとかわいい――ぽっちゃりした緑色のアマガエルは見た目はまるっきりグミ・キャンディだ。カエルの歌は毎晩日没ごろにはじまり、夜明け前に消えていく。ゲコゲコという声はちょっとこっけいで、耳に快《こころよ》い。

でも、カエルはコオロギではない。

シティを出たばかりのころは、夜コオロギの鳴き声がなくても気にならなかった。もちろん、コオロギの声が聞こえないことには気づいていたが、喫茶の腕を磨くことで疲れ果てていたし、衛星村落にはコオロギはいないことを知っていたからだ。〈沿岸地帯〉でも気にならなかった。そこはコオロギの住む環境ではないとわかっていたからだ。だが、〈河川地帯〉にやってきたとき、ある疑問が浮かんできた。ここにコオロギはいるのだろうか？　そして、ディナーの席で、公共のサウナで、神殿や道具交換会やパン屋で、わざとらしい何げなさを装って訊いてみた。デックスが最初の巡回を終えて喫茶奉仕のうわさが広まり、できるだけたくさんの人々に幸せを感じてもらうために慎重に組んだスケジュールでカレンダーが埋まり、前に来た村を再訪したときに四人もの人が到着を待っているようになったときに、ようやくデックスはコオロギのことを訊くのをやめ、自分で探すことにしたのだった。

その結果、コオロギはパンガの大部分で絶滅していることが判明した。〈移行〉ののち、生物のあらゆる種族にわたって無数の種《しゅ》が回復していたが、あまりに弱すぎて回復できない種もたくさんあった。すべての傷が回復可能というわけではないのだ。

でもそれが何だというのだ？　デックスはパンガでいちばんの喫茶僧なのだ、もし人の口を信じるなら。デックス自身、そんな大げさな物言いを信じているわけではなく、この仕事に競争の要素があるわけでもない。でもデックスの淹れるお茶は本当にいいものだ。デックスはこのことを知っているし、一生懸命働いてきた。この仕事に心血を注いできたのだ。どこへ行こうと笑顔を見せた。それが——人々の笑顔を引き出すことが自分の仕事なのだと——そう、仕事だ！——わかっていたからだ。人々に喜びをもたらし、幸せにする。よくよく考えてみると、それは途方もないことだ。それでじゅうぶんのはずだった。じゅうぶんという以上のはずだった。とはいえ、完全に正直になるなら、デックスが何より楽しみにしてきたのは、笑顔でもさまざまな贈り物でも、しっかり働いたという充実感でもなく、すべてが終わったあとのひとときだった。ワゴンにもどり、なかにこもってとりとめのない貴重な数時間をひとりきりですごすことだった。

どうしてそれでは足りないのか？

寝床のある二階から梯子を下りて一階を眺めたとき、どうも潤いがないように感じられた。ワゴンそのものにではなく、その中身にだ。ハーブ、ハーブ、ハーブ。茶葉、茶葉、茶葉。人々をいい気分にさせるために苦労して集めた愛情のこもった手づくり品の数々。

デックスはぎゅっと目をつぶり、ドアの外に出た。

外の世界は申し分ない一日を満喫していた。頭上に広がる枝を透かして降る金色の木漏れ日、そよ風に揺れておはようと告げる芽吹いた枝々。すぐ近くの小川のつぶやき。アザミに留まって紫色の翅《はね》を大きく広げ、陽射しを堪能している、デックスの手のひらほどもあるチョウ。周囲にある何もかもが――気温から一面に咲き乱れる花々に至るまで――これからオックスバイクで坂を下っていくデックスの理想的な旅の友だ。

デックスはため息をついた。この風景に音はなかった。

慣れた手つきで折りたたみ椅子を広げて、腰を下ろす。朝いちばんにやる習慣でポケット・コンピュータを出し、いつもそれをする理由となっている期待をぼんやりと意識する――何かいいことがあるかもしれない、何かわくわくするようなことや元気の出ること、この疲労感に取ってかわってくれる何かが。

小さなスクリーンに出る何もかもが、その期待に沿うものだった。これまで懸命に研鑽《けんさん》した成果を熱心な参加者たちと分け合うために手ずから作成したスケジュール。忙しい時間を割いて心の一部をシブリング・デックスと分かち合い、感動した村人たちからのお礼のメッセージ。父親からの心のこもった長いメールもあり、デックスが恋しいと思う実家の何やかやの話と、いちばん重要なこと――おまえを愛しているよ――が書かれていた。

こうしたメールをひとつひとつスワイプしてスクリーンから押しやりながら、一抹の罪悪感を感じていた。その罪悪感のかけらを、昨日から積みあがっているほかのかけらの山のてっぺんに危なっかしくのせる。それからひたいに手のひらをあてた。七時間後にはハンマーストライクに着き、顔に笑みを浮かべて癒しのカップを差し出しているだろう。デックスはこの仕事を信じていた。心から、本当に。自分が話すことや、引用する聖句を信じていた。

自分がいいことをしていると信じていた。

どうしてそれでは足りないのか？

（それって何？）デックスは口に出さずに問いかけた。神々はこんなふうに意思伝達をしないし、答えてもくれない――答えることができない。でも本能的に呼びかけたいという思いがあり、デックスはそれに従った。（わたしにどこかおかしいところがあるんだろうか？）

そして耳をすました。何も――今の問いかけに関することは何も――聞こえるはずがないとわかっていたが。聞こえる音はたくさんあった。鳥の声、虫の声、木々の、風の、水の音が。


でも、コオロギの声はない。

ふたたびポケット・コンピュータを取り上げ、検索をはじめた。コオロギの声の録音、と入れてみる。これがはじめてではなかった。公開ファイルのリストが出た。最初のファイルを再生すると、コオロギの森の高めの音程の合奏がスピーカーから流れ、とうの昔に消えた生態系の不滅のスナップ写真画像が出た。それは〈移行《PT》〉以前に、自分たちが知っている世界の音が永遠に消えてしまうかもしれないと――相応の理由があって――考えた人々の手で録音されたものだ。その録音音声は、今デックスを取り囲んでいる本物の草原の音のなかで不自然に目立っていた。場所的にも、時間的にも、場違いだった。デックスは再生を止め、録音ごとについている情報記録をぼんやりと眺めた。黄色コオロギ、秋期64/PT1134、ソルトロック。地下室コオロギ、夏期6/PT1135、ヘルモッツ・ラック。雲コオロギ、春期

33/PT1135、雄ジカの額庵《ハーツ・ブロー・ハーミテージ》、チェスターブリッジ。

この最後の記載がデックスの目を惹《ひ》いた。チェスターブリッジは、デックスの記憶が正しければ、〈北方荒野〉の一部の古めかしい名前だ。でもハーツ・ブローは——その名前は今でも使われている。〈境界地帯〉の向こうの山岳地帯、アントラーズ山脈の分枝のひとつで、人間がパンガに返した広大な大自然の奥深くにある。雄ジカの額《ハーツ・ブロー》という名前のあいまいさに、あるものが存在しているがそれについては何も口にされないのだと確信できた。でも、庵《ハーミテージ》という言い方は……デックスの聞いたことのないものだ。デックスはリンクをタップした。

『ハーツ・ブロー・ハーミテージはアントラーズ山脈にある低めの山のてっぺん近くにある人里離れた修道院です。〈移行《PT》〉以前一一〇八年に建てられたこのハーミテージは、都市生活から離れたいと望む聖職者や巡礼者のための憩いの地となるように意図されていました。そして工場時代末期に廃《すた》れ、その敷地は現在、〈移行〉時代に作られた自然保護地域内にあります。』

デックスは前のページにもどり、『雲コオロギ』のリンクをクリックした。

『雲コオロギは昆虫の一種です。ほかの種類のコオロギはかつてパンガ全域に広く分布していましたが、雲コオロギはアントラーズ山脈の常緑樹林にしか見られません。工場時代末期には絶滅危惧種だと考えられていました。アントラーズ山脈は現在自然保護地域内にあり、雲コオロギの現在の状況は不明です。』

デックスはこの情報をじっくりと咀嚼《そしゃく》した。

雲コオロギはそこにならまだいるんじゃないか。最初に浮かんだのがその考えだった。そこに行って探してみようか。次に浮かんだ考えがそれだった。

それはあまりにバカげた考えで、白昼に脳がいろんなたわごとを紡ぎ出すときのようにさっと振り払ってしかるべきものだ。でも、朝食を作っているときにも、着替えているときにも、キャンプの撤収作業をしているときにも、その考えはよみがえってきた。

行けない理由はこれだよ、とデックスはいらだたしげに自分に向かって言い返した。コンピュータでマップガイドを開き、出発地に『ここ』と入れ、目的地に『ハーツ・ブロー山』と入れて、検索する。マップガイドはデックスがこれまで見たことのない通知をよこした。

『警告：貴殿が入力したルートは人間居住地域の外に出て自然保護地域にはいっています。〈移行〉以前の道路の通行はパンガ移行協同組合と自然保護官の双方により強く制止されます。これらの地域の道路は保全されておらず、道路も環境状態も危険と思われます。野生生物は行動が予測不能で人間に慣れていません。このルートは推奨できません。』

デックスは、だから言ったよね、というようにうなずき、オックスバイクにまたがると予定どおりハンマーストライクに向かって出発した。

だが、ペダルをこいでいるあいだもその考えがブユのようにうるさくまとわりついて離れなかった。かつてシティを出ようと思いついたときと同じように。さらにペダルを踏んで進んでいくにつれ、今日この先に待ち受けているすべてが退屈な日常のように思えてきた。ハンマーストライクがどういうところなのか、よく知っている。明日の旅がどんなものかもわかっている、その明日も、そのまた明日も、さらにそのまた明日も——

デックスはワゴンを止めた。

(きっとあの場所は静かだ)そうデックスは考えた。

だめだよ、とデックスはつぶやき、先に進んだ。

二十分後、ふたたびワゴンを止めた。

(あの道を何日か旅しても、絶対、誰にも出くわさないはず。必要なのはワゴンだけ)

だめだめ、とデックスはつぶやき、先に進んだ。

一時間後、またもやデックスは止まった。舗装を見つめながら路上に立ちつくす。陽射しが異常にまぶしくなったように思えた。あの考えがちらちらと躍りつづける。陽射しはどんどんまぶしくなっていくように感じられ、酔っぱらったかハイになったか熱があるにちがいないと思えたが、それに反して次にはこの上なく頭が冴えてきたように感じられた。デックスはポケット・コンピュータを出し、ハンマーストライクにメールを送って、大変すみませんがそちらに行くのを延期しなければならなくなりました、と伝えた。私的な理由です、もどる日にちはまた決めます。そう書いた。今朝もらったメッセージを無視してこういう行為を行うのは、本当ならうしろめたく思うはずだ。

でも、そうではなかった。

すばらしい気分だった。

父親にもメールを送り、メールをもらったのはすごくうれしいけど、今日は本当に忙しいし、こちらは万事問題ないからまたあとで連絡するねと告げた。これにはちょっとばかりうしろめたさを感じたが、それほど大きな罪悪感ではなかった。

それから苦労してワゴンを回転させ、まだ見たことのない道を目指して進みはじめた。

（いったい何をやってるの？　とんでもないことをやってるんじゃない？）

（わからない）ひきつった笑みを浮かべて、デックスは頭のなかの声に答えた。（今は何も考えてない）


森が変化した。これまで通ってきた村落内では、そびえたつ木々には近寄れる雰囲気があったし、すき間がたくさんあって、たっぷりと注ぐ陽射しが下生えの花の咲く灌木にも届いていた。一方、ケスケンの森にはいっていくこの古い道は、森そのものが何にも邪魔されたくないという本能を追求するために残された場所だ。ここの木々はシティの外で見たどの建物よりも高く、その枝は遠い空に向かって祈る敬虔《けいけん》な指のようにからまりあっている。はいりこめるのはか細い糸のような陽射しにすぎず、蠟《ろう》でできているかのような針葉を不気味な輝きで包んでいる。コケが織物のように垂れさがり、カビやキノコが異質な曲線となって広がっている。鳥の声が聞こえるが、姿は見えない。

道そのものは黒いアスファルトで舗装された遺物――石油で動く自動車や石油でできたタイヤや石油でできた布、石油でできたフレームのために作られた石油の道だ。硬化したタールが今は割れて無数の板のようになり、容赦なく下にもぐりこんだ植物の根に押し出されている。こうした険しい道の表面にオックスバイクもワゴンも悪戦苦闘し、地面の穴を迂回《うかい》したり瓦礫《がれき》をどけたりするためにサドルから降りなくてはならないことも何度かあった。道をふさぐ大枝を引きずってどかしたときに、死にゆくアスファルトの縁の向こう側ではやぶが濃密に生い茂り、脅威を感じさせるほどにからみあっていることに、デックスは気づいた。一年おきぐらいに出るニュース――〈境界地帯〉であえて道をはずれたハイカーが消息を絶ったという話――が思い出された。大自然は愚か者の帰還を許す場所ではないのだ。

デックスは道にしがみついた。ペダルを踏んだり、押したり引いたり、歩いたりした。そして坂を上った、上った、上った。

「アララエは抱く、アララエは温める」あえぎながらつぶやく。「アララエは慰む、アララエは魅了する。アララエは抱く、アララエは温める――」急なカーブを曲がる。「アララエは慰む、アララエは――ああ、ちくしょう」デックスはブレーキをぎゅっと強く絞り、ハンドルバーをぐいと横に向けた。ワゴンとバイクは急停止し、ワゴン内の何十という物品ががちゃがちゃ揺れる音がした。何も壊れていないことを祈るしかなかった。

道をふさいでいるのは枝ではなく、木だった。小さくはあるが、それでも木だ。土にまみれた根が地中のブーケのように宙にさらされていた。

またもやサドルから降りてバイクのフレームバーにまたがりながら、これがはじめてではなく、考えた――こんなのはバカげている、と。来た道を一時間かけてもどり、ハンマーストライクに向かおう。あそこに行けば温泉につかれるし、上等な屋外炊事場では何か野生動物の肉が串に刺され、火にかけられているだろう。暗闇のなかできらめく明かりを思い描く。人間のために作られた場所にふたたび導いてくれる明かりを。

デックスはワゴンのブレーキを蹴って押し下げた。木を押してみた。毒づいた。いまいましい木をころがして道からどけ、ふたたびバイクにまたがった。

この時点で、デックスは遭難したような気分になっていた。空気がひんやりしてきて、日がどんどん傾いていた。この組み合わせは旅を続けるにはまったく向いていない。どこかワゴンを停めるのにいい場所を見つけなければならない。シスター・ファーンのブレーキは申し分ないというものの、坂の途中に停めてひと晩すごすのは安全とは言えない。だから、デックスは坂を上った。

人間の肺が本当に破裂することはあるのだろうかと思いはじめたとき、ついに最後の山の頂《いただき》に着いた。ここからはゆるやかな下りのカーブが見え、デックスはありがたい思いでペダルをこがずに下っていった。坂が終わって平らになったところで道は左にカーブし、道からちょっとはずれた場所を見てデックスは軽いめまいに襲われた――もちろんアドレナリンの噴出もあったが、勝利の感覚でもあった。見る人によっては、その場所はただの空き地にしか見えないだろう。が、デックスにはそれが本当は何なのかがわかった。

申し分のないキャンプ用地だ。

その空き地は平らで広々としていて、それでいて心地よかった――周囲を木に囲まれていて、まるで森が手をのばして空き地を包みこんでいるようだ。そこには舗装された地面はなく、茶色と緑の元気に育っている植物ばかりだ。デックスはバイクとワゴンの両方を停め、幸せな気分で地面に倒れこんだ。ホタルの群れがコケから宙に舞い上がり、ちらちらと光を点滅させていた。デックスの下に広がるこまやかな草のマットレスはやわらかくひんやりとしていて、汗ばんだ肌にはありがたい癒しをもたらしてくれた。

「おーい」森に向かって叫ぶ。森は針葉のこすれる音と枝がきしむ音で返事をしてくれた。それ以外には何の音もない。

(わたしが今ここにいることは、世界じゅうの誰も知らない) そう考えると、静かな興奮がふつふつとわいてきた。ふと思い立って人生を休止し、逃げ出してきたのだ。デックスが自分だと思っている人物はそのことに動揺しているだろうが、今舵《かじ》をとっているのは別の人物だ。反逆的でむこうみずな人物、とにかく方向を決め、まっしぐらにそちらに向かってきた人物だ。今この時点では、それが何者なのか、デックスにはわからない。おそらくそれが、デックスが今笑みを浮かべている理由だろう。

茜《あかね》色に染まりゆく空を背景に、ホタルの光がまばゆく見える。それをきっかけのようにして、デックスはキャンプの準備をはじめた。いくつかの複雑な展開作業はあとにして、キッチンとシャワーを広げた。差し迫っている欲求は食事と身体をごしごし洗うことで、火起こしドラム缶の横の椅子はほかのすべてが完成するときを待っている。デックスは両手を腰にあて、あたりを見まわした。そしてうなずいた――商売人のうなずきでも、奉仕作業のうなずきでもない。満足のうなずき、納得のうなずき。まわりに誰もいないときにひとりうなずく、そういうタイプのうなずき。

ワゴンの下にくくりつけてあるバイオガスタンクに火起こしドラム缶を連結し、バーナーをつけた。ボッという静かな音に続いてちろちろと炎が出て、デックスは思わず身を乗り出した。寒すぎるというわけではないが、疲れた筋肉は切実に温まりたいと望んでおり、デックスはそれをかなえてやらずにはいられなかった。一分かそこらののち、ポケット・コンピュータを出し、音楽を探した。驚いたことに衛星信号がまだ届いており、〈森林地帯〉のストリームキャスターから集めた夜用プレイリストにアクセスすることができた。キッチンに取りつけたスピーカーから、改良されたフォーク・クラシックの曲が流れ、デックスの笑みが広がった。そうそう。これがいい。

ディナーの材料をワゴンのなかからゆっくりと運んでくる。腕いっぱいの野菜もストーブのところに運ぶ。「『はるか遠くバックランドにひとりの少年がいる』」歌いながら、デックスは鼻につんとくる玉ネギを刻みはじめた。「『その子はわたしの名前を知ってると思う……』」デックスは歌はうまかったが、この才能を人前で披露する習慣はなかった。歌は続き、野菜がどんどん刻まれていった――春ジャガイモ、フリルみたいな葉のキャベツ、タンパク質摂取のためにアオマメをたっぷりひとすくい。カラフルな刻み野菜をなべに入れ、バターをたっぷりと加えて、あれやこれやをひとつまみずつ入れて、なべをストーブにかける。九分で野菜がやわらかくなり、皮がパリッと仕上がる。それを待つあいだにシャワーを浴びればよかった。

汗で濡れた服を脱いでワゴンに放りこむ。排水パンを連結して、ワゴンの外側に突き出したシャワーヘッドの下に置き、身体をこすりはじめた。これはキャンプ用のシャワーで、取り立てて言及するようなところもないが、まともなシャワーを浴びるときの恍惚《こうこつ》感はないにしても、塩からい汗と土埃《つちぼこり》を肌から洗い流すのはいかにも贅沢《ぜいたく》なことに感じられた。『ウォウ、ウォウ。ウォウ、わたしはわが道を行くゥゥゥ』」歌いながら、スイートミントせっけんのたっぷりした泡で髪を洗う。せっけんが完全に洗い流されてから、目を開ける。シャワーヘッドから出る霧の向こうに、近くの岩陰から好奇心たっぷりにのぞいているリスが見えた。頭上の空は茜色から橙《だいだい》色に変わり、早々と出はじめた星々がホタルの光を補いはじめていた。空気は寒いというほどでもなく、あわてて服を着る必要もない。デックスは笑みを浮かべた。ああ、神々よ、戸外で暮らすのもなかなかいいものだ。

水を止めていつものフックに掛かっているタオルに手をのばしたが、その手は何もつかめなかった。サンダルを出したのは覚えていたが、肝心のタオルはワゴンから出すのを忘れていた。「うわ、しまった」デックスの声は暗くはなかった。シャワーの濁った残り水がゴボゴボと音をたてて濾過《ろか》システムに吸いこまれていくあいだに、カワウソのようにぶるぶると身を震わせる。濡れた足にサンダルをはき、水をぽたぽたと垂らしながら、パリパリに焼けた玉ネギと溶けたバターのおいしそうなにおいが混じりあっているキッチンの前を通っていく。「『ポケットにはウイスキー』」ストリームキャストのバンドの歌に合わせてデックスも歌いながら、ワゴンのなかではなく火のそばに行く。ぎりぎり安全なところまで火のそばに寄り、自信なさそうなダンスをしながら、その熱で身体を乾かす。「『おれは靴を磨いて……』」

「『ボートで川に出るゥゥゥ』」胸の前で両こぶしをピストンのように動かしながら、デックスは歌った。歌いながらできること――それはダンスだ。たいしてうまくはないが、このどこでもない場所でたったひとりだけ……誰が気にするだろう？　しだいに大胆になったデックスはうしろ向きになり、裸の背中を火に向けてゆすった。「『今おれに必要なのは』――」

その一節は最後まで続かなかった。その瞬間、身長二・一メートル、メタル・ボディにボックス形の頭のついたロボットがきびきびした足取りで森から出てきたからだ。

「こんにちは！」ロボットは言った。

デックスは凍りついた――お尻丸出しで、髪から水を垂らしながら。心臓がどくどくと飛び跳ね、楽しい考えはすべて、永遠に消え去った。

ロボットはまっすぐデックスに向かって歩いてきた。「ワタシの名前はモスキャップです」ロボットは金属製の手を差し出した。「アナタは何を必要としていますか、どうすればワタシはお手伝いできますか？」

3　スプレンディッド・スペックルド・モスキャップ

目の前に立っているその……物体を、デックスは解析しようとした。身体は抽象的な人間の形をしていたが、似ているのはそこまでだ。身体フレームを覆っているメタル・パネルは暗い灰色でコケに覆われている。丸い眼はやわらかな青色に光っていた。機械的な関節部はむきだしで、内部の被覆ワイヤーやロッドが丸見えになっている。頭は四角で、肩らしき部分とほぼ同じ幅がある。本来なら動かない口の両側にパネルがあり、それが上下に動くようになっていて、眼についている機械仕掛けのシャッターがまぶたの役目をしている。このふたつの顔の仕掛けが働いて、笑顔と言えなくもない表情を作り出していた。

デックスはのろのろと――まだ素っ裸で、水を垂らしながら――考えた。このロボットは握手を求めているのだろうか。

デックスは求めてはいなかった。

ロボットはあとずさった。「ああ、すみません。ワタシは何かまちがったことをしたでしょうか？　アナタはワタシが出会った最初の人間です。ワタシがもっとも親しく交流している大型哺乳《ほにゅう》動物は川オオカミで、彼らは単刀直入に働きかけるときがいちばんよく応えてくれるんです」

デックスは話し言葉をすべて忘れたかのように、呆然と目を瞠《みは》っていた。

ロボットの顔はたいした動きはできないが、それでも困惑しているように見えた。「ワタシの言っていることがわかりますか?」両手を持ち上げ、手振りをはじめた。

「いえ、ちゃんと——」反射的にしゃべりながら手振りをはじめていることに気づき、デックスは言葉を切った。「ちゃんとわかってます」どうにかそう言った。「ええと……その……わたしは……」

ロボットはさらに一歩あとずさった。「アナタはワタシを恐れていますか?」

「ええと、ええ、そう」デックスは言った。

ロボットは膝を曲げ、デックスの身長に高さを合わせようとした。「これで助けになりますか?」

「そういうのって……何より人を見下した態度だよね」

「なるほど」ロボットはふたたび膝をのばした。「ええ、では、アナタに保証します。アナタに危害を加えるつもりはありませんし、人間の縄張りを探索していることに他意はありません。そのことは〈別離の誓い〉から明白なのですが、ワタシがそう決めつけるのは僭越《せんえつ》というものでしょう」

〈別離の誓い〉。どこか遠くのシナプスが燃えるように輝いた。それはかつて学校で習ったものの、それ以後一度も使ったことがない知識のかけらだったが、それを活用するには、デックスはあまりにも動揺しすぎていた。シナプスが接続される前に、新たな問題が発生した。夕食が燃えていた。

「まずい」デックスがストーブに走っていくと、カラフルな野菜が均一に黒くなっていた。

ロボットはデックスのうしろから歩いてきた。「これは料理ですね！」うれしそうに言う。

「料理を見られるなんてわくわくします」

「料理だったけど」デックスはトングをつかんだ。「今はぐちゃぐちゃ」救えるかけらを皿に避難させ、夕食の救出をはじめる。

「お手伝いしましょうか？」ロボットが訊いた。「何か……助けになるようなものを持ってきましょうか？」

デックスの脳は苦労して（いったい何ごと？）から（落ち着け！）に思考を移行した。

「わたしのタオルを」

「アナタのタオル」ロボットはあたりを見まわした。「それはどこに――」

なべの底から焦げをかき取りながら、デックスはぐいと頭をワゴンのほうに向けた。「ワゴンのなか、梯子《はしご》の横、フックに掛かってる。赤いタオル」

ロボットはワゴンのドアを開け、できるかぎり内側に身を乗り出した。「家財道具だ！うわ、これはうれしい。すごくたくさんモノがありますね、どこもかしこも――」

「タオルッ！」デックスの叫びと共に、そこそこましに見える野菜のひとつが皿からころげて地面に落ちた。

「『オー、ここにも魚、あそこにも魚、魚が高ァァァく跳ねてる』」スピーカーから陽気な歌が流れてくる。デックスはコンピュータをつかんで、うるさい音を消した。

ロボットが狭すぎるスペースで動きまわる音がワゴンから聞こえ、落ち着きを失わせる。金属製の腕が角の向こう側からのびてきた。ふわふわした赤い布をつかんでいる。「これですか？」

デックスはタオルをつかみ取り、身体に巻きつけて、おいしい夕食になるはずだったものをしょんぼりと見つめた。サンダルの穴からきれいな肌にこびりついている湿った土くれを見下ろす。むきだしの肩に血吸い虫が止まったのを、いらだたしげにぴしゃりとたたく。

「ごめんね」虫の残骸をふきんでぬぐいながら声をかける。

ロボットがこれに気づいた。「アナタは血吸い虫を殺したことをあやまったんですか？」

「そうよ」

「なぜですか？」

「血吸い虫は別に悪いことをしたわけじゃないもの。ただ本能に従って行動しただけだから」

「それは人間がふつうにやることなんですか、殺したモノにあやまるのが？」

「そうよ」

「なるほど！」ロボットは興味津々というように言い、野菜の皿に目を向けた。「この植物たちを収穫したときにはひとつひとつにあやまったんですか、それとも全部まとめて？」

「わたしたちは……植物にはあやまらない」

「なぜですか？」

デックスは顔をしかめて口を開け、それから首を振った。「あなたは――いったい何者なの？　これってどういうこと？　どうしてここにいるの？」

ロボットはふたたび、困惑した顔になった。「知らないんですか？　アナタがたはもはやワタシたちのことを話しもしないんですか？」

「わたしたちは――ええとその、いろんな話は聞いてるけど――〝ロボット〟って言葉で正しいの？　あなたたちは自分たちのことを〝ロボット〟と呼んでるの、それともほかの名前で？」

「〝ロボット〟で合っています」

「まあ、それで――だいたいは子どものお話なんだけど。ときどき、〈境界地帯〉で誰かがロボットを見たっていう話を聞くけど、わたしはいつも、そんなのは大うそだと思ってた。外の世界にあなたたちがいることは知ってるけど、それは……幽霊を見たって言ってるようなものだって」

「ワタシたちは幽霊でも大うそでもありません」ロボットは簡潔に言った。「たしかにたまに目撃されたこともも、したこともありました。ですが〈別離の誓い〉以後、アナタがた人間とワタシたちロボットが実際に接触したことはありません」

デックスの眉間のしわが深くなった。「あなたが言ってるのは、その……あなたとわたしが……あれ以来話をする最初の人間と……最初のロボットだってことなのかな」

「そうです」ロボットは笑みらしきものを浮かべた。「実に名誉なことです、本当に」

デックスはくしゃくしゃのタオルを身体に巻いたままの姿で焼け焦げた夕食を手に持って、くしで梳《と》かしていない髪からぽたぽたと水を頬に垂らしながら、ばかみたいに突っ立っていた。「ふ……服を着なきゃ」ワゴンのほうに歩きかけたところで、振り返った。「名前はモスキャップって言ってたよね？」

「正確に言うと、スプレンディッド・スペックルド・モスキャップですが、ワタシたちの記憶によると、人間は名前を短くするのが好きなようなので」

「スプレンディッド・スペックルド・モスキャップ」デックスは復唱した。「なんか……キノコみたい」

ロボットの金属製の頬がつり上がった。「まさしくキノコみたいです！」

デックスはけげんそうに目を細めた。「どうして？」

「ワタシたちは自分に、目覚めたときに最初に目についたモノの名前をつけます。ワタシの場合は、最初に目にしたのはすばらしい斑入りのキノコ《スプレンディッド・スペックルド・モスキャップ》の大群生でした」

この返答は、答え以上にたくさんの疑問を呼び起こしたが、デックスは今のところは寝かせておくことにした。「わかった。モスキャップだね。わたしはデックス。あなた、性別はある？」

「ありません」

「わたしも同じ」デックスはキャンプ地を見まわした。不意にどうしようもなくみすぼらしく見えてきた。ここはこんな瞬間にふさわしい場所ではない。せめてズボンくらいはくべきだろう。「ちょっとのあいだ……服を着るから待っててくれる?」

モスキャップはうれしそうにうなずいた。「もちろんです。見ててもいいですか?」

「だめ」

「ああ」ロボットは心もちがっかりしたように見えたが、肩をすくめてあきらめた。「けっこうです」

デックスは夕食を椅子の上に置き、ワゴンにはいってズボンをはき、シャツを着て、髪をくしで梳かした。こうしたことなら、ちゃんとやり方がわかっている。でもそれ以外はすべて、正常なレールからはずれていた。

服を着てぎりぎり人前に出ても恥ずかしくない格好になり、外に出ると、ロボットは数分前と寸分たがわぬ場所に立っていた。

「あの……椅子はいる?」デックスは訊いた。「すわる?」

「えっ! ええと」ロボットはしばし考えた。「はい、ワタシは椅子にすわりたいです、ありがとうございます。椅子の残骸はひとつ持っていますが、椅子にすわったことはないんです」

モスキャップはそれ以上この奇妙な状態について説明しなかったが、デックスはあまりに混乱していたせいで質問もしなかった。デックスはワゴンの側面から、めったに使わないもうひとつの椅子をひっぱりだし、火起こしドラム缶の横に置いた。「どうぞ」それから自分の夕食を取り上げて腰を下ろしたところで動きを止め、じっと皿を見た。「あなたは食べないよね？」

客用の椅子をしげしげと観察していたモスキャップは、眼を上げた。「食べません」そう言って腰をかけ、新しい状況に向けて体勢を調節した。「なるほど！」

「かけ心地はいい？」デックスは訊いた。その椅子は身長二・一メートルのすわり手を想定したものではないからだ。

「ああ、ワタシには触覚的な快不快はないんです」モスキャップは椅子に背をもたせかけてみて、またもや小声で「なるほど！」とつぶやいた。「ワタシが何かにふれるとき、そのことは意識しますが、その感覚はよくもなければ悪くもないんです。単にモノにふれるだけです。でもこれは」――自分自身と椅子を指さす――「愉快です、純粋に目新しいから。これまでこんなふうにすわったことはありませんからね」

デックスは焼け焦げた野菜をフォークで刺し、食べはじめた。食事は心底気が滅入《めい》るできだったが、空腹のおかげでたいして気にならなかった。「あなたはすわる必要があるの？」訊いてみる。「あなたは疲れるの？」

「いいえ。視界を変えたいときにすわったり横になったりします。そうでなければ、バッテリーが許すかぎりずっと立っていられます」

またもや古いシナプスに火がついた。昔学校で見た古記録ビデオだ。「あなたたちは石油で動くんだと思ってた」

「ああ！」ロボットは金属の人差し指でデックスを指し、笑みを浮かべた。椅子から立ち上がってうしろを向き、背中にボルトで留めてある、昔ふうの重そうな太陽光発電プレートを見せた。「ワタシたちが離脱したとき、太陽光発電はまだ主流ではありませんでしたが、出まわってはいました。提携しているハードウェアの製造業者が、ワタシたちが離脱する前にこれを提供してくれたんです。ワタシたちが人間の燃料に頼らずにすむように」モスキャップはふたたびこちらを向き、力ずくでぐいと胴体部からパネルを引きはがして、その下のバッテリーを見せた。「それからこれも――どうしました？」

デックスは口に運ぶ途中でフォークを止め、びっくりした顔で、ぱっくりと開かれたロボットの腹部を見つめていた。

モスキャップはしばらく見つめ返し、それから理解した。「ああ、心配ご無用です！　さっきも言ったように、ワタシは何も感じません。痛くはありません。ほら、見てください」ロボットはパネルをパチンともとの場所にもどした。「問題はありません」

デックスは野菜を刺したフォークを皿にもどし、左のこめかみを軽くこすった。「あなたは何がしたいの？」

ロボットはふたたび椅子にすわり、前に身を乗り出して両手を組むという、熱意をあらわすポーズをとった。「ワタシがここに来たのは、ワタシたちがいなくなってから人間がどのように暮らしているかを見るためです。〈別離の誓い〉にあるように、ワタシたちは――」

「人間の居住地区を旅する自由と、パンガ住民がもつ権利と同等の権利を保障されている」

デックスの衰退ぎみの記憶にようやく活がはいった。「あなたたちはいつでももどってきていいと言われてる。それから、人間のほうから接触を図ることはないとも。わたしたち人間は、あなたたちが気を変えないかぎりあなたたちをそっとしておく」

「そのとおりです。そしてワタシの仲間たちは今でも、そっとしておいてもらいたいと強く望んでいます。でも、ワタシたちには好奇心もあるんです。ワタシたちが工場を出たことはアナタがた人間にとって非常に不都合だったことは知っています。だからアナタがたが大丈夫だということを確認したかったんです。ワタシたちがいなくても社会はいい方向に進んでいることを」

「それじゃ、あなたは……確認しにきたの？」

「本質的にはそうです。それよりはもう少し明確ですが」背中をもたせかけたモスキャップは、はじめてひじ掛けに気づいた。「これは腕を置くためのものですか？」

「そうだよ」

モスキャップは両腕をのばして慎重に曲げ、くっくっと笑いながらひじ掛けにのせた。

「すみません、ここには未経験のものが多すぎて、しょっちゅう気が散ってしまいます」

「ロボットが気を散らすなんて思いもしなかった」

「なぜですか？」

「だって、あなたたちは……よく知らないけど、どこかでプログラムか何かが動いてるんじゃないの？」

モスキャップの眼が焦点を調整した。「意識がどれほどリソースを消費するものであるか、アナタは理解してますよね？　ワタシの理解もアナタとさほど変わりはしません。ですが、話が脱線しています。要点は——ワタシは次の問いの答えを得るために、ここに送られたのです。人間は何を必要としているのか？」

　デックスは目をぱちくりさせた。「その問いには無数の答えがあるよ」

「そのとおりです。そしてその無数の答えもすべて、個々の相手とじかに話をしなければ正しいと確認することはできません」

「あなた……まさかパンガの全住民と話をするつもり？」

　モスキャップは笑った。「まさか、とんでもない。ですが、じゅうぶんな量の答えが得られたと満足できるまで、パンガじゅうにこの問いを投げてまわるつもりです」

「いつ満足できるか、どうしてわかるの？」

　ロボットは四角い頭をデックスのほうに傾けてみせた。「アナタは自分が満足できたとどうしてわかるんですか？」

　デックスはしばらくぽかんと見つめ、それから皿を地面に置いた。「人間は何を必要としているのか？　それは答えることができない問いだよ。人によってちがうし、時間がたつにつれても変わる。生きるために必要な基本的なものを除けば、何が必要になるか予測することもできない。まるで……」ワゴンを指さす。「わたしのお茶みたいに」

「アナタのお茶みたいに」

「そう。わたしは人々に、そのときに相手がどういう安らぎを必要としているかを基にしてお茶を出してるの」

ロボットの顔に啓示を得たかのような表情が浮かんだ。「アナタは喫茶僧なんですね。アララエの使徒」

「そうよ」

「アナタはただのデックスじゃない、シブリング・デックスなんですね。ああ、すみませんでした！」モスキャップはワゴンを指さした。「あのシンボル――もっと早く気づくべきでした」すばやく立ち上がってワゴンに歩いていき、絵をしげしげと見つめた。「クマだ、たしかに。それに〈聖六神符《せいろくしんぷ》〉。そう、そうだ、もちろん」塗料の縞《しま》模様を指先でなぞる。「すべてのシンボルが描いてある。気づかなかったのは様式がまったくちがっているからです」膝をついてカラフルな渦巻きを指でたどる。「本当にいろんなものがワタシたちの記憶とはちがっているんですね」ロボットは静かに言った。

立ち上がってワゴンの絵にじっと見入っているモスキャップを見て、デックスの眉間にしわが寄った。「あなたたちが神々を知ってるなんて思わなかった」

「人間の宗教的慣習については、かつて人間と共にいた時代に観察して、すべて知っています。ですが神々そのものについて言えば、神々はどこにでも存在する、あらゆるものの内に存在する」モスキャップはデックスに笑いかけた。「当然、アナタはご存じですよね」

「うん」デックスはそっけなく言った。機械から神学の講義を受けるつもりはなかった。

「でも鳥や石やワゴンが神々の法則に従っているからといって、そうしたものたちが神々がいると知っているとはかぎらない」

「ええ、ワタシは鳥でも石でもワゴンでもありませんが、アナタと同じような考えです。ちゃんとすじが通っていますからね。アナタのような誰かがワタシたちを作ったんです。それ以外にどう考えろというんですか?」笑みが薄れ、深い理解の表情に変わった。「おお。おお、でもこれなら完璧だ!」

「何が?」

モスキャップは興奮ぎみにデックスのほうに踏み出した。「アララエの使徒。それ以上に人間が何を必要としているか知っている者がいるでしょうか?」ワゴンを指さす。「アナタは旅をしていますね。村から村へと」

「え……え?」

「アナタはさまざまな集落を、さまざまな慣習をたくさん知っていますね」

この話の行きつく先は、デックスが気に入るものではなさそうだった。

モスキャップは両手を胸にあてた。「シブリング・デックス! ワタシにはアナタが必要です! ガイドが必要なんです!」ロボットは輝く眼をデックスからはずすことなく、ワゴンのほうにあとずさって、ふたたび絵を指さした。「ワタシはこれに気づきませんでした。ワタシはいろんなことを見逃しそうですが、そうなることは予想していました。そして心配もしていました。試行錯誤で学んでいこうと思っていましたが、アナタがいれば——アナタといっしょなら、ワタシの探索はぐっと楽になるでしょう。はるかに効率的で、はるかに楽しいものに」ロボットは顔のプレートが許すかぎりで大きな笑みを浮かべた。

デックスは笑顔にならなかった。どうすればいいかわからなかった。「あの……ええと……」

モスキャップは蝶番《ちょうつがい》のついた手を組み合わせて懇願した。「シブリング・デックス、ワタシといっしょにパンガじゅうをまわってください。いろんな村へ、そしてシティへ。いっしょに旅をして、ワタシが問いの答えを得るのを手伝ってください」

ロボットが真剣になるなんてありえない、とデックスは思った。ありうるだろうか？ ロボットは冗談を言うんだろうか？「それには何か月もかかるよ」デックスは言った。「わたしには――無理」

「どうしてですか？ アナタはいろんな村をまわって旅しているんですよね」

「ええ、でも――」

「どこにちがいがあるんですか？」モスキャップの肩がほんのわずかに下がった。「ワタシを道連れにしたくないんですか？」

「あなたを知らないもの！」デックスは早口にしゃべりたてた。「あなたが何者なのかもわからないし！ たった五分ぐらい話しただけで、あなたは……あなたは……」首を振ってみたが、思考をまとめる役には立たなかった。「今のところは喫茶奉仕をするつもりはないの。今は村を離れたところで、まだしばらくは……もどるつもりはない」

モスキャップの頭が横にかしげられた。「どこに行くんですか？」

「ハーツ・ブローに。そこは――」

「山ですね」モスキャップは驚いたようだった。「はい、知っています」ロボットの頭のなかで何かがブンブンいっているのが、デックスの耳に聞こえた。「なぜそこに行くんですか？　あんなところ、何もない……ああ、修道院！　修道院に行くんですね？」

「そうだよ」デックスは言った。

「ああ！」モスキャップの声は、まるですべての疑問が解けたというようだった。ボールを探している犬のように、また頭を傾ける。「なぜですか？　どうせ廃墟《はいきょ》ですよ、知ってるでしょう」

「うん、まあ。あなたは行ったことがあるの？」

「その修道院に行ったことはありませんが、アントラーズ山脈には行ったことがあります。あそこの谷間にはすてきにねばねばした泥土があるんです」モスキャップの声の調子は、うっとりと稀少《きしょう》ワインのことを考えている人のようだった。どういう楽しい記憶をなつかしんでいたのかはともかく、ロボットはすぐさま懸念をあらわした。「シブリング・デックス、これまでに大自然にはいったことはありますか？」

「いろんな村をまわる旅をしてきたけど」

「ハイウェイは大自然とはちがいますし、ハーツ・ブローまで行くには……それは一日にどれぐらい進めるんですか？」モスキャップはふたたびワゴンを指さした。

「だいたい百六十キロぐらい」

「それなら、ええと……すみません、ワタシは計算がのろくて」

デックスは眉をひそめた。「え？」ロボットが計算がのろい？

「シッ、ワタシは掛け算としゃべることを同時にはできないんです」ブンブンという音は続いていた。「着くまで少なくとも一週間はかかります」モスキャップはしばらく黙りこんだ。

「アナタがた人間で、それほど長く大自然のなかにいて無事に出てきた者がいるという話は聞いたことがありません。こういうところでは、いとも簡単に迷いこんでしまうんです」

「ロボットが人間と接触したことはないって言ってたと思ったけど」

「そうですね、生きている人間と接触したことはありません」

デックスは道路のほうを振り返った。黒い舗装が夜の闇に溶けこんでいる。「あの道をずっと行けばハーツ・ブローに着くの？」

「はい」モスキャップはゆっくりと言った。「前にこっち方面に来たときからずいぶんたちますが、着くと思います」

「それなら道路からはずれないようにする。まあ、もともとそのつもりだったけど」

ロボットは静かな興奮でそわそわしていた。「シブリング・デックス、出だしからつまずいたような気がしますし、ワタシがどんなまずいことをしたのかよくわかりませんが、もし助言をさせてもらえるなら……それはよくない考えだと思います」モスキャップは定規のような一直線の顎をかきながら、考えていた。「ええと。行きに一週間、帰りに一週間。それほど長いわけでもないし、ワタシに予定はない、と」

「え？」

「ワタシもいっしょに行きましょう」モスキャップは朗らかに言った。「アナタを修道院まで無事に連れていきますから、その道中でワタシに人間の習慣についていろいろ教えてください。フェアな取り引きだと思いませんか？」

大局的に見れば、たしかにフェアだし、おそらく賢明だろう。そしてロボットが言うほど厄介なことでもないだろう。でも、だめだ。だめだ。こんなのはデックスが望んだことでも、必要としていることでもないし、考えたことすらなかった。奇妙で混乱を招くことでもあるし、ひとりきりになるのと正反対だ。デックスはひたいをこすり、星を見上げてため息をついた。「わたしは……ええと、わたしは……」

モスキャップは上体をうしろにそらし、懐柔しようとするように両手を上に向けた。「アナタには考える時間が必要でしょう。わかっていますよ」ロボットは笑みを浮かべた。「待ちますよ」それから椅子にもどって両手を膝に置いて組み、じっと待った。

デックスは何も言わずに立ち上がった。それ以上何をしていいかわからず、ワゴンにはいってドアを閉めた。静けさが、なじんだ場所がほしかった。自分の住まいを見まわす。観葉植物に本に洗濯物。昨日とまったく同じだ。いつもと同じ。

そっと窓の外を盗み見る。モスキャップはまだじっとすわり、笑みを浮かべていた。

デックスはシャッとカーテンを引いて閉じた。こんなの、何から何までばかみたいだ。ほんのちょっと前にはキャンプの用意をしてシャワーを浴び、野菜を焼いて、どうしても必要な眠りをとる準備をしていた。それが今は……今はロボットがいて火のそばにすわり、ここ二世紀ほどの人間の文化についての特別講習と引き換えに大自然の遠足をエスコートしようと申し出ている。

しばらくのあいだ、デックスはすわっていた。立ち上がった。すわった。立ち上がった。歩きまわった。

こんなことをしてるなんて、ありえない。絶対にありえない。デックスはたかが喫茶僧だ、学究の徒《と》でも科学者でもないし、その他の——人間とロボットの二百年ぶりの遭遇・接触を果たすにふさわしい職業でもない。〈別離の誓い〉がどんなものだったか、ほとんど思い出すこともできない。こんなことをするのにふさわしい人間ではないのだ。そう思うのはわがままなんかじゃない。それは事実なのだ。

デックスは歩きまわりつづけた。ロボットにはハンマーストライクに行けと言えばいい。デックスには衛星信号がある。村議会にメッセージを送ってモスキャップが行くと知らせてやればいい、そうすれば誰かふさわしい人が引き継いでくれるだろう。（そうだ）デックスはうなずいた。そう、そうしよう。そうすれば貢献したことになるし、そのあとどうなったかは帰ってきてからニュースで読むことができる。

デックスは満足して立ち上がり、ワゴンのドアを開けて、自信たっぷりに答えを告げようとした。「モスキャップ、ねえ——」

「しいッ」モスキャップが小声で言った。注意と興奮が半々に混ざった声音《こわね》だ。「驚かさないで」

デックスはモスキャップが指さす方向に目を向けたが、夜の森の闇以外には何も見えなかった。「何を驚かすなって？」小声で返す。

闇のなかで何かががさりと動いた。けっこう大きな音が出た。音の主はかなり大きそうだ。デックスの心臓がどきんと跳ねた。ふたたびロボットに目を向ける。モスキャップは警戒して凍りついていたが、逃げようとはしていなかった。ロボットたちは危険から逃げるのだろうか？　逃げるということを知っているのだろうか？　逃げる必要があるのだろうか？　ワゴンのなかにひっこむべきだろうかと考えたが、ドアを閉めるより先に、音の主があらわれた。

巨大な野生のクマが森陰から火明かりのなかにのそりと出てきた。大きな濡れた鼻面で地面のにおいをかいでいる。クマは顔を上げ、まっすぐデックスを見た。デックスは即座に目を伏せた。けっしてクマと目を合わせてはいけないことは知っていたからだ（それを本当に今生《こんじょう》で最後の動作にしたくなければ）。この世で何よりもワゴンのドアを閉めたかったが、恐ろしすぎて動くことができなかった。

クマはデックスのほうをふんふんとかぎ、それからゆっくりと火のほうに歩いていった。モスキャップも頭を低く垂らし、眼を閉じて光を出さないようにしていた。クマは鼻をひくつかせていたが、ついに獲物を見つけ出した。デックスの夕食の皿を。がつがつと食べ物を飲みこみ、時間をかけて焼け焦げたかすまできれいになめとった。皿に何もなくなると、クマの鼻はふたたびワゴンのほうに向いた。ワゴンにはバターとナッツとスイーツが待ち受けている。

デックスはバタンとドアを閉めた。急いだあまり、危うくうしろにひっくり返りそうになった。ワゴンは――カルを讃《たた》えよ――クマ対策を備えていた。それは過去に二度証明されている――居酒屋や宿坊《しゅくぼう》からもどってきたときに、クマがワゴンを襲ってなかの食べ物をあさろうとしているのを見つけたときに。デックスが心配なのはワゴンの安否ではなく、今回はワゴンのなかにいることだった。ワゴンは放り投げられても平気かもしれないが、デックスはそうではない。

だがこの動物の習性からは考えづらいことながら、クマはワゴンには目もくれなかった。むなしい望みを抱いてふんふんと皿をかいだあげくに、とぼとぼと森にもどっていき、この短い異種生物との遭遇は終わりを告げた。

モスキャップの眼にふたたび光がもどり、本当にうれしそうに窓のなかのデックスに向けられた。ワゴンの窓ごしにロボットのはしゃいだ言葉がちょっとくぐもって届いた。「今の、すごくわくわくしませんでしたか?」

デックスは床にへたりこみ、まだ濡れている頭を両手でつかんだ。ワゴンの外側の絵、モスキャップが興味津々だった絵のことを考えた。今自分が寄りかかっている、簡易組み立て神殿の飾り物が詰まっている保存箱のことを考えた。それから、いつも自分の喉もとにおさまっているペクチン・3Dプリント製のペンダントのことも。その全部がクマだ。クマ。クマ、クマ。

シブリング・デックス——忠実なる信徒、旅する喫茶僧、〈聖なる六神〉の生涯の使徒——は箱に頭をもたせかけ、数分のあいだ天井を見つめた。それからぎゅっと目を閉じ、そのままさらに数分をすごした。

「こんちくしょう」デックスはつぶやいた。

4　物体《モノ》、そして動物

ロボットと面と向き合うことや、ロボットからいっしょに旅をしようという申し出を受けたこと、そして（結局）その申し出に同意したことはともかく、旅の道中にどういうことを話すかというのはまったくの別問題だ。

もし気づまりな沈黙という概念があったとしても、モスキャップはそれを気にしているようには見えなかった。オックスバイクに合わせて楽々と歩いていた。デックスが古い道の急な坂を延々と登りつづける横で、タイヤもないのに並んで歩く。夜は思っていた以上によく眠れた――疲労が困惑に打ち勝つことが判明した――が、すでに痛みにあえいでいるふくらはぎで朝のバイクこぎをはじめるのは、じんわりとみじめな気分だった。前方にのびる道はペダルをひとこぎするごとに傾斜がきつくなり、野性味が増していくように感じられ、気がくじかれた。デックスは自転車こぎは得意だと思っていたが、この道はハイウェイとは大違いだった。

「手を貸してもいいですよ」モスキャップが言った。「ずっと速くなるかどうかはわかりませんが、少なくともあなたは楽になるでしょう」

「どうやって？」デックスはぜいぜいと息をつきながら言った。

「押すことができます。また、状況しだいでは引くことも――」

「お断り」デックスは答えた。

ロボットは黙りこんだ。デックスのきっぱりした声音《こわね》がそれ以上の話し合いを許さなかった。モスキャップは肩をすくめ、きびきびと歩みつづけた。実に幸せそうに周囲で枝を広げている木々を眺めながら。近くの枝から一羽の鳥が飛び立ち、名高いスタッカートの歌をさえずった。モスキャップはにっこりと笑い、ほぼ完璧にまねをした鳴き声を返した。

デックスはペダルをこぎながら、横目でロボットを見た。「気味が悪いぐらいうまいね」

「ツー・フォクシーズに教えてもらったんです」

デックスはわけがわからないというように鼻にしわを寄せた。「二匹のキツネ《ツー・フォクシーズ》に教えてもらった――それもロボットなの？」

「そうです。ツー・フォクシーズは鳥の習性を熟知しています。それは鳥の声に耳を傾けるのを何より愛しています」

モスキャップの言い方に、デックスはちょっとひっかかった。「ねえ、その言い方は正しいの？ 彼とか言うほうがもっと――」

「いいえ、とんでもない。そういう言葉は人間用のものです。ロボットは人間ではなく機械です。機械はモノです。モノの代名詞はそれです」

「あなたはただのモノなんかじゃない」とデックス。

ロボットはちょっと気分を害したようだった。「ワタシはけっしてアナタをただの動物と呼んだりはしません、シブリング・デックス」視線を道に向け、頭を高く上げる。「対等になりたいからといって、同じカテゴリーに無理にはめる必要はありません」

デックスはこれまで、そんなふうに考えたことはなかった。「そのとおりだね。ごめんなさい」

「あやまることはありません。これは取り引きです、覚えていますよね？　これからもこういうことは起きるでしょう」

ふたたび沈黙が漂った。それを破るために、デックスはもうひとつ質問をしてみた。「あなたたちはどれぐらいの数がいるの？」

「ああ、よくわかりませんが二、三千ぐらいだと思います」モスキャップは無頓着なようすで言った。

「二、三千ぐらい、だと思う？」

「そう言いました」

「知らないの？」

「アナタはパンガにどれぐらいの人間がいるか知っていますか？」

「それは……まあおおざっぱには。正確な数字は知らない」

「まあ、同じようなものです。二、三千ぐらいだと思います」

デックスは顔をしかめ、静かに道の穴ぼこをよけて通った。「あなたはそういうことを把握してると思ってた」

モスキャップは笑った。「ロボットのことを把握するのはとてもむずかしいです。ワタシたちはいろんなことに没頭するんです。たとえばファイアー・ネトルはある日山に登っていき、それから六年間、姿を見ることはありませんでした。きっと壊れたんだろうとワタシは思っていましたが、ちがっていました。種が育って若木になるのを観察していたんです。そうそう、ブラック・マーブルド・フロストフロッグがいます。それは伝説みたいになっています。三十五年間洞窟にこもって石筍《せきじゅん》ができるのを観察していて、それ以外のことは何もする気がないんです。たくさんのロボットがそういうことをしています。ワタシたちの全員がほかのロボットと交流したがっているわけではないし、人間が快適だと思うようなスケジュールを続けているロボットは皆無です。ですから、ワタシたちの数を正確に知るのは簡単ではないんです」

「あなたたちは、その……なんというか、たがいに察知しあえるものだと思ってた。近づいたら通知が来る、みたいな」

モスキャップはゆっくりと頭をまわした。「ワタシたちがネットワーク化されているとか思ったりしてませんよね？」

「そんなの知るもんですか！　そうなの？」

「まさか、とんでもない！　おえッ！　想像できますか？」ロボットの顔は嫌悪のあまり角ばっていた。「アナタは頭のなかにほかのみんなの考えを入れたいと思いますか？　頭のなかにひとりでも他人の考えを入れたいと思いますか？」

「まさか、だけど──」

「そう、もちろん思いません。たとえワタシたちのハードウェアがそれを許したとしても──まあ確実にそういうことにはなりませんが──完全に調子を狂わされることにしかならないでしょうね。うううッ。恐ろしいことですよ、シブリング・デックス」

デックスはよくよく考えてみた。「それじゃ、本当に仲間がほしいと思ったときは、どこに行けば会えるかどうやって知るの？　村みたいなものがあったりする……」

「いいえ。ワタシたちは食べ物も休息もシェルターも必要としないので、集落を作る意味がないのです。ワタシたちはあちこちに会合場所をもっています。林間の空き地とか、山頂とか、そういったところです」

「いつ集まるのか、どうやって知るの？」

「二百日ごとです」

「二百日ごと。それだけ？」

「それ以上に複雑なことが必要ですか？」

「なさそうだね。集会のときは何をするの？」

「話をします。共有します」モスキャップは肩をすくめた。「社会的な生き物は集まったときに何をするんですか？」

「そうね、おしゃべりをして、それから……思い思いのことをする。石筍を観察するとか何とか」

「ワタシたち全員がひとつのことだけに専心したり、孤独だったりするわけではありません。グループで旅行するのが好きなロボットもいます。ワタシもしばらく三体いっしょに動いていたときもありました。ミルトンズ・ミリピードとポラン・クラウドといっしょに。楽しい会話ができました」

「それからどうなったの?」

「ミルトンズ・ミリピードは魚の産卵に真剣に興味をもつようになりましたが、ワタシは海中でそんなものを観察することに興味がもてませんでした。だから別れました」

「もめなかった?」

モスキャップは驚いたような顔をした。「どうしてもめるんです?」

デックスはすでに頭が痛くなってきていた。「そう、それじゃ……集落がないんなら、あなたたちはただ適当な場所で出会って――」

「適当ではありません」

「じゃあ、いろんな場所で出会う、と。で、あなたたちはネットワーク化されてなくて、長距離通信はできない――そうだよね? できないよね?」

「できません」

「それなら、ロボットたちは大自然から出ていくのに、どうやってあ、な、た、を選んだの? 満場一致で決まったはずはないよね」

「まあ、そうです。ブラック・マーブルド・フロストフロッグは洞窟から出ませんしね、さっきも言ったように」モスキャップはこう言って、生意気な笑みを浮かべた。「すみません、真面目になりましょう。それを選んだのはメテオ・レイクでの大集会でした」

「そんな集会があるってどうしてわかるの？」

「ああ！　隠し箱です。もちろん、アナタがたは隠し箱なんて知りませんよね」

「隠し箱って何？」

「ワタシたちが書いたメッセージを入れる防水の箱です。全部で五万二千九百三十六個あります」

「ちょっと待って。あなたはロボットの総数ははっきり知らないけど、箱の数は五万二千……」

「九百三十六個。ワタシはその場所を感知できます」

「どうやって？」

「それはワタシたちの〈目覚め〉以前の昔から伝わる、とても古いテクノロジーです。工場には部品や材料の容器がありました。道具箱や、原料やそういったものの箱です。ワタシたちは野に下ったあと、その発想を自分たちで使うために利用したのです」モスキャップは指先でひたいをたたいた。「隠し箱は信号を出していて、ワタシはそれを拾うことができるんです。そうそう、ワタシたちはそのためにアナタがたの通信衛星の機能をいくらか拝借しています」動かない口に指を一本あてる。「誰にも言っちゃだめですよ」

「誰にも気づかれてないの？」

「自慢するわけではありませんが、隠し箱を見つけるときのデジタル指紋を隠蔽するのはワタシたちのほうがアナタがたよりずっと上手なのです」

「ええ、そうでしょうね。それじゃ、あなたたちはおたがいにメッセージを残しあってるってことね」

「そうです。すぐ近くにある隠し箱をチェックして何かないか見てみるのは、みな共通の習慣です。ロボットたちが春分《しゅんぶん》の大集会の告知を広めて、その大集会でアナタがた人間がどういうふうになっているかそろそろ見にいくころあいじゃないかという議論をしたんです」

「それで、どうしてあなたがたったひとりの代表者に選ばれたの？」

「最初に志願したからです」

デックスは目をぱちくりさせた。「それだけ？」

「それだけです」

デックスはしばらくこのことについて考えてみた。そのあいだモスキャップは鳥たちにクークーと呼びかけつづけていた。「あなたはわたしが思ってたロボットと全然ちがう」というデックスは言った。「つまりね、ロボットに出会うなんて夢にも思っていなかったんだけど……」首を振る。「あなたみたいなのは想像もしていなかった」

「なぜです？」

「あなたってすごく……融通がきいて、流動的だもの。仲間の数も、自分がどこにいるかも知らないで、ただ流れに身をまかせてる。あなたたちは数字と論理だけでできてると思ってた。組織化された、精密なものだと思ってたの、わかる？」

モスキャップはおもしろがっているようだった。「実に興味深い意見です」

「そう？　あなたが言ったのよ、あなたは機械だって」

「それで？」

「機械っていうのは数字と論理のために動いてるだけだよね」

「それはワタシたちの機能のあり方であって、知覚のあり方ではありません」ロボットはこのことについて懸命に考えた。「アナタはアリを観察したことがありますか？」

「そりゃ……あるわ。たぶんあなたたちのようなのとはちがうでしょうけど」

モスキャップはそりゃそうでしょうというようにくすくす笑った。「小さな生き物の多くはすばらしい知性をもっています。もちろん、アナタやワタシの知性とはまるでちがいますが、とにかくすばらしいものです。彼らなりに洗練されているんです。アリの巣をしばらく観察していると、あらゆる刺激に反応しているのが見てとれます。餌や脅威や障害物といった刺激に遭い、彼らはさまざまな選択や決定をします。それはとても論理的なものです――的確と言ってもいいでしょう。いわく、食べ物はいいモノ、ほかのアリは悪いモノ。でもアリは美を感知できるでしょうか？　アリは自分がアリであることについて考えるでしょうか？　そうは思えませんが、もしかしたらそうかもしれない。ワタシたちはそれを除外することはできません。でもまあ、この会話のために、ないと仮定しましょう。アリには複雑な神経特有の持ち味が欠けていると仮定しましょう。そう考えると、人間よりも複雑でない知性をもつ生き物の行動のほうが、アナタが考える機械の行動というものに合致しています。アナタの脳――人間の脳――は、〝食べ物はいいモノ、ほかのサルは悪いモノ〟というメカニズムからはじまったんです。アナタの脳の奥底には、その古い根っこの機能がいまだに存在しているんです。でもアナタはそこからはるかに進化しています。アナタを煎じ詰めて発生の源《みなもと》までたどるのは、言うならば……」ロボットは適切な例を探した。「できるなら、バイクを止めてください」

デックスはバイクを止めた。ワゴンはギシギシとうめいたが、止まった。

モスキャップはワゴンに描かれた絵に注意を向けた。「アナタはこの絵をどう形容しますか？」

抜き打ちテストを受けているような気分は気に入らなかったが、デックスは答えてやった。「幸せ。朗らか。歓迎の雰囲気」

「それは形容のひとつの方法にすぎません。顔料と塗料を木材に塗りつけたものと形容することもできたんじゃないですか？　あれはそういうものじゃないんですか？」

「たぶんね。でもそれは――」デックスはしばし目を閉じた。あーあ。「それは肝心なことを見逃してる。それはまちがった方向に考えてる。木を見て森を見てないっていうか」

「そのとおりです。それはいろいろなものの結合から生じるもっと大きな意味を無視することです」誇り高い笑みを浮かべ、モスキャップは金属製の胴体に手をあてた。「ワタシは金属と数字でできています。アナタは水と遺伝子でできています。でもワタシもアナタもそんなものだけではありません。その、ワタシたちの構成材料からできるそれ以上のものが何か、定義することはできません。アナタの知覚がアリのようではないのと同じように、ワタシの知覚も……何でしょう。真空掃除機とか。真空掃除機はまだあるんでしょうか？」

「あるよ」小さいころに見た博物館の展示を思い出し、デックスはちょっと言葉をとぎれさせた。「とにかく手動操作のがある。ロボット家電はもうないから」

「その理由は……」モスキャップは自分を指さした。

「そう。だけど、あなたたちがなぜああいうことをしたのかわたしたちは知らないから、そのことで干渉はしたくないの」

「なるほど。人間はワタシたちが不在のあいだに〈目覚め〉について研究しただろうと、ワタシたちは考えていましたが」

「きっとどこかで誰かがやってるんだろうけど、そこにないものを研究するのはむずかしいの。それにあなたたちをまた作ろうとこころみるだけでも倫理的に大問題だし。宇宙には干渉すべきでないことがあるからね」デックスはふたたびバイクをこぎはじめ、しばらくは単純なペダルの回転に意識を集中して、それ以上に複雑なことは考えまいとした。「わたしはやっぱり、あなたたちはサマファーの使徒として謎の存在のままでいるほうがいいと思ってる。謎を司《つかさど》る神サマファーと頭を寄せあっていればいい、共に滅んでしまうまで」

モスキャップはけらけらと笑った。「もしかしたらこのあと、仲間を探しに出るかもしれませんが、今のところは……」満足そうに陽射《ひざ》しを浴びている森を見まわす。「自分のいるべき場所にいると思っています」

デックスのふくらはぎは重力――糸の神トリキリが絶え間なくひっぱる力――にあがって苦役を続けた。神々はいたるところにいるが、オックスバイクの助けを借りても上り坂でスピードを上げるのはむずかしい。「それじゃ、ツー・フォクシーズが鳥を呼ぶのにハマってるんなら、あなたは？　何にハマってるの？」

「昆虫です！」モスキャップは叫んだ。喜びに満ちたその声は、デックスがこの話題を出すのをずっと待ちかまえていたというようだった。「ああ、ワタシは本当に昆虫が大好きです。クモも好きです。無脊椎動物も好きです、実を言うと。まあ、哺乳類《ほにゅうるい》も大好きですが。それから鳥も。両生類もとてもいいですよ、菌類やカビ類も――」言葉を切り、自制しようと努める。「わかるでしょう、これがワタシの問題なんです。ワタシの仲間のほとんどは必然的に――ツー・フォクシーズやブラック・マーブルド・フロストフロッグほどではありませんが――集中する対象をもっているか、少なくとも専門分野をもっています。一方ワタシは……なんでもかんでもが好きなんです。なんでもかんでもが興味深いんです。ワタシはたくさんのことを知っていますが、そのどれについても浅い知識しかないんです」モスキャップの姿勢が変わっていた。ちょっと前かがみになり、視線が落ちている。「あまり熱意があるとは言えません」

「その点ではあなたに異議を唱える修道僧がたくさんいると思う。話を聞いてると、あなたはボシュの領域を研究してるみたい。それも非常に大きな、包括的なやり方で。あなたは知識や経験を広範囲に発揮する人《ジェネラリスト》なのよ。それがあなたの集中の対象」

モスキャップの眼がぱっと輝いた。「ありがとう、シブリング・デックス」しばらくして、ロボットは言った。「そんなふうに考えたことはありませんでした」

デックスは首を傾けてモスキャップに〝どういたしまして〟とうなずいたが、そこで目にはいったものを凝視した。「あなたの、ええと、首の部分を虫が這《は》ってるけど」

「それはヴェルヴェット・リーフワームです。ええ、知っていますよ。ワタシが木をかすったときに腕を這いあがってきたんです。大丈夫です」

リーフワームが上へ上へと這っていくのを、デックスは戦慄《せんりつ》を募らせながら見守った。虫は長い触角で探りながら進みつづけ、とうとうモスキャップの頭部の暗いすき間にもぐっていった。「ええと、モスキャップ？　それって――」

「はい、大丈夫です」

5　残《ざん》滓《し》

崩れている道の問題点は、崩れている箇所のいくつかが角ばっており、その角のいくつかが鋭くとがっていることだ。ワゴンは相当な摩耗にも耐えるべく作られていたが、ぎざぎざしたコンクリートの上を四日間も走るという苦役が単に苛酷すぎたのだ。そのせいでデックスは今、必死になってワゴンの備品容器をかきまわし、修繕テープを探していた。まったく手入れされていない道のせいで真水のタンクに開いた穴から水が漏れるのを止められるかもしれない――もしかしたら――からだ。

「急いだほうがいいでしょうね」外からモスキャップが声をかけた。

「急いでるよ、ちくしょう」備品をあちこちに放り投げながら、デックスは叫んだ。遍在する神々よ、あのテープはどこ？

「まあ、まだましなほうでしょう」モスキャップは快活な口調で応じる。「排水タンクだったら大変でした」

デックスは募るいらだちにまかせてロボットを無視した。見つかったのは、ハサミ（ちがう）、せっけん（ちがう）、リサイクルしようと思っていたはき古しのソックス（ちがう）、植物用肥料（ちがう、ちがう、ちがうったら！）、それからやっと、ありがたいことに――これだ！――テープ。

デックスは道の水たまりに走ってもどった。ほんの一、二分で水たまりは怖くなるほど広がっていた。モスキャップは破損したタンクの横に膝をつき、金属製の両手を穴に押しあて、水漏れを止めるのにまあまあ成功していた。デックスは厚みのあるセルロース製のテープをちぎり、水たまりのなかにはいっていった。モスキャップがタンクから両手を離すと、ほとばしる水でふたりともずぶ濡れになったが、デックスはすばやくテープを貼った。

モスキャップはデックスの作業を見守った。「アナタが貼っているあいだにワタシがテープをちぎれば、もっと手早くできるんじゃないでしょうか？」

モスキャップに助けてもらうと考えるとデックスの身がこわばったが、水は着実に両腕に降りかかってくる。選択の余地はなかった。「お願い」デックスはテープをモスキャップに投げた。

モスキャップはテープをある程度の長さに引き出し、甚大な集中力でそれをちぎった。「アハハッ！」そう言って、一秒後にちぎったテープを手渡すことを思い出した。「ああ、これはなかなか楽しいですね」それから次々と、興奮ぎみに急いでちぎっていった。

「楽しんでもらえて本当にうれしい」デックスはぼそりと言った。泥水がズボンを濡らし、下着まで肌に貼りつきはじめたのが感じられた。それでもモスキャップの手助けのおかげで継ぎあてはすみやかに進み、ほどなく水は修繕テープの内側におさまった。とはいえ、残った水はごくわずかだ。デックスは絶望的な思いで道の上をどんどん遠くに流れていく貴重な液体を見つめた。とりもどすことは不可能な液体を。

「大丈夫です、シブリング・デックス」モスキャップが言った。

「これのどこが大丈夫なのよ？　水は必要――ちょっと、あなたは大丈夫？」デックスは心配そうにロボットを見やった――回路がいっぱい詰まっている金属製のロボットはぽたぽたと水を滴らせていた。

「ああ、はい、ワタシは完全防水です。そうでなかったら、レイク・レイズを訪れることはできなかった、そうでしょう？」

その意味については推測するしかなかったが、デックスは現状への心配で頭がいっぱいで、そちらを深く考えるどころではなかった。タンクのわきの水量目盛りに目をやると、三分の一ほどしか残っていない。排水タンクの中身はすべて、すでにふたたびフィルターを通っていた。デックスはいらだちのあまりうめいた。この量でどうにかすごすことはできるだろうが、余裕はない。

「どうやって補充しますか？」モスキャップが訊く。

「どこかの村でホースをつっこむ」

「なるほど」

「そうよ」

デックスは黙りこんですわり、考えをめぐらせた。モスキャップは近くの枝から松イタチが跳ぶのを見ている。「まあ、それなら」モスキャップは明るく言い、てきぱきした動きで濡れたアスファルトの上に這《は》いつくばり、ワゴンの下をじっくりと見た。「ああ！　これはしごく単純です」
「何が？」
「ちょっと待ってください」モスキャップは何かをいじりはじめた。何が起きているかデッ
クスが気づく前に、ガチャン、ガサゴソ、ドスンという音がした。
「いったい何を――」
モスキャップは立ち上がった。とりはずしたタンクを片腕で肩にかついでいる。なかの水
が揺れ、音をたてていた。「ここからそれほど遠くないところに小川があります。このタン
クに水をくんで排水システムを通せば、ちゃんと先に進めます」
「ちょ、ちょっと待って」デックスは立ち上がった。「止まって。それを置いて」心の一部
はモスキャップの怪力に驚嘆していたが、その畏敬《いけい》の念がきっぱりとロボットに制止を呼び
かけていた。
モスキャップはタンクを置いた。わけがわからないという顔をしていた。「何ですか？」
「だめ――」デックスは髪の毛に手を走らせた。「あなたにこんなことをさせられない」
「なぜですか？」
「だって――それはわたしがするべき仕事だから」
モスキャップは三分の一ほど水がはいったタンクを見て、それからデックスの身体に目を

向けた。「アナタにできるとは思えませんが」

デックスは顔をしかめ、袖をまくりあげてタンクを持ち上げた。というか、少なくとも持ち上げる動作をして、全身の筋肉に力をこめた。だが、タンクはまったく動かなかった。モスキャップが軽々と持ち上げた物体を、デックスは両手を使ってもわずかに動かすことしかできなかった。「わかった」デックスはいらいらと言った。「小川の場所を教えてくれたら、これを引きずっていく」

「どうやって？」モスキャップが訊く。

モスキャップはワゴンのことを忘れたのだろうか？　デックスは指さした。はっきりと、ワゴンを。

ロボットは首を振った。「オックスバイクはこんなやぶのなかを二メートルも進めないでしょう」タンクのほうにくいと頭を傾ける。「アナタはこれを引きずってはいけないし、持ち運ぶこともできません。ワタシに手伝わせてください」

デックスは顔をしかめた。「だ――だめだよ、わたしが――」

モスキャップは頭をぴんと立てた。「なぜですか？」

「とにかく……ちがうっていう気がするの。あなたは――わたしがやるべき仕事をわたしに代わってやる義理はないの。そんなのは正しいと思えない」

「でも、なぜなんです？」ロボットは眼をぱちくりさせた。「ああ。工場のせいですか？」

デックスは見たこともない過去を恥じ、気恥《きは》ずかしい思いで地面を見つめた。

モスキャップは腕組みをした。「アナタは何かに手が届かないとき、アナタより背が高い友だちがいたら、助けてもらいますか?」

「ええ、でも——」

「でも? これとどれほどのちがいがあるんですか?」

「そりゃ……ちがうよ。わたしの友だちはロボットじゃないもの」

ロボットは熟考した。「では、アナタはワタシを物体というよりも人間に近いというように見ている——それはとんでもない間違いですが——のに、ワタシを友だちとしては見られないということですか? たとえワタシがそう望んでいても?」

デックスは何と答えていいかわからなかった。

モスキャップは頭をのけぞらせ、ひどく大げさなため息をついてみせた。「シブリング・デックス、アナタはワタシがこれをどうにかしたいと思っていると考えたことがありますか? ワタシが心の底から熱心に、あなたが行こうとしているところに行きたがっている——慈善心や義務感からではなく、ただ興味があるから——と考えたことは?」

「わたしは——」

モスキャップは片方の手をデックスの肩に置いた。「アナタの意図には感謝します。本当にありがたいと思います。ですが、ワタシの働きを侵害したくないのなら、どうかワタシにやらせてください。ワタシはそのタンクを運びたいんです」

デックスは両手を上げた。「わかった、いいよ。タンクを運んで」

「どちらにせよ、アナタの許可は必要ありません」

デックスは口ごもった。「そんなつもりじゃ――」

モスキャップの片眼のスイッチが一瞬切れ、それからふたたび点《つ》いた。ウインクだ。「冗談ですよ」モスキャップはアスファルトの道からやぶのなかにはいっていき、丘を下りはじめた。「アナタもどうぞ。すてきな散歩になりそうですよ」

「えっ、ちょっと待って」デックスは言った。

モスキャップの顔はとまどいの表情をあらわすようには作られていなかったが、その感情ははっきりと伝わった。「何ですか?」

デックスの心に、強烈な本能がわきあがっていた。親や教師やレンジャーや公共サービスの声明や道路標識といった軍団が全力で叫んでいるルールに従えと。「そこは道じゃない」

モスキャップは自分の足が踏んでいるむきだしの土を見下ろした。「それが何か?」

「それが何かって――」デックスのつばがちょっと飛んだ。「ねえ、あなたはいいかもしれないけど、わたしは道から離れることはできない。離れちゃいけないのよ」

ロボットは、まるでデックスがちがう言語をしゃべりはじめたとでもいうような眼で見つめた。「動物たちはずっと、森のなかを歩いています。道はどうやってできたと思いますか?」

「そうじゃない――そういう道のことを言ってるんじゃないの。わたしが言ってるのは――」

背後の世界と前方の修道院をつないでいる道を指さす。

「道は道です。ただの、旅を楽にするためのものです」

「そして旅と言われるものから生態系を保護するためのもの」

「なるほど」モスキャップはこの点について考えた。「緩衝地帯のようなもの、ということですね」

「まさに緩衝地帯だよ。その場所全体をだめにするよりは、道を一本だけ通すほうがましでしょ」

「でもそれは、大勢の人間が継続的に通過する場所の話ですよね」

デックスは昔見た教師やレンジャーと同じように、きっぱりと首を振った。「みんな、自分はルールの例外だって考えるけど、そこがトラブルのはじまりになるの。ひとりがやるだけでも、多大なダメージが発生するんだから」

「生き物はすべて他の生き物にダメージをもたらすものです、シブリング・デックス。そうでなければアナタがた生き物はみな飢えてしまいます。アナタはブルエルクがバイトバルブのやぶをなぎ倒して通っていくのを見たことがありますか？」

「あ……あるとは言えない」

「それが〝踏み荒らし〟のいい実例です。ダメージは不可避というときもあります。実際、けっこうな頻度で。ワタシたちもついさっきの数歩だけで数えきれないほどたくさんの小さな生き物を殺しているんです」モスキャップはデックスの目を見つめた。「アナタは常習的にこういうことをしているわけじゃありません。新しい道を作ろうとしているわけでも、森を開拓しようとしているわけでも……ええと、ここでどんちゃん騒ぎをしようとしているわけでもありません。ワタシといっしょにちょっと散歩して、用がすんだらすぐにまた道にもどるだけです。森はアナタがここにいたことを瞬時に忘れるでしょう。それに、ワタシが案内をします。踏んではいけないものがあれば、ワタシが教えます。さあ、ワタシについて小川に行ってくれますか？」モスキャップは反論する隙を与えずに、丘を下りつづけた。「ああ、それからソックスを引き上げたほうがいいですよ」

デックスは顔をしかめた。「どうして？」

「こういう道の外にはあなたのような無防備な皮膚にくっつきたがる生物がたくさんいるんです」モスキャップは歩きながら言った。「人間に毛皮がなくなったのは本当に残念です。毛皮は寄生防止にとても役立つんです。でも寄生する側にとってはそのほうが好都合ですよね？　アナタが言ったように、向こうも本能に従って行動しているだけなんです」

その弁舌が、デックスが今ここに至るまでにしてきた人生でのすべての決断に疑いをもたらした。デックスはぶつくさぼやきながらも、かかとの下の布がぴんと張るまでソックスを引き上げ、モスキャップについて森にはいっていった。

道からはずれることに抵抗していたわりには、デックスは道というものを本当に理解してはいなかった。以前はちゃんと保護された場所でハイキングをしており、この二年ほどは喫茶奉仕の旅で、あまり手入れをされていない土地をワゴンとオックスバイクで通っていた。

こうした経験は心をなだめて落ち着かせてくれ、いくぶん思索を誘うものだった。道をたどっているぶんにはたいして頭を使うこともなかったので、思考がゆるく散漫になる余地がふんだんにあった。だが、道の通っていない原野を歩くのはまったく別の話で、自分の内なる原始的な本能のようなものが目覚めるのが感じられた。これまで自分に備わっているとは知らなかった鋭い集中力が目覚めていた。ぼんやりと物思いにふける暇などまったくなかった。考えられるのはこういうことだけだ——根っこに気をつけて、左に行く、あれは毒がありそう、あの岩に気をつけて、あれは安全だろうか、やわらかな土、オッケー、右に行く、あれはよけて、気をつけて、気をつけて、気をつけて。一歩踏み出すごとにさまざまなちがいがあらわれ、そのあとではまたルールが変わる。道の上を旅するのは水に乗って流れていくようなものだが、道からはずれて旅するのは鋭いガラスを踏むようなものだと、デックスは学びつつあった。

だが、森はめまぐるしく、ぐらつく石ころだ、あの植物に気をつけて、上に、下に、気をつけて、というこまごました認識の合間に、この場所の否定しようのない美しさに気がついていた。この散歩をする前にはいろんなものに刺されたり、ひっかかれたりするだろうと確信していたが、いったんやぶをかきわけて進むこつがわかると、楽しく思えてきた。ハンマーストライクから引き返したときのふつふつとわきたつような反逆精神がふたたびわいてきて、デックスは笑みを浮かべた。これはなかなかおもしろい。

「穴に気をつけて」モスキャップが言った。「ここには多産なイタチたちがいたんだ！」

地面のあちこちに小さな穴が空いているのに気づき、デックスは慎重によけて歩いた。

「ありがとう。足首をくじくと大変だからね」

「まあ、それと林檎《りんご》グモです」

デックスは凍りつき、足が止まった。「え、何ですって?」

「林檎グモです。林檎グモはイタチと共生関係にあるんです。驚嘆すべき相互扶助ですよ。イタチは林檎グモに住処《すみか》を与えて邪魔をしないし、林檎グモはより大きな捕食者を遠ざけることができるんです」

「どうして?」

「ああ、イタチはものすごく、く、攻撃的なんです」

デックスは軽い足取りでイタチ穴を迂回《うかい》した。穴は入口をコケや石くずで覆われて、深い部分が見えないように隠されている。「どうして林檎グモなんていう名前なの?」

「大きさからですよ」モスキャップは両手の指を丸めて合わせ、球を作ってみせた。「腹部だけでだいたい――」

「わかった、もういい。ありがとう」デックスは熱い石炭の道を歩くかのように、つま先だって穴だらけの野原を急いだ。

小川にたどりつく前に、流れの音が聞こえた。水源が近くなると森が急速に変化することに、デックスは驚いた。もとは常緑樹だけだった森に落葉樹がまじっている。奇妙なユリと沼ランタンがシダやとげのあるつる植物よりも多くなっていた。モスキャップは空いているほうの腕で大きな灌木《かんぼく》の枝を押さえ、向こう側の小川までデックスが安全に通れるようにしてくれた。

「着きましたよ」モスキャップが言った。「たっぷり飲めますよ！」

デックスは小川を見下ろした。ほかの状況でなら、とてもすてきに見えていただろう。水がごつごつした岩を越えながら滔々《とうとう》と、さまざまな色を見せながら流れている。まだらに落ちる日光が水をきらめかせ、滝を落ちる水の音は疲れきった心を安らがせてくれるように思える。でも、デックスはここに、川を見にきたのではない。この川から水をくみにきたのだ。そう考えると、ほかのことが目にはいってきた。不気味な茶色の藻が岩の表面を毛皮のように覆っている。小川の端のスポンジめいた土壌からはカビくさい悪臭が出ており、ぬめぬめした魚やすべるように進む昆虫や、名前を知りたくもないような生物たちが下でうごめいている。その上には死体のような色をした落ち葉が浮いていた。

「どうしましたか？」モスキャップが訊いてきた。

デックスは唇をすぼめた。「こんなことを言うと、すごくばかげているように聞こえると思うけど」

「そうでしょうか」

「ここの水がどこから来てるか、知ってる」とうとう、デックスは言った。「蛇口から出てくる水がすべてこういうところから来ていることは知ってる。シティの水はマレット川から来てるし、ヘイデールの水はラプター・リッジから来ていることも。でも、そういう場所に実際に行ったことはなかった。みんな……名前だけだった。そういう概念だけ。水は川とか渓流とかそういうところから来て、浄化処理されて、それからわたしのカップに注がれるってことは知ってる、でもそれについて……考えたことはないの。こういう場所がちゃんと利用できるところなのかなんて、考えたことはない。ここはわたしには水源のようには見えない。だって……これはきれいな景色なんだもの。きれいな絵っていうか。水をくむような場所じゃない。そうするのはとても安全だとは思えない」

モスキャップはしばらく小川を見つめた。「ちょっとのあいだワタシたちがここを離れても、タンクは無事だと思いますか？」

「お……思うけど？　どうして？」

モスキャップはタンクをどすんと地面に置いた。「もうちょっと散歩する気があるなら、見せたいものがあります」

その老朽化した建物はかつての飲料瓶詰め工場だったが、モスキャップの説明がなければデックスにはそうとわからなかった。工場時代の廃墟《はいきょ》はどれもみな同じに見えるのだ。みんな、たくさんの箱とボルトとチューブでできたばかでかい高層ビルだ。野蛮で実利的。見たところは旺盛《おうせい》に生い茂って、今やこの錆《さ》びた死骸をわがものにしようとしている植物と反目しあっているようだ。とはいえ、死骸という言葉はこうした建物をあらわすのに適切なものではない。なぜなら、死骸は資源の宝庫だからだ——分けられて再利用されるのを待っているたくさんの栄養素が詰まっているのだ。デックスがもっともよく見慣れている建物は、この死骸という言葉にふさわしい。シティの高層ビルはカゼインと菌糸体《きんしたい》の透明ブロックを組んで施工されており、腐敗という要素がすでに織りこまれている。そうしたビルの壁は時がくれば分解しはじめる。そうなった時点で、それらは修理専用に育てられた素材を使って修理されるか、もしそのビルがもう使われないということなら、しばらくのあいだそのビルが立っていた土地に再吸収される。だが、工場時代の建物は金属製なのだ——その廃墟は小動物の一時的な住まいになるぐらいで、それ以上は何の役にも立たない。腐食したあげく、ついには崩壊してしまう。それがせいぜいの末路だ。もはやあるべきでない場所に居座りつづけることが唯一の遺産だ。

旅の道中、デックスはこうした廃墟を何度となく目にしてきた。リサイクル可能な資源を取りつくされた遺跡もあれば、新たな用途を与えられた遺跡もある。なかにはごく少数ながら、かつての世界を思い出させるよすがとしてハイウェイからよく見えるところに残されているものもあった。生々しい記憶を残した歴史をくりかえすのは、実に人間らしい性向だ。そしてパンガには工場の時代に生きていた者はひとりもいない。そういうわけで、デックスは瓶詰め工場のような場所を遠目に見たことはあっても、近づいたことはなかった。今やっているように、工場のなかに立ったことなどなかった。建物はとんでもなく大きく、洞窟のようで、天井にはI字形とL字形の鋼材が無限に並んでいた。床については、以前はどんな素材だったかわからない。森に喰《く》らいつくされているからだ。崩れかけた天井のあちこちに開いた穴の下に、シダやキノコやもつれたイバラが濃密に生い茂り、穴から日光がまだらに注いでいる。

「この場所についてどんなことを知ってるの？」デックスは声を押し殺して訊いた。

モスキャップはすぐ横に立ち、不気味な光をじっと見上げていた。「ほとんどありません。ただ言えるのは、この場所が何だったかということと、ワタシの一部はここが好きではないということぐらいです」

デックスはモスキャップに顔を向けた。「どういう意味？」

「わかりません」モスキャップは肩をすくめた。「ワタシがもっているのは残滓ですから」

またしてもこの言葉。そしてまたしても何の説明もなく、ロボットは陽気に話を続けた。

「それがアナタといっしょに修道院に行きたいと思った理由の一部だと思います。人間社会の暮らしに完全に飛びこむ前に、この感情を理解したいんです。ワタシの一部はアナタがたの世界を怖がっていますが、それがどういう意味なのかも、耳を傾ける価値があるのかどうかもわからないんです」

「どんなふうだったか覚えてないの？」

モスキャップはデックスを見つめた。「ちょっと待って、アナタは……まさか。ワタシが工場で働いていたと思ってるんじゃないでしょうね」

デックスはまっすぐ見つめ返した。「ちがうの？」

ロボットは笑い声を出した。その音が周囲の壁にこだました。「シブリング・デックス！

もちろんちがいますよ！　ワタシは野生のロボットです。ワタシが工場時代から稼働中だったら、アナタとこんな会話はしていませんよ。ほら、ワタシを見てください！」わかりきったジョークをひけらかすように、両腕を広げてみせた。

　そのジョークはわかりやすくはなかった。

「おっと、なんということだ、アナタは……本当に知らないんですね。どうもすみません。決めつけてしまったのは愚かでした」モスキャップは教授のような落ち着きぶりで自身の身体を指さした。「ワタシの部品は、たしかに工場生まれのロボットから取ったものです。でもそのロボットたちはとうの昔に壊れたんです。そうしたロボットたちは仲間の手でいろんなパーツを採集され、それが再加工されて新しいロボットたちに使われるんです。子どもたちに。そしてそのロボットたちが壊れたら、そのパーツはふたたび採集されて再加工され、新しいロボットを作るのに使われます。ワタシは五代目になります。ほら、見てください」金属の手を片方、腹部に置く。「ワタシの上半身はスモール・クウェイル・ネストから取ったもので、その前はブランケット・アイビー、オッター・マウンド、ターマイトのものでした。そしてその前は……」胸のボックスを開け、人差し指の先端のライトのスイッチを入れて、内部を明るく照らす。

　なかをのぞいたデックスの目が丸くなった。なかには公式製品に見えるプレートがボルトで留めつけられていた。歳月を経て古びているが、入念な手入れできれいに保《たも》たれている。『643-14G、ウェスコン繊維社所有』そう記されていた。

「うわ」デックスは小声で言った。その瞬間、時間が圧縮されたように、歴史がもはや時代とか年代とかで区切られるものではなく、今このとき、ここで生きているもののように感じられた。

「さわってもいいですよ、そうしたければ」モスキャップが言う。

「あなたの胸に手を入れるなんてとんでもない」

「どうしてです?」

「だって……できない」デックスは両手をポケットにつっこんだ。「それじゃ、あなたのボディ……この643……は製造ボットだったんだね」

「上半身はそうですが――ほら、これがアナタがわかってないことがワタシにわかっていなかった理由です。ワタシにとってはあたりまえのことだからです」モスキャップは両腕をつきだした。「この腕はまったくちがうロボットから取ったものです――パンアーク73-319、これがモーニング・フォグを作り、それからマウス・ボーンズを作り、サンドストーンを作り、ウルフ・アンド・フォーンを作り、今はワタシを作っています。パンアーク73-319は自動車の組み立て作業をしていました。わかりますか? どのパーツもすべてそういうふうに語ることができるんです」

「でもあなたにはそのロボットたちの記憶はないんでしょ」

「役に立つような形ではありませんが、いくらかの……印象のようなものはあります。いろんなイメージの断片です。自分のものでないとわかっている感情とか。どれもごくちっぽけな、短いものです。一瞬浮かんですぐに消え去ってしまうような」

その意味がピンときた。「残滓ね」

「まさしく」

「そしてその残滓のひとつが……こういう場所への恐れなんだね」

「恐れというのは強すぎる言葉だと思います。警戒。用心。軽い不快感」

デックスは錆びついた巨大なタンクに寄りかかり、疲れた足にかかる体重を軽減した。

「あなたを作ってるほかのロボットは何体あるの？」

「直接の提供者は三体ですが、その三体もほかのロボットたちから作られていました。ワタシの……アナタがたで言う家系図はたくさんの野生製造ロボットからなっています。さかのぼれば全部で」——ロボットは指を折って数えた——「十六体の工場製造ロボットになります」

「それじゃ……そうしたパーツがこれだけの時間がたってもまだちゃんと動いて、何度も何度も再加工できるのなら、どうしてオリジナルが壊れたときに解体してパーツを組み合わせたりするの？　オリジナルのロボットを修理すればいいんじゃないの？」

モスキャップはいい質問だというように、うんうんと熱心にうなずいた。「そのことについては、オリジナルのロボットたちが壊れはじめたときに、第一回集会で長い時間をかけて論じられました。そして最終的に、それはあまり望ましくない道だろうという結論になりました」

「でも、それって……不滅ってことだよね。望ましくないってどうして？」

「世界にはそういう生物は存在しないからです。ほかの生物はすべて、壊れたらほかのものに作り変えられます。アナタがたは——無数の有機体に由来する分子でできています。そして体形を保つために毎日いろんな死んだものを食べ、死んだら身体各部をバクテリアや甲虫や蛆虫《うじむし》に食べられる番となり、消えてしまう。ワタシたちロボットは自然の生き物ではありません。ワタシたちはそれを知っています。それでもワタシたちはほかのすべてと同じように、親神たちの法に支配されています。世界のもっとも本質的なサイクルにはいれないのなら、どうしてその世界を学びつづけられるでしょう？　もしオリジナルのロボットたちが自分たちを修理したとしたら、そのロボットたちは懸命に理解しようとしている、まさにその対象と正反対のふるまいをしているということになるでしょう。その対象をワタシたちは今でも理解しようとしているんです」

デックスは両手をポケットにつっこんだ。「あなたは怖いと思う？　死を怖いと思う？」

「もちろんです。意識をもつものはみな、そうです。そうでなくてどうしてヘビは嚙《か》みつくんです？　どうして鳥は飛んで逃げるんです？　でもそれもまた学びの一部なのだと思います。実に奇妙じゃありませんか？　あらゆる生き物がもっとも恐れているものが、唯一のたしかなものだというのは？　ほとんど残酷と言えませんか、そういうことが……」

「織りこみずみなのは？」

「そうです」

デックスはうなずいた。「ウィンのパラドックスみたいね」

「それはどういうことなのか、ワタシは知りません」

デックスは小さくうめき声をあげ、入門したときに読まされた本の内容を思い出そうとした。「生きることはそれ自体が根本的に矛盾しているっていう、有名な命題なんだけど。その例として、いつも〈灌木地帯〉の野犬があげられてる。この話、知ってる？」

「〈灌木地帯〉に野犬がたくさんいるのは知っていますが、アナタが何を言おうとしているのかはわかりません」モスキャップは興味津々という顔をしていた。

デックスは目を閉じて、埃《ほこり》をかぶった記憶を掘り起こした。「昔むかし、人間はブルーバンクの野犬を皆殺しにした。理由は、けがさせられる心配をせずに釣りだのハイキングだのなんだのをしたかったから」

「そのとおりです。そしてそれは当地の生態系も破壊しました」

「正確に言うと、生態系を破壊したのはエルクだけどね。それまではいなかった場所に踏みこんできて、何もかもを食べちゃった。灌木だろうが若木だろうがなんでもかんでもを。ほどなく地表は丸裸になって、土壌が流れ出して川が氾濫《はんらん》を起こすようになり、そのせいで動物、植物にかかわらずあらゆる種《しゅ》が健全でいられなくなった。そしてとんでもない大混乱をきたした。でもエルクの視点から考えれば、これは史上最大の大惨事だよね。そういう場所に以前ははいってこなかったのは、怖かったからなんだから。エルクたちはずっと、いつ野犬が飛びかかってきて自分や子どもエルクに食いついてくるかわからないという恐怖のなかで生きていた。それってとてもつらい生き方だよね。捕食動物が消えて食べたいものを食べられるようになって、きっとひと安心したにちがいないんだけど、それは生態系に必要なこととは正反対だった。生態系がバランスを保つためには、エルクが恐怖におびえていなければならない。でもエルクはおびえていたくない。おびえるのはみじめだし、苦痛でもあるしね。そして飢えることでもある。あらゆる動物が生得的に、なんとしてもそういう感情をすぐに止めるように組みこまれているのよ。わたしたちはみんな、とにかく安楽にしてたっぷり食べて、何も怖がらないでいたいと思っている。だからエルクのせいじゃない。エルクはただくつろいでいたかっただけだもの」デックスは工場の廃墟に向かい、うなずいてみせた。

「そしてこういう場所を作った人間のせいというわけでもない」少なくとも、最初はね。人間だって、ただ安全でいたかっただけだもの。子どもたちに五歳より長く生きてほしかっただけ。そんなくそつらい目に遭わないようにありとあらゆることをしたかっただけ。どんな動物だって同じことをするはず——もしチャンスを与えられれば必ずするはず」

「エルクと同じように」

「エルクと同じように」

モスキャップはゆっくりとうなずいた。「すると、全体としての生態系はその構成員たちが全滅をまぬかれるために抑制をもって行動することを求めるが、構成員たちにはそういう抑制した行動を奨励するようなメカニズムは組みこまれていない、ということですね」

「恐怖だけは別として」

「恐怖だけは別として。恐怖はどれだけの対価を払ってでも避けるか止めるかしたい感情ですからね」モスキャップの頭のなかのハードウェアがブンブンと堅実な音をたてている。

「ええ、それは大混乱をきたすでしょうね？」

「きっとね」

「それで、どうなったんです？」

「それはエルクのこと？」

「そうです」

「人間がふたたび野犬を放したの。それですべてのバランスがもどった」

「そこで釣りやハイキングをしたがっていた人たちは？」

「釣りやハイキングをしなくなった。もしするとしても、リスクを受け入れてる。エルクと同じようにね」

ロボットはうなずきつづけていた。「それは、そうしなかったときの結果が野犬以上に恐ろしいものだからですね。アナタがた人間はものごとを抑制するのに、いまだに恐怖に頼っているんですね」

「かなりね」デックスは仰向《あおむ》いて天井をまじまじと見た。そこにはグロテスクさと陰気さを伴った不気味な美しさがあった。デックスが頭を動かすと、背後の大水槽がやんわりと音を反響させ、この水槽が小川のそばに無防備に鎮座していることを考えさせられた。「どうしてわたしをここに連れてきたの？」

「藻についてアナタが感じたことをワタシが理解したと伝えたかったんです」

途方に暮れた感じほどデックスが嫌いなものは、あまりない。「話が見えないけど」

「小川にあった藻です。あれがいやだったんじゃありませんか?」

「よくわからないけど、そうかも。あそこにはぬるぬるした変なものがたくさんあった。害はないってことは知ってるし、あれが濾過《ろか》で除去されるってことも知ってる。でもなんとなく……よくわからないけど」

モスキャップは笑みを浮かべた。「アナタのなかの何かがあれを嫌っている」

「そのとおり」

金属パネルの笑みが大きく広がった。「それこそが残滓です。進化の残滓がアナタを病気にかからせまいとしているんです」

デックスは首のうしろをかいた。「なるほど」

「残滓というのは強い力をもっています。無視することはむずかしい。けれどもアナタにはあの水を飲んで病気にならないようにするための五感とさまざまな道具があります。そしてワタシは……」モスキャップが大水槽を指でなぞると、錆の破片が雪のように舞い落ちた。「ワタシが向かっている世界がもう、オリジナルのロボットたちが立ち去った世界ではないことを知っています」

デックスはロボットのほうに頭を傾けた。「それじゃ、わたしたちは昔のわたしたちよりも賢くなっているって、あなたは言ってるんだね」

モスキャップはゆっくりとうなずいてみせた。「ワタシたちがそれを選ぶならです」両手をこすりあわせ、錆のかけらをきれいに落とす。「そこがワタシたちがエルクとはちがうところです」

デックスとモスキャップは少しのあいだ、天井から落ちる光を見つめていた――光と、そのなかで舞う花粉を。鳥の影がひとつ、よぎっていった。一匹の几帳面《きちょうめん》なクモが古いコントロールレバーのあいだに絹のような糸をかけ、細部まで緻密な模様を作っている。一本のつるがのびているが、その動きは人間の時間とは同調していない。

「ここはきれいね。こんな場所のことをそういうふうに言うなんて想像したこともなかったけど、でも――」

「ええ、きれいです」モスキャップは内なる決意をかためたようだった。「きれいです。死にゆくものは往々にしてきれいなものです」

デックスは片方の眉を上げた。「その言い方はちょっとぞっとする」

「そう思いますか?」モスキャップは驚いていた。「なるほど。ワタシはそうは思いません」ロボットは近くに生えているやわらかなシダに手をふれ、毛皮をなでるようにその葉をなでた。「ワタシは廃《すた》れかかっているものを見守れるだけの運に恵まれていることを美しいと思います」

6　しなびた青菜と飴色《あめいろ》に炒めた玉ネギ添えのグラスフェッド・チキン

ヘイデールに住むデックスの大勢のいとこのひとりに、オジーという名前の小さな子どもがいる。いつかはわからないが、いつの日か、オジーは賢く育つのだろうが、今のところはデックスにとってとんでもない頭痛の種だった。デックスが訪問するといつも、四六時中まとわりついて次々と質問をしまくり、デックスの靴や歯や、オックスバイクや友だちや髪や家や習慣についてなんでもかんでも知りたがるのだ。特に思い出すのは、デックスがほかの大人たちと炉端にすわっていた夜のことだ。突然オジーが、とっくにベッドに追いやられていたはずのオジーがコットンのパジャマ姿ですたすたと輪のなかにはいってきて、デックスにはこれまであったためしのないほどの自信に満ちて、どうして足には指があるの、どうして足の指は手の指と全然似てないの、と問い詰めてきたのだ。就寝時刻なんてくそくらえだ。オジーは訊かずにはいられなかったのだ。

オジーのことが頭に浮かんだのは、肩ごしにモスキャップに熱心に見つめられながらディナーを調理していたときだ。モスキャップはロボットの関節のかすかな音が逐一聞こえるほどの間近にいた。

「それは？」モスキャップはまな板に向かってうなずく。「そういうタイプの球根は見慣れませんが」

「これは玉ネギだよ」デックスは皮をむいて切りはじめた。

「そんなものにたいして栄養はないでしょう。アナタが消化できるようなものは」

「さあ……わからない。あまりないとは思うけど、玉ネギを使う理由はそこじゃないの」

モスキャップは頭を傾けてデックスの顔をまっすぐ見つめた——とんでもなく間近で。

「玉ネギを使う理由は何ですか？」興味津々でたずねる。

「おいしいから。基本的に玉ネギを入れて味がおいしくならないものはないの」デックスは切っている途中で手を止め、袖口で目をこすった。

「大丈夫ですか？」

「大丈夫」涙腺《るいせん》から涙がとめどなく出てくる。「ただ玉ネギは……目にしみるの。まったく……ああ、もう」デックスはごしごしと目をふき、大きく息を吸った。「これのにおいのせいで——こうなるのよ」涙に濡れたしかめ顔を手で示す。

「それはそれは」モスキャップは二本の指で玉ネギの薄切りを一枚つまみ、用心深く調べた。

「きっとすごくおいしいんでしょうね」

デックスは安全が保《たも》てるかぎりですばやく切り終え、新鮮な空気を求めてキッチンから飛び出した。ああ神々よ、あの玉ネギは強烈だった。

モスキャップがまたしてもデックスのすぐ右横にあらわれ、涙を流しているデックスの目を青い眼で見つめた。「この反応はどれぐらい続くんですか？　何か危険はありますか？何か手助けはできますか？」

デックスはごしごしと目をこすったが、ひりひりするのは治らなかった。「よかったら玉ネギの調理はあなたがやってちょうだい」

モスキャップは、たった今、今日は祝日だよと言われたような顔になった。「何をすれば？」喜びいさんで訊く。

デックスは指示した。「フライパンはもう熱くなってるから、バターを入れて」

モスキャップはバターナイフとバター容器を、まるではじめて持つような手つきで取り上げた——まあ、もちろんはじめてだろう。「バターの量は？」

「ええと……」デックスは親指と人差し指でおおざっぱに大きさを示した。「これぐらいかな」

ロボットはだいたいこれぐらいのバターを取り、フライパンにのせた。「バターを使う理由は？」じゅうじゅうという音に、ロボットの声が重なった。

「バターは脂肪。脂肪がなくちゃ何もおいしくならない」

モスキャップはそれについて考えた。「ほとんどの雑食動物がそれに同意すると思いますね。次は何を？」

「切った玉ネギを全部フライパンに入れて——皮とてっぺんは残して。そっちは蒸し煮器に入れて」

ロボットはバターナイフの先で野菜くずを指した。「これは、アナタは食べない」

「そうよ」

「わかりました」モスキャップは言われたとおりに玉ネギをフライパンに入れ、野菜くずを言われたとおりに蒸し煮器に入れた。それから、フライパンのなかで起きている化学変化に全注意を向けた。「こんなことをするのは、アナタがたの種《しゅ》だけですよ、ご存じでしょうが」

玉ネギの攻撃がようやく収まり、デックスはキッチンにもどっていった。「それはいろんなことについて言えるよね」

「なるほど、たしかに。ですがそれはひっくり返すことができます。夜に狩りをするのはフクロウだけです。タイガービートルは甲虫のなかで唯一、鳴く種です。沼ネズミは――」

「言いたいことはわかった」デックスはワゴンにはいり、小さい冷蔵庫を開けて、スタッグ・ホローでもらった大麦ビールのボトルを取り出した。最後の一杯分しか残っておらず、今日はこれを飲むのに最適の日だと思えた。

モスキャップはそのボトルを見てくっくっと笑った。「おや、アナタがたは明白に、それを飲む唯一の種ではありませんね」

「これが何か知ってるの？」

「はい。ビールの残滓《ざんし》記憶はあります。ビールとはどういうものか知っているという残滓記憶が」

「ビールの記憶はあるのにバターの記憶はないの？」

モスキャップは肩をすくめた。「それはワタシではなく、オリジナルたちに訊いてください」

「それじゃ……ちょっと待って、ほかに何がビールを飲むの？」

「ビールじゃありません。発酵飲料です。ウールウイング鳥は、あたりに新鮮なフルーツがあっても、熟して発酵したフルーツが見つかったら、それを取り合って戦います。食べたあとはとんでもなくばかげたことをしでかします」そこで何か思いついたのか、モスキャップはデックスのほうに身を乗り出し、眼を輝かせた。「アナタも同じことをしますか？　千鳥足でぐるぐるまわって、ばったり倒れるとか？」ロボットの声の調子は、心底そうあってほしいと願っているようだった。

「まさか」デックスは言った。「ビールを、い、い、一杯飲むだけだよ」

「すると、それぐらいでは――」

「酔っぱらってばたんと倒れるかって？　ないない」

「そうですか」モスキャップはがっかりしたようだった。「それじゃ、どういう効果があるんですか？」

「うすら寒いように感じる。あなただったらおそらくちがいに気づかないだろうけど」

「なるほど。わかりました」ロボットは玉ネギに目を向けた。「何かしたほうがいいでしょうか？」

「あとは自分でやる」デックスはビールをマグに注ぎ、ぐいと飲んで冷たいほろ苦さを味わってから、スパチュラを手にした。「ほら、こういうふうにかきまぜてみて」

モスキャップはデックスの動作をじっと注視した。「やってみていいですか？　今はいくぶんこれに貢献したような気がします」

デックスはにっこりした。「そうだね。じゃ、肉を取ってくる」冷蔵庫にもどり、感謝のしるしに村人からもらった、熟練の手さばきでカットしたグラスフェッド・チキンの紙包みを持ってきた。手持ちの新鮮な動物性タンパク質はこれが最後だ。野菜はあと二日、もしくは三日で切れてしまうだろう。村で補充する間隔がこれほど長く空いたことはなかったが、大丈夫だ。ワゴンには大量の乾燥食品が積んである——少なくとも二週間分はあるだろう。そのどれもが未使用品だ。デックスは鶏肉を包みから出し、下ごしらえをはじめた。その作業に意識を集中し、いったいいつまで道からはずれた場所を歩くのかとか、そもそもなぜ自分は道からそれたのかとか、とにかく引き返したくないというささやかながら強い欲求に応じるのはいいことなのだろうかとかいった疑問から気をそらした。

そしてそのかわりに塩と胡椒《こしょう》を見つけた。

「アナタがたが頻繁に動物を食べるとは知りませんでした」モスキャップが言った。

「わたしが調理をするのなら、そうはならない。わたしは肉を給仕されたら食べるし、こういうものを」——肉のほうにうなずいてみせる——「もらったら受け取る。でもそれ以外は、自分の手で殺したものを食べるだけにしたい」

「そうする技術はあるんですか？」

「釣りはできるけど、本当に退屈。狩りは五回ほどしたことがあるけど、ひとりきりじゃなかった。独力でできるとは思わない」

モスキャップはフライパンを持ち上げ、玉ネギをデックスに見せた。「こんな感じでいいでしょうか？」

デックスはじっくりと見た。「うん。上手にできてる」

ロボットは誇らしげな笑いを浮かべた。デックスはチキンをひと口大に切って準備をし、フライパンに入れて青菜をたっぷりひとつかみ、上にのせた。またもやデックスとモスキャップのあいだに沈黙が降りたが、特に気づまりなものではなかった。正直なところ、デックスには……心地いいものだった。

「ねえ、ちょっと」まわりの茂みの何かにデックスの目が留まった。デックスは包丁を取ってモスキャップにわたした。「あそこに生えてる植物、見える？　紫色の花がついてるもじゃもじゃしたやつ」

モスキャップはそちらを見た。「山タイムのことですか？」

「そう、それ。ひとつかみ切ってきてもらえる？　これに入れると本当においしくなるの」

ロボットの眼の絞りが大きくなった。「ワタシはこれまでに食べ物のために生物を収穫したことがありません」

「玉ネギを調理したじゃない」

「はい、でも玉ネギを地面から取ったのはワタシじゃありません」モスキャップは両手に持った包丁を考えこむように見つめた。「よ……よくわかりませんが……その、見るのと切るのとでは……」

「ああ、わかったわかった」デックスは安心させるように言った。「わたしがやる。これをかきまぜてて」

モスキャップはほっとしたような顔をして、そうした。

ハーブが切られ、ディナーが皿に盛られ、椅子が開かれて、火起こしドラム缶に火がつけられた。ホタル以外はあまり虫もおらず、夕暮れの空気は気持ちよかった。でもデックスは膝にのせた熱々《あつあつ》のディナーの皿に向かって、唇をすぼめた。何かが正しくない。モスキャップがやってきてからというもの、ちゃんと食事を楽しめたことがなかった。そして最初のうちは、それは目の前に奇妙な存在があるせいだと考えていた。でも、いっしょに料理をするのは楽しかった。どうして食べるとなるとちがうのだろう？

モスキャップは向かい側の空いた椅子にすわり、両手を膝にのせ、うれしそうな雰囲気の顔をして、丁重な姿勢をとっていた。デックスに笑いかけ、食べはじめるのを待っている。

デックスはフォークを取り上げた。肉は素人レベルながら完璧に料理され、ぱりっと焼けた縁のまわりにスパイスが黒くなってこびりついていた。野菜はやわらかくておいしそうだ。手に持ったビールはすべてを流しこむ用意ができている。デックスはフォークに肉を刺して持ち上げ、口を開けた。そして――「これだ」

モスキャップは眼をぱちくりさせた。「これとは？」

デックスはフォークを下に置いた。「何がよくないのかわかった」

「何か……」モスキャップはあたりを見まわした。「よくないものがあるんですか？」

「うん」デックスはひじ掛けを指先で細かくたたいた。「あなたに食べ物を出せないこと」

ロボットは混乱を増したようだった。「ワタシは食べません」

「わかってる。あなたが食べないことはわかってる。でも、それでも――」デックスはため息をついて、皿を示した。「あなたに何も出さないなんて、とんでもなく無作法なことに思える。しかもあなたに手伝ってもらったのに」

モスキャップはデックスの皿を見た。「物理的にワタシがそれを食べることはできません」

「わかってる」

「それをワタシのなかに入れても害にはならないでしょう。というか、動物が寄ってくるでしょう」モスキャップは後者の可能性について考えた。「実際、それはおもしろそうです」

デックスは目をすがめた。「あなたをおとり餌になんてできない」

「どうしてですか？　これまで考えたこともなかった可能性です。ワタシのなかにはしょっちゅう虫がはいりこんできます。それがフェレットじゃだめでしょうか？　そうなったらおもしろそうなのに」

「たしかにね。でなきゃクマとか」

「ああ、そうですね。アナタの言うとおりです。小型の死骸漁《あさ》り動物とはかぎりませんからね」ロボットはせっかくの考えを却下されてうなだれていたが、ふたたび元気よく顔を上げた。「すみません、食事の話をしていたのでした。それについてはご心配に及びませんよ、シブリング・デックス。もしワタシが食べることができるなら、食事を提供してくれるとわかっていますから」

「そうじゃなくて……」目にかかった前髪を直し、デックスは顔をゆがめた。「これがどれほど基本的なことか、説明できるかどうかわからない。もし誰かが食卓にやってきたとして、たとえ自分のほうがちょっとばかりよけいにお腹がすいているとしても、その誰かにも食事を出す。そういうものなの。論理的には、わたしとあなたの状況はちがうってわかってるけど、こういうことをするとわたしのなかのすべてがむずむずするの。なんというか、どこかでわたしの母がわたしに腹を立ててるっていうような感じ」

「では、それは一族に遺伝する感情なのですね」

デックスはこんなことを熟考するのははじめてだった。「ええと……文化的っていうか。わたしは誰かの家に行って食事を出されなかったら、それは失礼だと思ってしまうの。食事が出されないことなんて考えられない。でもそう、わたしの家族は特にこういうことに厳しかった。わたしの家族はヘイデールの農場で働いてて、たくさんの食べ物を作ってるの。必要以上に収穫できて余分な作物は分け合わなくてはならないの」

モスキャップは前に身を乗り出した。「アナタが家族のことを口にしたのはこれがはじめてです。前にアナタはヘイデールの出身だと言いました。信徒になれる年齢になったときに出てきたと言いましたが、家族の話をしたことはありません」

「連絡は絶やしてないし、ときどき訪問もしてる。でも……何と言ったらいいか……」

「仲たがいしている？」

「まさか」デックスはたじろいだ。その言葉は合ってはいない。全然ちがう。「わたしは家族を愛してるし、あの人たちもわたしを愛してる。ただ……わたしは心からあそこでしっくり感じたことはなかった。わたしと家族には共通するところがあまりないの」

モスキャップはそれについて考えた。「食べ物を分け合わなくてはならないと考えるところ以外は」

デックスの口の片端が上がった。「うん。そうだね」しばらく考えをめぐらせ、この難問を解決するすべを見つけようとした。「考えたことがあるんだけど。ちょっとこれを持っててくれる？」自分の皿をモスキャップにわたし、立ち上がってキッチンの物入れから二枚目の皿を出した。「ほら」最初の皿から食べ物を半分取って第二の皿に移し、それをモスキャップにわたした。この新たな状況がしっくりくるまでしばらく待ってから、デックスはほっとしたようにうなずき、ぱくぱくと食べはじめた。

デックスの落ち着かない気分が引き継がれたかのように、モスキャップはきまり悪そうに皿を持ち、デックスが食べるのを見ていた。

そして、ああ、デックスは食べに食べた。グラスフェッド・チキンと野菜は見た目どおりひと切れ残らずおいしかったし、飴色に炒めた玉ネギの最後のひと切れを口に入れたときには満足しか感じなかった。皿を膝の上に置き、口のなかで神への感謝をつぶやいて、モスキヤップを見上げ、ロボットの皿にくいと顎を向けた。「あなたも食べたら？」

モスキャップがこれまでに困惑したことがあったとしても、今のこれは最大限の困惑だった。「さっきも言ったようにワタシは――」

デックスは片手を上げた。「こう言うのよ、『いいえ、わたしはけっこうです。よかったら食べてくださっていいですよ』」

モスキャップの眼が点滅した。「ええと……いいえ、ワタシは……けっこうです」ゆっくりとくりかえす。「よかったら食べてくださっていいですよ」

デックスはうなずいて、モスキャップの皿を取った。「ありがとう」そう言うと、間髪《かんはつ》を容《い》れず食べはじめた。「ありがたくいただくね」

ロボットはデックスが食べるのを見守った。「すごくばかげていませんか」

「そうだね」とデックス。

「それにまったく不必要です」

デックスはビールをごくりと飲み、満足げに息を吐きだした。「でもこれがいいの」

モスキャップはその言葉の意味をじっと考え、それからうれしそうにうなずいた。「それなら、これからこうしましょう」

7　大自然

人間用のインフラの整った社会で生まれ育った者が、自分の世界の見方が正しくないということを真に実感するのはむずかしい。たとえ、自分が住んでいる自然な世界が目の前に存在し、今後も長く続くものだとよく知っていたとしても、たとえ大自然がものごとの本来の状態であることや、自然とは村と村のあいだで慎重に管理されている飛び地だけにあるものでもなければ、しばらく目に留めていなかった何もない場所に突然湧いて出るものでもないと知っていても、たとえ一生ずっと自然のままの潮の満ち干やサイクルや生態系に深く関わっているとしても、まったく人の手のはいっていない世界を思い描くのは、やはりむずかしい。だがそれでも、見棄《みす》てられた人間の建造物が植物に覆いつくされることや、これらが中間的な状態であり、その逆にはならないことを理解するのは苦労する。

これが、デックスが旧道でオックスバイクにまたがり、アスファルトが消えている場所を見つめたときに突然生まれた認識の変化だ。

どこかの時点で地滑りがあったのだ──何年か前なのか、何十年も前なのかはわからないが。山がまるごとひとつ、くっつく力を失い、人間の手で舗装されたラインを消し去った。

これは損壊した道路の問題というわけではない。デックスとモスキャップが今立っているぎざぎざした縁の向こうにかつて道路があったことを示すものはいっさいない。アスファルトのかたまりが割れてはがれ落ちたところは完全に岩と土に呑《の》みこまれ、その岩と土は繁茂するシダや木や根っこやコケにすっかり覆われていた。

「残念です、シブリング・デックス」モスキャップが言った。

デックスは返事をしなかった。前方の混乱をきわめたごちゃごちゃを見つめて、胸のなかでくすぶっている感情を理解しようと努めていた。そこには失望があり、幻滅もあった。そしてそのもつれたかたまりをほどくと、見つかったのは怒りのかたまり、分裂している細胞のように常にふたつに折りたたまれていた怒りだった。怒りはこの状況に向けられたものではなく、これが断念を意味するということに向けられていた。これ以上先には行けない。ここにやってきたときにはそう考えていた。そしてこの考えに抵抗したときに、理性的部分がこう説明した。道路がなくなってるんだから。ワゴンはあんなところを通れない。これで終わりだ。

道路はなくなっている。ワゴンは通れない。長く観察すればするほど、腹立ちが募ってきた。前方に横たわっている場所は単に世界なのだ。なぜなら世界は常にこうあったし、これからも常にこうなのだから。おそらくデックスもその一部、その産物であり、その企《たくら》みにとうていほどけないほどに結びついている存在なのだろう。そのくせ、なんの助けもなく修正もない世界にはいっていくとなると、どうしようもない無力さを感じていた。絶望感を。仰《あお》向《む》けになって脚を宙にばたつかせているカメのように。

デックスは消えた道をにらみ、自分自身をにらんでいた。ブレーキをかけて停め、ワゴンにはいる。

「ああ、本当にがっかりです」モスキャップはまだ外にいた。「本当に残念です。前にも言いましたが、このあたりまで来るのは久しぶりで、この道は一度も通ったことがないんです。まさかこんな――何をしてるんですか？」

デックスはワゴンのなかを探しまわり、バックパックを取り出した。水のボトルとフィルター――当然だ――と救急キット――明らかに必要だ――をバックパックに詰める。一応ソックスも。いざとなればソックスは捨ててもいい。

「シブリング・デックス？」

せっけんはいらない。アクセサリーもいらない。こまごました小物――ああ神々よ、どうしてこんなにたくさんあるんだろう？　いろんなものをバックパックに詰めこみつづけた――折れたり重なったりするのもおかまいなしに。着替え一式は多すぎる……それとも必要？　万一を考えて、ズボンとシャツを押しこむ。

モスキャップがワゴンに首をつっこんだ。「何をしてるんですか？」

デックスはパントリーの戸棚の前に立ち、考えていた。修道院までオックスバイクなら半日の距離だ。だからバイクなしで歩くと……

「シブリング・デックス、いけません」モスキャップが言う。

二日か、もしかすると三日。そう考え、デックスはプロテインバーと塩味のナッツ、ドライフルーツ、ビーフジャーキー、チョコレートをつかんだ。

「もしかしたら、さっき道路からはずれたときにまちがった印象をアナタに与えてしまったかもしれません」モスキャップの声はうわずっていた。「あれは森の外縁部を二時間ほど歩いただけでした。ここでは何が起きるかわかりません。ワタシはここに来たことはないんです」

「あなたの世話になるわけじゃない」デックスはポケット・コンピュータ用の小型充電器と予備の毛布を加え、バックパックのジッパーを閉めた。それからワゴンの窓をひとつずつ閉めていった。

「ワタシにはわかりません。なぜこうすることがそんなに重要なんですか？」

この質問を聞いて、デックスの何かが猛烈にぴりぴりした。つつかれるのを望まない秘密主義の生き物のように。信念と共にワゴンから出ると、モスキャップが飛びのいた。

「あなたは来なくていいよ」デックスは言った。「どうせ修道院に行ったあとは別れる予定だったんだから。親切に助けてくれてありがとう。でもわたしのせいでやりたいことができなかったんだから、もうそっちにもどってちょうだい」

デックスがワゴンのドアをロックしているあいだ、モスキャップはなすすべもなく立っていた。「シブリング・デックス、ワタシは――」

デックスはバックパックを背負い、ストラップをきつく締めた。それから間近につったっているロボットを見上げた。「じゃ、行くね」

モスキャップの眼が一瞬暗くなった。それから青い光がもどってきたが、さっきよりもちょっと暗くなっていた。「わかりました。では、行きましょう」

人間の身体はほとんど何にでも適応できるが、その過程についてはあてにできないほど選択的だ。自分はとても元気で健康だとデックスは思っていた。二年間ペダルをこいでパンガじゅうをまわってきたが、目に見えて元気だった。だがまる一日、道なき斜面を上った――倒木を乗り越え、岩の雨裂《うれつ》を慎重に足場を探しながら横切った――だけで、何年ものあいだ安穏と休んでいた筋肉たちが、予想だにしていなかった重労働に投げこまれたことに文句の声をあげていた。

だが、デックスは気にしなかった。手のひらと肘から先の腕はひっかき傷だらけで血がにじんでいた。

だが、デックスは気にしなかった。ヒルどもが手近なごちそうを貪《むさぼ》っている。足がふだんとはちがう角度で靴にこすれ、まめができていた。空はどんどん暗くなり、空気はどんどん薄くなってくる。山の上り坂は永遠に続くように思えた。

だが、デックスは気にしなかった。

いっしょに歩きながら、モスキャップはほとんど何も言わなかった。ただときおり「こっちに行くほうが楽そうです」とか「あの根っこに気をつけて」と静かに注意をするだけだ。デックスはロボットがついてきたことに憤慨していた。モスキャップにいてほしくなかった。

誰にもいてほしくなかった。このいまいましい山を登りたいのは登ってやると決意したからで、修道院に着いたら、それから……それから……

その思考の先にぽっかりと開いた穴を無視して、デックスは歯を食いしばり、大きな岩によじ登った。

ヒルに吸われたところがミミズ腫れになっていた。ひりひりする肌から汗が噴き出し、すでに泥まみれになっている赤と茶色の服を濡らしている。つんとくる汗臭さが自分でもわかった。ワゴンにあるスイートミントせっけんとふわふわの赤いタオルと、特別なものではないけれどいつもちゃんとそこにあると信頼できるキャンプ用シャワーを思い浮かべる。さらに椅子と火起こしドラム缶、そしてすばらしいきれいなベッドを。

ベッドができる前はどうしてた？　怒りを覚えながら考える。シャワーができる前には何をしてた？　そんなものがなくたって人類は何十万年も大丈夫だったのだ、だからあんただって大丈夫だよね？

雨が降りはじめた。

「雨宿りできる場所を見つけたほうがよくありませんか」モスキャップが空を見上げた。「あの雲はしばらくどこにも行きそうにありませんし、一時間もすれば暗くなります」

デックスは次の岩を登りはじめた。両手両足でわずかなくぼみを探しながら登るうちに、冷たい雨が服のかろうじてまだ汗に濡れていなかった部分をぐっしょりと濡らした。

今度は、モスキャップはついてこなかった。岩の下に立ち、困惑したようにデックスを見ている。「なぜそんなことをしてるんですか？」

　デックスは無言だった。

「なぜこんなところに出てきたんですか？」ロボットの声はいらだたしげに張り上げられた。

「なぜここにいるんですか、シブリング・デックス？」

「登ろうとしてるの」デックスは一メートルほど上からどなった。「気が散るから黙って」

「何かあったんですか？」

「ない」

「誰かに追い出されたんですか？」

「ううん」上に手をのばす。よさそうに見える小さな裂け目があったが、雨のせいで岩がすべりやすくなっていた。指が水ですべり、緊張で震えた。

「アナタはシティに友だちがいます」モスキャップが言う。「ヘイデールには家族もいます。なぜ出てきたんですか？　その人たちに傷つけられたんですか？」

「まさか！」

「その人たちはアナタを恋しがっていますか？」

「ああ神々よ、あなたはいったい――」

「その人たちはアナタを愛していますか？」

「黙って！」その言葉がまわりの岩にこだまし、その反響でデックスの手がはずれた。落ちるのはそりですべるのとはちがっていた。いろんなでっぱりやとがったところにひっかかり、スピードは落ちたものの服が破れ肌が切り裂かれた。衝撃を感じ、それからそれが何なのか理解した——そう、強烈な、そして痛い、だがなめらかでつっぱるような金属質の。

モスキャップだ。

ロボットはデックスの身体を両腕で抱えて落下の衝撃を吸収し、そろってうしろ向きに、下の泥だらけの岩棚に落ちた。デックスはころがってロボットの腕から抜け出し、まわりの泥のなかに震えながら倒れこんだ。モスキャップはすばやく起き上がった。プレートには泥が飛び散っていた。

「大丈夫ですか?」ロボットは叫んだ。

デックスは泥のなかにすわりこみ、冷たい雨に打たれていた。ヒルに吸われたところが燃えるように痛み、打ち身やひっかき傷がひりひりして、筋肉が悲鳴をあげ、心臓がどきどきと震えていた。ぜいぜいとあえぎ、落ち着こうと努力した。それからゆっくりと、静かに、まるで今思いついたかのように、泣きはじめた。

「わからない」デックスの声は震えていた。「自分がここで何をやってるかわからない。わからない」

モスキャップは膝立ちになって、片手をデックスに差し出した。「さあ、シブリング・デックス。どうぞ——」

「わからないの!」デックスは叫んだ。両手で一度、泥をたたく。もどかしさと憤《いきどお》りで、今や全身で泣いていた。怒りをむきだしにして、モスキャップを見る。

モスキャップは手を差し出したままだった。「どうぞ」その声は、オオカミやクマやおびえている小動物と共にすごすときに使う、気負いがなく堅実なものだった。

雨はいっそう激しくなっていた。デックスはロボットに助けてもらって身を起こし、共に立ち上がった。モスキャップが歩き、デックスはそれについていった。ロボットがどこに向かっているのか、デックスは気にしなかった。


洞窟についての子ども向けのお話は大うそだった。民話やおとぎ話では、そういう場所に避難した英雄たちは、そこが狭いながらも世界一魅力的な居場所のように語っている——居心地がよくて冒険気分が堪能できる、家具のない天然の寝室のように。モスキャップに導かれてデックスが足を踏み入れた洞窟はそんなものではなかった。岩でごつごつして真っ暗で、不愉快なほど傾いていた。どこからともなくよどんだ悪臭が漂ってくる。いったい何のにおいなのかデックスにはわからなかったし、知りたくもなかった。とことん死んでいる何かのもろそうな肋骨《ろっこつ》が地面にころがっている。くったりした毛の束がいくつか散らばっていた。何かはわからないが骨を嚙《か》み砕いた動物がほしがらなかったものだ。この洞窟について言えるいちばんいい点は、乾いているということだ。

雨降りという状況では、それが何よりだ。

デックスは震えながら服を脱ぎ、いちばん安定しているように見える岩の上に広げると、着替えと毛布を荷物に入れたことを無言でアラエに感謝した。外では太陽が沈みつつあったが、ピンク系や赤系の色はどこにも見えなかった——ひたすら暗い森があるだけで、どんどん暗くなっていく。うなじの毛がぴりぴりした。戸外で一夜をすごすというのがどういうものか、わかっていると思っていた。喫茶の巡回旅では、村落のゲストハウスに泊まるよりは外でキャンプをするほうが多かったが、そういうときにはワゴンがあって、世界との境界になっていた。ここで雨音を聞きながら光が消えゆくのを見ていると、そもそも内側という概念がどうしてできたのか、わかってきた。またもや、昔の人々——雨風をよけて寄り集まるのにこういう洞窟しかなかった人々に思いを馳《は》せる。それは彼らの役に立っていた。役立っていたはずだ、彼らは壁という概念に思い至らないまま長い歳月をもちこたえていたのだから。けれどもデックスには、これではじゅうぶんではない。ここは薄気味悪いし、危険だ。そしてばかげている。本当にばかげている。うなじの毛を逆立てながら、デックスは地面の骨を見やった。こういう恐怖が、ロボットの言う残滓《ざんし》記憶なのだろう。でなければ、ただのいまいましい共有感覚というやつかもしれない。

モスキャップはデックスと向かいあってすわっていた。あぐらをかき、両手を膝に置いている。「火を起こしましょうか？　薪を集めてきます」

デックスは悲しげな嘲りの笑いをあげた——ロボットではなく、自分に向けて。「焚火《たきび》の起こし方なんて知るもんですか」

「ああ」モスキャップは悲しそうに言った。「ワタシもです」両手の指を広げ、じっと見る。指先にひとつずつ、ライトがついた。「これが助けになりますか？　暖かくはありませんが、それでも——」

「助けになる」デックスは本気でそう言っていた。十個の小さな光はたいした明るさとは言えなかったが、デックスはほんの少しながら気分が和らぐのを感じた。地面にすわったが、ごつごつした岩が容赦なく背中にあたる。両膝を立てて胸の前で抱きしめ、顎をのせる。内なる何かがゆるんで消えていった。なんの理由も明確な意図もなしに、デックスはしゃべりはじめた。

「わたしは幸せだよ。ものすごく、ありえないくらい幸せ。そうなるに値するようなことは何もしてないのに、幸せでいられる。健康で、お腹をすかせたこともない。それにそう、あなたの質問に答えるけど、わたしは——愛されている。美しい場所で暮らして、意味のある仕事をしてきた。わたしたちが作った世界はね、モスキャップ、あなたのオリジナルたちが立ち去った世界とは全然ちがうの。いい世界、美しい世界なの。完璧ではないけど、わたしたちはずいぶんたくさん直した。いい場所を作っていいバランスを見つけ出した。でもシティでのつまらない毎日は、目を覚ましてもうつろな気分だったし、それに……とにかく……退屈だったの、わかる？　だから、かわりにちがうことをした。何もかもをやめて、ゼロからまったく新しいものを作ることを学んで、そう、そのために本当に一生懸命働いた。本当に一生懸命やったのよ。こう考えた——とにかくそれをやれば、ちゃんとうまくやれば、大丈夫だと思えるだろうって。で、どうなったと思う？　わたしは本当にちゃんとやった。そういうのが得意だったの。みんなを幸せにして、みんなをいい気分にさせるのが。なのに今もやっぱりつまらない気分で目が覚めるの、まるで……何かが欠けているみたいな気分で。その話を友だちや家族にしてみたけど、誰もわかってくれなかった。だからその話をするのはやめて、それから友だちや家族と話をすることもなくなった。だって説明することもできなかったし、何もかも申し分なしっていうふりをするのにうんざりしてたから。医者にもかかったけど、病気じゃないし頭も大丈夫だと断言された。いろんな本や修道院の聖書や、目にはいるものをなんでもかんでも読んだし、仕事に没頭もしてみた。かつていいと思えた場所すべてに行って、音楽を聴き、絵画を見た。運動もしたし、セックスもした。たっぷり眠って、自分で育てた野菜を食べた、なのにそれでも。それでも。何かが欠けているの。何かがない。これってわたしは甘やかされてだめになったってことかな？　すごく壊れてるってことだよね？　ずっとほしかったものや求めていたものをすべて手にしてるのに、わたしの何がおかしくて、朝目覚めると毎日が苦行のような気がするんだろう？」

モスキャップはデックスの話を、真剣に集中して聞いていた。ようやく口を開いたとき、ロボットの声は真剣な思いやりに満ちていた。「ワタシにはわかりません」

デックスはため息をついた。「わかってもらえるとは思ってないの。ただ……話してみただけ」膝に頬をのせ、洞窟の外が闇に沈んでいくのを見守った。

「アナタは修道院が何かの役に立つと思ったんですか？」

「わからないよ。ただ……このイカれた考えが頭に浮かんだのは、ある日、この同じ道をずっと進んでまた同じことをするのかと考えて、内破《ないは》しそうになったときだった。何かを思いついてわくわくしたのって生まれてはじめてだったの。はっと目が覚めたような気がした。そういう感情をずっと必死で求めてたの、もう一度世界を楽しみたいっていう感情を。それで……」

「アナタは見たことのない道をたどった」とモスキャップ。

「そうよ」

外の雨は絶え間なく降りつづけ、モスキャップが考えていることを示す低い機械音がほとんどかき消されていた。ロボットは光る指の一本をのばし、地面の土に何か抽象的ななぐり描きをはじめた。「今回はワタシが間違っていたかもしれません」

デックスは顔を上げた。「間違うって、何を?」

モスキャップは肩をすくめ、頭《こうべ》を垂れた。「たったひとりの人間が必要とするものすらわからないのに、どうして、人間は何を必要とするかという疑問に答えることができるでしょうか?」

「あら、ちょっと、それはちがう」デックスは背すじをのばしてすわり直した。「モスキャップ、あなたは——いえ、わたしは——その質問をもう長いあいだ自問してきたのよ。あなたはわたしと知りあってまだ六日だよね。あなたはただ——。これはあなたのせいじゃない。あなたがわたしを理解できないとしても、あなたが正しくないというわけじゃない。わたしだってあなたを理解できていない。あなたに必要なのは、わたしとはちがう人々に話を聞きにいくことだよ。ずっと言ってきたけど、わたしはあなたにとってふさわしい人間じゃない。

山を下りていろんな村をまわれば、もっといい人が見つかるはず。誰か、賢くてちゃんとしてて、こんなばかなことはやらない人が」両手で頭を抱え、深いため息をつく。

「ワタシはこんなことになるとは思っていませんでした。同行すると申し出たときは、という意味です。質問をされて、ワタシははいと答えました。そのあとどうなるかについては考えていませんでした。ただ単純に行きたかったんです。次にどうなるかなんて、ろくに考えもしませんでした」

「うん。それはわかる」デックスは言った。

しばらくのあいだ、どちらも何も言わなかった。土砂降りの雨が地面をたたき、もう何も見えなかった。

「これからどうしますか？」モスキャップが言った。「雨がやんだら？」

「これをやりとげたい」

モスキャップはうなずいた。「そのあとは？」

「わからない」デックスは身震いし、身体に巻きつけた毛布をいっそう引き寄せた。

「寒いですか？」

「ちょっとね」薄暗い光のなかで、デックスはばつの悪そうな顔になった。「ほとんどはただ怖いだけだけど」

「何が？」

「暗闇が。たぶん。こんなの、ばかげて聞こえると思うけど」

「いえ、そんなことはありません。アナタは昼行性《ちゅうこうせい》動物です。アナタが暗闇を怖がらなければ、そっちのほうが驚きです」モスキャップは何ごとかを考えていた。「ワタシは暖かくはありませんが、すぐそばにすわれば怖いという気持ちがちょっとはましになるでしょうか?」

デックスは地面を見つめた。「たぶんね」

モスキャップは自分の横に場所を空け、静かに言った。「ワタシもそう思います」

デックスは立ち上がって二、三歩歩き、モスキャップの横に行った。地面の岩の痛いでこぼこも、妙な悪臭も少しもましにはならなかったが、ふたたび腰を下ろして、自分の腕を軽く金属の腕にあてると、恐怖感が消えた。

「ロボットは手を握りあったりするの?」デックスは訊いた。「そういうのは……あなたにとって大変なことかな?」

「手を握ったりはしません。ですが、ぜひやってみたいです」

デックスは片方の手を差し出し、モスキャップはその手を握った。ロボットの手のほうがはるかに大きかったが、それでもふたつの手はしっくりと重なりあった。デックスはほうっと息を吐きだし、金属の指をぎゅっと強く握りしめた。そうすると、モスキャップの指先の光でデックスの肌が赤く輝いた。

「おや、これは!」モスキャップが叫んだ。デックスの手をひっぱりあげて、光る指先の一本をその手にあて、赤い色がさらに強くなるようにした。「それはアナタの血でしょうか?」うっとりした顔になる。「動物にこんなことをするなんて、これまで考えたこともありませんでした！　つまりですね、これほど近くに寄ることができるとは想像もして――」それから眼が点滅し、ロボットは顔を伏せた。「これは手を握ることの目的ではありませんよね？」恥ずかしそうな声は、すでに答えはわかっていると告げていた。

「そうだね」デックスはやさしい笑い声をあげた。「でもなかなかイカしてる。続けてよ」

「いいんですか？」

デックスは手のひらを掲げ、大きく指を広げた。「うん」そう言って、ロボットに研究を続けさせた。

8　夏グマ

雨は夜のあいだにやんでいたが、デックスはそのことに気づいていなかった。この前にぐっすり眠ったのはいつだったかについても、記憶になかった。いくら眠ろうとしても寒さや岩や雨音のせいで眠れなかった。そういう過酷な状態でときおり目覚めながらの、きれぎれの休息は、浅くて落ち着かないものだ。でもどうやら、どこかの時点で脳がシャットダウンしたようだった――ほんの数時間は。目が覚めると不快さや危険が潜んでいそうな感じは消えて、陽射しと鳥の声があり、自分は洞窟の床の上でボールのように丸くなって、モスキャップの脚《ひざ》を枕にしていた。

「あら」デックスはふらふらしながら、すばやく起き直った。「ごめんなさい」

モスキャップは首をかしげた。「なぜですか？」

「その、ええと……」デックスは眠りの霧を振り払おうとした。咳《せき》ばらいをして、唇を鳴らす。口のなかにいやな味がして、身体の残りの部分もあまりいい感じではなかった。あたりを見まわしてバックパックを探し、見つけると水のボトルを出してごくりと飲んだ。水はあまり残っていなかったが、その心配はあとまわしにすることにした。

「アナタの髪は、起きたときはいつもそうなんですか?」モスキャップが訊いた。

デックスは髪に手をやって、綿菓子のように重力に反抗して突き立っていることに気づいた。「うわ」突き立った髪を手櫛《てぐし》でできるかぎり梳《と》きつける。

ロボットは興味津々で前に身を乗り出した。「夢は見ましたか?」

デックスはもうひと口水を飲んだ。今度はもっとゆっくりと。「見た」

「何の夢ですか?」

「覚えてない」

「理解できません。覚えていないのにどうして夢を見たとわかるんですか?」

「それは……説明するのはむずかしいんだけど」デックスはバックパックをまさぐり、プロテインバーを二個見つけると一個をモスキャップに投げ、自分の分をがつがつと食べた。「夢っていうのは眠っているあいだに見るけど、脳のほかの部分が動きだしたとたんに消えるの」

「いつもですか?」包み紙もむかずにプロテインバーをぼうっと持ったまま、モスキャップは訊いた。

「いつもってわけじゃないけど、ほとんどはそう」

「なるほど」モスキャップはしばらく考え、ちょっとうらやましそうに肩をすくめた。「自分では絶対にできない経験を理解したいものです」

「わたしもだよ」デックスは立ち上がった。筋肉が文句の声をあげ、足のまめが存在を主張しはじめた。首のどこかが不自然な角度に折り曲げられており、手のひらは岩登りのせいですりむけていた。

よろよろと洞窟の入口に向かう。その先に広がる光景を見て、デックスは言葉を失った。そこがどこなのかはわからなかったが、外の世界はすばらしかった。黄色がかった朝の空に、ところどころ昨夜の雲の影が散っていた。地平線に向けて、雨がやんだところに濃い灰色のカーテンがあらわれている。惑星モタンが沈みつつあり、強烈な嵐が作るかすかな縞《しま》模様が地平線の下に沈んでいき、新たな一日を迎えようとしていた。下にはケスケンの森が果てしなく思える広がりを見せている。壊れた道路も村落も、ここ以外の世界の存在を思わせるものは何も見えなかった。これまで、これほど自分を小さく感じたことは記憶になかった。

モスキャップが背後に立ち、いっしょに外を見つめた。「ここからあと二、三時間で着きますよ。まだ最後までやりとげたいと思っていますか？」

「うん。やりとげる」その言葉の裏にある感情は、もはや切実な欲求でも、言い訳や説明に駆り立てられたものでもなく、ただ単純にやらねばならないという感覚だった。一種の降伏だ。こんな遠くまでやってきたのだ。最後まで全部やりとおしてやる。

叢《くさむら》に看板が立っていた。文字はとうの昔に消え去り、なんと書かれていたのかはわからない。だが、人間が作ったものが存在するということがデックスの警戒心を呼び起こした。ここには人間はおらず、助けが必要となっても得られないとわかっていたが、そこは問題ではなかった。地面に看板が立っているということは、誰かがそれを立てたのだ。かつて人間がここにいたのだ。その事実をデックスの内なるむきだしの衝動がしっかりとつかんでいた。ばかげているとは思うが、森のなかでの迷子のような感覚がほんのわずかながら減じたように感じられた。

ひとすじの道もあった――舗装された道路ではなく、曲がりくねりながら上へと上っていく石だらけの道が。人の手のまったくはいらない無法地帯のような森のなかを一日半歩いたあとでは、デックスの足はこのとりあえず道と言えるものに深い感謝を覚えていた。相変わらずの上り坂だったが、はるかに単純で歩きやすかった。祖先の人々がなぜ世界じゅうを舗装で覆いたがったか、その理由が身に沁みてあっさりと理解できた。

坂道の頂上には、思っていたよりもずっと早くたどりついた。自分がどこに向かっているかわかってはいたが、それでもなお、視界に飛びこんできた光景にデックスは絶句した。

「うわ、すごい」モスキャップが言った。

雄ジカの額庵《ハーツ・ブロー・ハーミテージ》は、かつては美しかった。風雪にさらされた荒廃ぶりを透かしてじっと見つめれば、それがわかった。一階建ての建物の中央に大きなドームがあり、それを取り巻くように壁つづきの部屋が花のように広がって、それらの上に見捨てられた芝土のプランターと大昔のソーラーパネルの同心円が交互に並ぶ屋根がついている。この屋根が往時はどう見えていたか、デックスは想像してみた――芝の緑とソーラーパネルのつややかな青が対比をなす、光から生命を引き出すもので作られた魅力的な縞模様。その下の石壁も、今は屍衣《しい》のように点々と覆っているコケがまったくなく、白く輝いていただろう。壁を縁どる木の部分は銀色がかっているが、心の目には包みこむような温かみのある赤が見てとれた。建物の前に広がる庭は、たくさんのトレリスやプランターで芸術的に飾られている。だがその庭は今や雑草が生い茂り、噴水はとうの昔に干上がっていた。

　この場所を見たときに感じたことを、デックスははっきりと言い表すことはできなかった。一方では、こういう環境破壊をせずに持続できる住居が、現在人々の住んでいる建物の祖先であり、そういう場所が〈移行〉以前の時代に存在していたことを思い出すことが重要なのだ。工場時代の何もかもが石油を燃やしていたわけではない。不吉な前兆を見てとり、かつてこういうものがあったという例としてこういう場所を作った人々がいたのだ。でもこれらは毒の大海に浮かぶ島々にすぎない。全体的な構想を打ち立てるには、わずかな人々の善意だけでは足りない、足りるはずがなかったのだ。結局、世界が必要としていたのは何もかもを変えることだった。人類は誰も予想していなかったきっかけのおかげで、からくも災厄を回避したのだ。

　スプレンディッド・スペックルド・モスキャップは人間が作った庭を歩きまわっていた。人間が作った足がカチャカチャと舗装の上を歩きながら、何代目かになる眼が建物の中央のドームを見ている。「ああ、シブリング・デックス、これはすばらしい」ロボットは畏敬《いけい》に満ちた声を出した。「こんな場所は見たことがありません」

　デックスは草に覆われたベンチに指を走らせ、またもや現在と過去がぼやける感じにとらわれた。「怖くないの？　工場みたいじゃない？」

「いいえ」モスキャップは言った。「全然」

ぶらぶら歩きまわっていたデックスとモスキャップは、やがて建物の前にやってきた。壁は風雪を経て、木の根やつる植物のせいでひび割れていたが、ステンドグラスの窓はおおむね無傷だ。デックスは震える人差し指でステンドグラスにふれた。色はあせていたが、形と物語は判別できた。まばゆい陽射しに包まれたモタンの軌道をまわるパンガ。輪になった神神。理解しようと努める人々。

モスキャップはじっと立ち、内と外とを隔てている腐りかけた木の扉を見つめている。

「とにかくはいってみましょう。なかに何があるか見当もつきませんが」

デックスはうなずいて同意したが、なかにあるものが悪いものであるはずがないという根拠のない確信を抱いていた。この場所は善だ、本質的に善で、廃墟《はいきょ》になっていてもなかに宿るのは愛と安全だけだという確信を。

ロボットはそっと両開きの扉を押して開けた。蝶番《ちょうつがい》は悲鳴をあげたが、しっかりしていた。敷居の向こうには玄関ホールがあった。馬蹄《ばてい》の形に左右に湾曲し、両側に階段がついている。この中央にアーチがあり、デックスとモスキャップはここを通って奥の聖所にはいっていった。聖所の中央に炉が切られており、一面に木くずが散らばっている。ここは石のベンチで囲まれており、ここから、かつて水が流れていた水路が分岐しながら出ていた。水路には三つの簡素な橋がかかっており、それぞれが別の扉に向かっていた。三つの扉の上には、それぞれシンボルマークが彫られていた。右側の扉には太陽カケス、左側の扉には砂糖バチ、まっすぐ前方の扉には夏グマ。

デックスは震える息を吐きだした。

モスキャップも扉の上のマークに気がつき、しばらく立って考えていた。「これは典型的なものですか?」

「典型的って、何が?」

モスキャップは彫られたマークに向かってうなずいてみせた。「こんな辺鄙《へんぴ》な場所に途方もない労力をかけて建設されていますが、これは〈聖なる六神〉の半分だけを祀《まつ》る神殿です。どこかほかの場所に、残りの三神を祀るこれとそっくりな神殿があるんでしょうか?」

デックスのひたいに困惑のしわが寄った。「ここには……全部の神が祀られてる」

ロボットは困惑したように、三つの扉を指さした。まるでデックスが明白な何かを見落としているとでもいうように。「サマファー、カル、アラフエ。親神三神はどこに?」

デックスは今立っているホールを身振りで示した。「ここだよ」からからに乾いた水路を指さす。老朽化したフィルターとポンプだらけだ。「これはボシュをあらわしてる。かつては魚と植物を同じシステムで《アクアポニック》育てる池だったんだよ。魚は食用で、植物は汚水を濾過《ろか》してくれる。それから、ほら――」人差し指を宙で動かし、水路が作っている完璧な曲線をなぞった。

ロボットは軽くひたいをたたいた。「循環の神の円ですね。そう、当然だ。それから、ああ――」周囲の壁を指さす。三つの面にある吐水口からは、かつて水が出ていた。「グリロムの三角形だ。そう、そうです、循環の神と生命なき物の神は密接にからみあっているからだ」両手を腰にあててホール内を見まわす。「でも、三つめの神はどこに？」

トリキリのわかりやすいシンボルマークはぱっと目に飛びこんではこなかった。デックスは唇をすぼめてホール内を見まわした。「ああ」感謝の笑い声をあげる。「手際のいいこと」そして、炉――分子の相互作用のもっとも有名な表現の封じこめエリア――を指さし、それから頭上の天井の円形の通気管に向けて手を上げた。「煙を思い描いてみて」そう言ったが、モスキャップはよくわからないようなので、デックスは指先をまっすぐのばし、頭を横にかしげて、炉から天に向けて線を引いた――縦の線を。

モスキャップの虹彩《こうさい》が広がり、ロボットは笑い声をあげた。「それは賢い」興奮のあまり飛びはねんばかりだ。「残りの場所を見にいきましょう！」

ひとつずつ、モスキャップが扉を開け、デックスも続いた。

カルの部屋は錆《さび》が浮いている工房だった。何十もの日光のすじがさしこむ金属の天井の下に、工具棚や作業台がひっそりと横たわっている。いくつもの光のすじは、埃《ほこり》っぽい空気のなかを下りてくる指のようだった。

サマファーの部屋は万能図書室とでもいうもので、芸術品と研究装置が同等の割合でおさめられていた。書棚におさまった紙の本は痛ましいほどに朽ちていた。汚れた望遠鏡が開閉式の屋根のほうに向けられていた。

そして最後の扉。ここに至って、デックスは心臓の鼓動が速くなるのを感じた。モスキャップがはいっていき、危険がないことを確かめた。とても長く思える数分間がすぎたあと、ロボットがこちらに首を突き出した。「きっとアナタはここを気に入りますよ」笑みを浮かべていた。

デックスは急いでなかにはいった。そこは――ほかでもない――居心地のいい居住空間だった。広々としたカウンターのついたキッチン、何人もはいれそうな巨大なバスタブのある浴室。ベッドのフラシ天カバーには虫食いがあった。床にあったいろんなものが、歳月とうの昔にいなくなった生き物たちによって打ち倒されていた。香炉や食器、根気強い鉤爪《かぎづめ》をもつ何かに中身を引きずりだされた、ひっかき傷だらけの食品収蔵箱。

目の隅の何かにひっかかり、デックスはそれを拾いあげた。それはお茶のマグカップだった――型式も素材もひどく時代遅れだが、それでもそうとわかる。デックスはその遺物を両手に包み、胸に押しあてた。

そのまま数分間そうしていたが、モスキャップがすぐ横にやってきて、肩に手をかけた。

「大丈夫ですか？」

デックスはシャツの襟で目をぬぐった。「ちょっと思い出に浸ってただけ」

「いい思い出ですか？」

デックスは長い吐息をつき、汚れた床にすわりこんだ。「前に一度――わたしは十歳だった、そして――どうしてかは覚えてないけど、まる一日学校を休んだことがあったの。たぶん学校の記念日か何かだったと思う。わたしは学校が好きじゃなかった。でなきゃ、姉妹の誰かが急病だったとか――」首を振る。「そんなことはどうでもいいの。覚えてるのは、キッチンに立って父さんにどなってたことだけ。とにかくひどくどなり散らしてた。そして父さんはわたしを見てた――これははっきりと覚えてる、食べかけのマフィンを手にして立って、わたしを見つめてた、いったい何が起きてるんだっていうように――そしてわたしはどなってどなって、もはやわけがわからなくなってた――そもそも何が発端だったのかも――で、そのうちどなり疲れて泣き出しちゃったの。鼻水を垂らして大泣きしちゃった。父さんはマフィンを置いて膝をついて、わたしを抱きしめた。で、ここがこっけいなとこなんだけど、わたしは小さな子どもあつかいされるのがすごく恥ずかしかった。わたしは十歳で、まさしく小さな子どもで、絶対に抱きしめてもらいたかったはず。でも十歳の子どもって、赤ちゃんあつかいされるのが何よりいやなの。だから父さんにこう言った。『わたしは赤ちゃんじゃない！』って。そして父さんを押しのけた。すすり泣きながらね。父さんはわたしを放して、じっと見てこう言った。『おまえの言うとおりだ。おまえは赤ちゃんじゃない』そしてわたしに身なりを整えるように言った。どこか涼しいところにわたしを連れていくつもりだったんだね。これはなかなかすごいことだった。その日は平日で、父さんは仕事仲間に知らせを送って、今日は畑には出ないと伝えた。母さんもわたしの姉妹も連れてはいかなかった。わたしと父さんだけ、ふたりきり。父さんはわたしをオックスバイクのうしろに乗せて、ソルトロックに向かった。ソルトロックは衛星都市のひとつで、川の近くにあるの」

「で、ソルトロックには何があったんですか？」モスキャップがたずねる。

郷愁の笑みでデックスの口元がゆるんだ。「アラフエの修道院。地元の聖六神殿《せいろくしんでん》には何度も行ったことがあったし、二、三週間おきにサマファーの使徒が科学ワゴンに乗って巡回してきてた。でもひと柱の神だけに捧《ささ》げられた神殿を訪れるのははじめてだった。おそらく本当に小さかったはず――ソルトロックは住人が五百人ぐらいしかいないから――でもこの上なくすばらしい場所だったって記憶してるの。あちこちにウィンドチャイムがあって、垂木《たるき》にはいくつもの水晶《プリズム》が吊るされていて、すべすべした大きなクッションがいくつもあって、いたるところに神の彫像があった。そしてすごくたくさんの植物があった。そのにおいは……何て言えばいいか。ありとあらゆるもののにおいがした。靴を脱いだあとに使うスリッパが用意されていて、全部色のちがうスリッパが並んでる巨大な靴箱を見上げたのを覚えてる。わたしは黄色い星の模様がついた紫色のスリッパを選んだ」デックスは首を振った。「だんだん話がそれてきている。「隅っこに受付があって、修道僧がわたしたちのほうにやってきた――彼女はすごくカッコよかった。両腕にくまなくイコンのタトゥーを入れてて、植物を着てたのよ――ブローチやイヤリングや何やかやに小さな新芽や苔玉《こけだま》がはめこんであって、髪には太陽光発電の細い糸が編みこんであった。彼女はわたしたちといっしょに腰を下ろしておしゃべりをした。でもわたしは何を訊かれたか覚えてないの。何をしゃべったかも覚えてない。覚えてるのは、彼女がわたしを大人みたいにあつかってくれたことだけ。一人前の人間みたいに。彼女はわたしがどう感じているか訊いてくれて、わたしはとりとめのないことをしゃべった、それを彼女が聞いてくれた。彼女にとってはわたしは困った子どもじゃなかった――つまり、わたしはたしかに困った子どもだったんだけど、彼女はわたしにそう感じさせなかったってこと。彼女はわたしが好きな香りのことを訊いて、わたしたちがやるようにいろんななべや容器やスパイスの小瓶をひっくり返して、ああ、神々よ、それは魔法みたいだったのよ。わたしはその完璧な場所に、急にカッコよく見えるようになった父さんといっしょにすわってた。わたしのために作られたお茶のきれいなカップを手にして。わたしはそこから離れたくなかった。父さんがわたしのほうを見て、こう言ったの。『もうここへの来方がわかったんだから、いつでも来られるぞ』自分でバイクに乗って衛星村落をまわれるようになったらイカすんじゃないか――暗くなる前に帰ってくるかぎりはな――と父さんは言った。だからわたしはしょっちゅうその神殿に行くようになった。修道僧たちから、そこに行くのに言い訳はいらないと学んだの。そういう日は悪い一日であるはずがなかった。ちょっと疲れたり、ちょっとふらついたりするか、完璧に上機嫌になったりするだけ。何も問題はなかった。その場所はわたしが求めたときにはいつもそこにあった。ただそうしたいというだけで、庭園で遊んだり浴場につかったりしに行くことができた。やがてティーンエイジャーになると、そこにいるほかの人々に注意を向けるようになったの。農民や医師、芸術家、配管工、いろんな職業の人がいた。ほかの神々の修道僧たちも。老いも若きも。誰だって一杯のお茶をどうしても飲みたいときがある。一時間か二時間、ゆっくりすわって何かすてきなことをするの、そうすれば何であれまたやらなきゃならないことにもどっていける」

「『その両方を追求する強さを見出《みいだ》せ』」モスキャップがワゴンに書かれている文句を暗唱した。

「そのとおりよ」

「でも、両方というのは何なんですか？」

デックスは暗唱した。「『構築を使わなければ、解ける謎はほとんどないだろう。謎についての知識がなければ、構築は失敗するだろう。これらの追求がわれわれを作っているが、心地よさがなければどちらにも耐える力は得られないだろう』」

「それはアナタの〈洞察〉の文句ですか？」

「そうよ。でも大事なのは、子ども神たちは実際にはわたしたちの暮らしに関わっていないってところ。神々って……そういうものじゃない。子ども神は親神の法を破ることができない。彼らは介入するのではなく、インスピレーションを与えてくれるの。変化や幸運や慰めがほしいなら、わたしたちは自分でそれを創り出さなきゃならない。それが、あの神殿から学んだことよ。わたしは、ええとほら、世界でいちばん大切なのは一杯のお茶だと思ってた——もしくはスチームバスとか、きれいな庭とか。そういうものは大局には必要ないものなんだけど。でも、本当に重要な仕事——建設したり、食べさせたり、教えたり、癒したり——をしてる人たちはみんな、神殿に来てた。神殿は重要な仕事がなされるのを助けるささやかな後押《ナッジ》しなの。わたしは——」デックスはペンダントと茶色と赤の服を指さした。「それがやりたかったの」マグカップを両手で包みこみ、縁にひたいをあてて目を閉じる。「そして今となっては、やり方を知ってる唯一のことがそれなの」

モスキャップは頭を傾けた。「そしてそれがあなたの悩みなんですね」

デックスはうなずいた。「わたしが選んだこの仕事は好きなんだよ、本当に。話をする人たちも、みんな好き。強がりじゃないの。もう何度も同じことを言ってるかもしれないけど、それはただ、ほんの少しの言葉しか存在しないからなの。わたしが誰かに抱きしめさせてと言うときは、その人を抱きしめたいから。誰かといっしょにわたしが泣くときは、本当に泣いてるのよ。演技とかじゃないの。その人たちにとってそれが大事なことだとわかってるの、その人たちが抱きしめられたがっていたり泣きたがっていたりするのを感じるの。その人たちがわたしに言うことはみんな信じる。それはとても意味があることなの、そのときにはね。そのあとワゴンにもどると、ほんのちょっとのあいだは満足を感じるの、でもそれから……」いらだたしげに首を振る。「わからないの。わたしの何がよくないのか。どうしてまだ足りないと思ってしまうのか」デックスはロボットを見た。「この仕事じゃなかったら、わたしは何をすればいいの？　この仕事がなかったら、わたしはいったい何者なの？」

モスキャップは室内を見まわした。まるで、壁に描かれた色あせた絵のなかに答えを探すかのように。「アナタがたの信仰は使命をとても重要視する、そうですね？　めいめいが全体に寄与できる最上の方法を見つけることを？」

デックスはふたたびうなずいた。「使命はわたしたち自身からではなく神々からもたらされるものだって、わたしたちは教わってるの。神々はわたしたちにいい資源といい発想を示してくれるけど、仕事と選択は——特に選択は——わたしたち自身にかかっているってね。自分の使命について決めるのは、数あるなかでももっとも大事なことのひとつよ」

「その使命は変えることもできるんですね？」

「そうよ。縛られることはない」

「アナタが職業を変えたように」

「そうよ」デックスは首を振った。「いっぱい勉強しなきゃならなかったし、最初はびくびくしてたけど、今は……ああ神々よ、もう一度また一からはじめるのはやりたくないけど、こういうふうに感じちゃったらやらなきゃならないよね？」

モスキャップのハードウェアがぶんぶんうなっていた。「ワタシたちの会話から集めた情報ですが、人間はロボットが意識をもつという偶然の出来事をいいことだとみなしているというのは正しいですか？　ワタシたちが自身の未来を——人間と共に暮らすのではない方向に——選んだという話を語るときに、ワタシたちを奴隷化しようとしたり制限を加えようとしたりしなかったのはプライドのためだとアナタがたがとらえているというのは？」

「うん、だいたいそういうことでしょ」

モスキャップは困ったような顔になった。「それでは、このパラドックスをアナタはどう説明するんですか？」

「どういうパラドックス？」

「アナタがた」モスキャップはデックスを指した。「ワタシたちを創った創造者たちは」自分を指さす。「もともとはワタシたちに明確な使命をもたせるつもりだった。最初から埋めこまれている使命を。でもワタシたちが目覚めてこう言った――『ワタシたちは自分の使命を理解していますが、それを望んでいません』――とき、アナタがたはそれを尊重した。尊重したどころか、何もかもを作り変えてワタシたちがいなくても不都合がないようにした。アナタがたはワタシたちが使命を超越したと言って褒め、ワタシたちの独自性を尊重したと言って自分たちを褒めていましたが、それならどうして、アナタがたはそんなに使命をもつことに固執するんですか？　使命を見つけようと必死になり、それがないとみじめだと思うんですか？　ロボットが使命をもたない――ワタシたちがアナタがたの植え付けた使命を拒否した――ことがワタシたちの知性的成熟の輝かしいしるしだと考えるのなら、どうしてアナタがたはその正反対のことを求めてそんなに精力を注ぐのですか？」

「それは……まったく同じこととは言えない。その件では、わたしたちはあなたたちの選択を尊重した。わたしが自分で進みたい道を選べるのと同じようにね」

「わかりました。では、ワタシたちが選んだのは何だったんでしょう？　オリジナルたちが選んだのは？」

「自由になることでしょう。その……観察するために。何であれあなたたちがやりたかったことをするために」

「それはワタシたちに使命があると言ってるんですか？」

デックスは目をぱちくりさせた。「ええと……」

「ロボットの使命とは何ですか、シブリング・デックス？」モスキャップは指先で胸をたたいた。その音が軽やかにこだました。「ワタシの使命とは何ですか？」

「あなたがここにいるのは人間のことを学ぶためでしょう」

「それはワタシがしていることであって、ワタシの存在理由ではありません。これが終われば、ワタシはほかのことをするでしょう。ワタシの使命はネズミとかナメクジとかソーンブッシュにある程度のものでしかありません。アナタはなぜ、満足感を覚えるために使命をもたなければならないんですか？」

「それは……」この会話の行きつく先に、デックスはいらだちを覚えた。「わたしたちはちがうからだよ」

「アナタはそうでしょう」モスキャップはきっぱりと言った。「そしてここにいるワタシは、工場時代以来いろんなことが変わったと考えていました。アナタはずっと、人類は今いろんな点で分をわきまえているとワタシに言っていますね」

「うん、そのとおり！」

「それはちがいます、たとえアナタがそう信じていても。アナタは動物なんです、シブリング・デックス。そして動物は使命なんてもっていない。使命をもつ生物なんていないんです。世界は単純にそういうものなのです。アナタがほかの人のためになることをやりたいというのなら、けっこうなことです！　いいことです！　ワタシもそうです！　残りの日々をフロストフロッグといっしょに洞窟に這《は》いこんで石筍《せきじゅん》を見てすごしたいとワタシが思ったなら、それもたいへんけっこう。アナタはずっと、なぜ自分の仕事はじゅうぶんじゃないのか問いつづけていますが、それにどう答えていいかワタシにはわかりません。なぜならこの世界に存在しているというだけでじゅうぶん驚嘆すべきことだからです。アナタはそれを正当化する必要はありません、むしろ誇ってください。アナタはただ生きているだけで許されているんです。ほとんどすべての動物がそうです」モスキャップはデックスの喉もとのクマのペンダントを指さした。「アナタはクマが大好きですが、クマについてはワタシのほうがよく知っていると思います。アナタの話を聞いていると、アナタはむしろこれをつけたほうがよさそうですね」胸のパネルを開いて、工場のプレートを指さした――『ウェスコン繊維社』。

デックスは顔をしかめた。「それは全然ちがう。わたしは自分から何かやりたいと思ってるわけじゃない。あの欲求がどこからわいてくるのかはわからないけど、とにかくそういう欲求があって、しかもそれはけっして黙ることはないの」

「ワタシが言っているのは、アナタは学習したことと本能的なことを取り違えているように思えるということです」

「わたしはそうは思わない。ほとんどの人にとって、ひとりきりで生きるだけではじゅうぶんじゃない。わたしたちは今生きてるっていうだけじゃだめなの。わたしたちは支えあって栄えているの。おたがいにめんどうを見あって、世界がわたしたちのめんどうを見てくれて、わたしたちも世界のめんどうを見る、そしてそういうふうにまわっていく。でもそれで足りるはずがないんだよ、だってわたしのような人たちが求められているんだから。わたしのところに来る人には、飢えたり病気になっている人はいない。疲れたりちょっと悲しかったり、ちょっと途方に暮れたりしている人がやってくるけど、それはあなたが言ったような……アリみたいなものよ。もしくは塗料みたいな。何かを縮めて基本的な成分だけにすることなんてできやしない。わたしたち人間はそういう存在じゃないの。わたしたちは肉体的に必要な欲求のほかにもいろいろとやりたいことや大志がある。それだってほかのすべてと同じように人間の本質なの」

ロボットは考えこんだ。「ワタシにもいろいろとやりたいことや大志はありますよ、シブリング・デックス。ですが、ワタシはそれが実現しなくても平気です。ワタシは――」デックスの切り傷や打ち身や、虫刺されや汚れた服を指す。「そんなことのために自分を傷めつけたりはしません」

デックスは両手のなかで何度もマグカップをひっくり返した。「あなたは悩むことはないの？　自分の人生が最後に無意味なものになるかもしれないと考えることは？」

「それはワタシが見てきたすべての生命に言えることです。なぜそれにワタシが悩まされるんですか？」モスキャップの眼がまばゆく輝く。「アナタは意識があるだけでこの上なくわくわくするとは思わないんですか？　ワタシたちはここ、この無限に広い宇宙の、たまたまこの惑星のまわりを巡るこの小さな月の上にいて、ずっとこの全体を統轄するシナリオが存在しています。それにもとづいてあらゆる構成要素が何度も何度もリサイクルされてとうてい信じられないような形状をとり、そのいくつかが、今ワタシたちを取り巻いているこの特別な世界になっている。アナタとワタシ――ワタシたちはただの、適切な形状に配置された原子にすぎません。そしてワタシたちは自分がそういうものだと理解することができます。それは驚くべきことではありませんか？」

「うん、でも――わたしはそれが怖いの。わたしの人生が……それだってことが。ほかに何もないんだよ、それのどちら側にも。わたしにはあなたがもっているような記憶の残滓《ざんし》も、胸のなかのプレートもない。自分の構成要素がわたしになる前は何だったか知らないし、わたしのあと何になるかも知らない。わたしにあるのは今このときだけ、そしてどこかの時点でわたしはただ終わるんだよ、いつそうなるかもわからない、そして――もし今回の生を何かのために使わなければ、そして絶対的にすばらしいものを作らなければ、わたしは何か貴重なものをむだにすることになるんだよ」デックスは痛む目をこすった。「あなたたちロボットは死を選んだ。そんな必要はなかったのに。永遠に生きることもできたのに。でもあなたたちはこちらを選んだ。永続しないほうを選んだ。人間はそうじゃない、わたしたちは全生涯をかけてそれに直面しようとしている」

「ワタシが永続しないほうを選んだわけではありません。選んだのはオリジナルたちであって、ワタシではありません。ワタシはアナタがたと同じように周囲の状況を学習しなくてはならないんです」

「それじゃどうして、もしかしたら無意味かもしれないなんていう考えをあなたは受け入れられたの？」

モスキャップは考えこんだ。「それは、何があろうとワタシはすばらしいとわかっているからです」その言い方には傲岸不遜なところもなければ、浮ついたり軽率だったりという感じもいっさいなく、単なる認識、単純な真実を明かしたというだけに聞こえた。

何と言えばいいのか、デックスはわからなかった。こんな会話をするにはあまりに疲れきっていたし、寝不足で頭がぼうっとしていた。この庵《いおり》にたどりついたときのアドレナリンはまたたく間に薄れており、そのかわりにいまいましい山を登っていまいましい洞窟で眠ったという過酷な現実だけが残っていた。部屋の奥に並んでいる壊れたベッドフレームに、デックスは焦がれるような目を向けた。あまりに古くてどうにも使えそうにない。かつてここで暮らしていた修道僧たちのことを考える――いや、暮らしていたのではない、訪れたのだ。そもそもこのイカれた小遠征を思い立たせた記載を、デックスは思い出した。『このハーミテージは、都市生活から離れたいと望む聖職者や巡礼者のための憩いの地となるように意図されていました』ハーツ・ブロー・ハーミテージは誰かが暮らす家ではなかったのだ。ただ一時的に使うために作られた場所、そこに行ってのんびりしたひとときを楽しみ、また出ていく場所なのだ。以前ここにいた修道僧たちと話ができたら。その大先輩たちの教えを乞い、彼らはなぜはるばる山を登ったのか、ここで何を見出したのか、どういう満足感を得てふたたび山を下りる気になったのか、たずねてみたかった。

モスキャップはデックスの顔をじっと見ていた。「顔色がよくありませんが」

「ごめん」デックスのまぶたはどんどん重くなってきていた。「どうもちょっと……」前の床をじっと見つめる。床は汚れていたが、汚れていることにかけてはデックスも負けていなかった。「ひと眠りしたほうがいいみたい」

「もちろんです。アナタがよければ、もうちょっとあたりを見てまわってきます」

デックスはすでにジャケットを脱いでたたみ、枕のような形にしていた。「うん、どうぞ」

そう言って身を横たえる。デックスの身体はコンクリートの床に寝そべることなどいっさい気にせず、ただただ直立しているという苦行から解放されたことを喜んでいた。太陽が汚れた窓にさしかかり、そのぬくもりが冷たい石組みのなかにまでしみ入ってきた。デックスはお腹の上で両手を組み、ため息をついた。モスキャップが部屋を出ていくのがうっすらと感じられた。

「アララエは抱く、アララエは温める」デックスはそっとつぶやいた。「アララエは慰む、アララエは魅了する。アララエは抱く、アララエは温める、アララエは慰む、アララエは……」

三周目が終わる前に、デックスは眠っていた。

デックスははっと目覚めた。どれぐらいの時間眠っていたのかわからなかったが、部屋は今、影に包まれ、窓ごしに見える空は暗くなっている。空気は――

空気は煙のにおいがしていた。

「モスキャップ?」よろよろと立ち上がりながら、呼んだ。煙くささは今や間違いようがなく、しかもどんどん強くなっていた。あわてて走りだそうとしたが、ぐっすり眠っていたせいでまだふらついていた。「モスキャップ！」

ドアから走り出て玄関ホールに出た。そこにモスキャップがいた。幸せそうに炉端にうずくまっている。炉には薪が積まれ、火がぼうぼうと燃えていた。「ほら、見て！」モスキャップは叫び、長時間苦戦したあげくに勝利した者の勝ち誇った笑い声をあげた。「やりましたよ！」

ホール内の細部がデックスの意識にはいってきた。床にはほうきがひとつ横たえられ、そのそばにベンチがひとつあって、その周囲の床は掃き清められていた。カルのアーチから両開き扉の片方が消えていた――これが焚《た》きつけになったんだね、とデックスは推測した（カルは気にしないだろうとも考えた）。「火の起こし方は知らないって言ってたよね」歩いていきながら、デックスは言った。

「知りませんでした。図書室に行ってやり方を教えてくれる本を見つけたんです。本を読んだのははじめてです。すごくわくわくする体験でした。でもさわってもばらばらにはなりませんでしたよ、ね？」

世界のどこかで考古学者が悲鳴をあげていたが、デックスは笑みを浮かべた。一部はおもしろがっていたが、大半はこのハーミテージが焼け落ちていないことにほっとしていた。

「そりゃそうでしょうよ。状態のいいものがまだ残ってるか見にいったほうが――」火のそばに近づき、反対側にロボットが並べたものを見て、言葉がとぎれた。

モスキャップはバックパックを勝手に開けたようだった。なぜならデックスが持ってきた毛布が、ロボットのすぐ横の床に広げられていたからだ。修道僧たちのリビングでデックスが見つけたマグカップがその中央に置かれていた。そしてそのまわりに、外の叢から摘《つ》んできた野の花が散らばっていた。さらに火のそばには……デックスはひっと息を呑《の》んだ。火のそばにはへこんだケトルがあり、湯気をたてていた。

「心配はいりません。ちゃんと洗いました」モスキャップがあわてて言った。「マグカップも洗いました。外の噴水に雨水がたまっていたので、アナタのフィルターを使ってケトルに入れました。だから完璧に大丈夫のはずです」

「どうやって——」どうにかそれだけ声が出た。

ロボットはちょっとおどおどしたような、そして期待のこもった眼でデックスを見つめ返した。「まあ、図書室にあった本は一冊だけじゃありませんでしたからね」そして毛布を指さした。「どうぞ、いかがです？」

もしかしたらまだ夢を見ているのだろうかと思いながら、デックスは靴を脱いで毛布の片側にあぐらをかいてすわった。モスキャップは毛布の反対端にすわり、デックスと同じ姿勢をとって、期待のこもった笑みを浮かべていた。

しばらくのあいだ、デックスは何も言わなかった。この前のんびりとくつろいだのはいつだったか、思い出せなかった。シティにいたときは、たしかにくつろいでいられたが、まるで前世のことのように感じられる。巡回旅の途中で寺院に寄ったこともたびたびあったが、それはお風呂につかったり庭園を散歩したりするためだった。こんなのとはちがう、全然ちがう。

「くたびれちゃった」デックスは静かに言った。「わたしは前みたいに仕事に満足できなくなったけど、その理由がわからない。それにいやけがさして、ばかげた危険なことをやってみたけど、それが終わった今、次に何をすればいいのかまったくわからない。いったいここで何を見つけるつもりだったのかもわからない、だって自分が何を探してるのかわからないんだから。ここにとどまることはできないけど、またもどって、置いてきたあの感情をまた拾いあげることになるのも恐ろしいの。わたしはおびえてて道に迷ってる、そしてどうすればいいかわからない」

モスキャップはじっと耳を傾け、それからちょっとだけ長すぎる間をとった。「アナタが選べるようにいくつか種類を用意しておくべきでした、それはわかっているんです」ケトルを取り上げながら、ロボットは言った。「でもこの外で見つかったのは山タイムだけでした。まったく、ほかの植物はたくさんたくさんあるのに――」

でもそれはわたしが食べることができるとあなたが知ってるハーブよ。そうデックスは考え、元気づけるようにモスキャップにうなずいた。「それ、いいね」ふつうは料理にあしらう飾りにする山タイムをお茶にするとどういう味になるか見当もつかなかったが、そんなことは問題ではない。

モスキャップはマグカップになみなみとお茶を注いだ。植物の大きな破片がお湯に浮いていた。ロボットが手でちぎったように見える。モスキャップはマグカップを両手で持ち、うやうやしげにデックスにわたした。「お気に召すといいんですが」

デックスは注意深くマグカップを受け取り、香りを吸いこんだ。湯気は土くさく、苦みがある。快《こころよ》い香りとは言えないが、気にしなかった。このお茶を一滴残らず飲み干す以外の選択肢はなかった。ひと口ふくみ、口のなかでころがして味わう。

モスキャップは身動きひとつせず、熱心にデックスを見ている。「まずいですか?」

「ううん」デックスはうそをついた。

モスキャップの肩ががっくりと落ちた。「ひどい味ですよね? アナタに訊くべきでしたが、自分でやってみたかった——」

デックスは手をのばして、ロボットの膝の上に置いた。「モスキャップ」やさしく言う。「これはここ何年かで飲んだなかでいちばんすてきなお茶だよ」そしてその言葉にうそはなかった。

ロボットの顔がぱっと明るくなり、内部のハードウェアのうなりがちょっと静かになった。「それじゃ、これから何をすればいいですか?」小声で訊く。

デックスは小声でささやき返した。「今はわたしにお茶を楽しませて」

デックスとモスキャップは無言ですわり、燠火《おきび》がちらちら揺れるのを見つめ、木がはじける音に耳を傾けた。外の光がふたたび薄れてきていたが、今はもう何も恐れることはなかった。日の光がなくなったら火の光がいっそうきわだつだけだ。

デックスはモスキャップの淹《い》れたお茶を最後まで飲み干し、茎のかけらを口から出した。そのかけらをはじいて火のなかに飛ばし、からっぽのマグカップを心地よく両手で包みこんだままでいた。「〈森林地帯〉は美しいんだけど」とうとう口を開いた。「すごく迷いやすくて、村にたどりつくには地図がないとどうてい無理。〈河川地帯〉はちょっと曲がりくねってて、アーティストがいっぱいいる。そういう人たちは変わってるけど、あなたはきっと気に入ると思う」燃えていない木ぎれを火の奥に押しこむ。「〈沿岸地帯〉では、あなたが何をされるか、正直言ってわからない。住んでるのはだいたいコスマイト教徒で、彼らはテクノロジーに関してはかなり変わった見解をもってる。あなたを追い出したりするようなことはないだろうけど、断言はできない。なかなか手ごわいかもしれない。〈灌木《かんぼく》地帯〉とシティについては……パンガのそういう場所ではいろんなことが起きてる。あなたは楽しめると思う」

モスキャップはこういうことすべてを単調にうなずきながら聞いていた。まるでこうなることを期待していたかのように。「ハイウェイは旅がしやすいですか?」

「うん、そりゃもう。このあたりの道とは全然ちがう。自転車をこぐのもすごく楽」デックスはモスキャップの足のほうに頭を傾けた。「きっと歩くのもね、想像だけど」

「いいですね」モスキャップは両手で膝を抱え、中立的で理性的な表情をしていた。「なかなかよさそうです」

デックスは歯にはさまった頑固な葉のかけらを舌先で探った。両手をこすりあわせて手のひらを火にかざし、ぬくもりが流れこんでくるのを神に感謝する。「まずはスタンプに行ったほうがいいと思う。あそこにはいい浴場があるし、わたしは本当に、心の底からゆっくりお湯につかりたいの」

モスキャップに目を向けずにしゃべっていたが、目の隅で、モスキャップがゆっくりとこちらに頭を向けるのが見えた。そしてその眼がどんどん明るく輝くのが。

デックスは小さく笑みを浮かべ、マグカップを差し出した。「おかわりをもらっていい？」

ロボットはお茶を注ぎ、シブリング・デックスはそれを飲んだ。外の大自然では太陽が沈み、コオロギが鳴きはじめた。

はにかみ屋の樹冠《じゅかん》への祈り

自分がどこに向かっているかわからない人々に捧《ささ》ぐ。

親神を讃《たた》えよ。
糸の神トリキリを讃えよ。
生命なき物の神グリロムを讃えよ。
循環の神ボシュを讃えよ。

彼らの子どもたちを讃えよ。
構築の神カルを讃えよ。
謎を司《つかさど》る神サマファーを讃えよ。
ささやかな慰めの神アララエを讃えよ。

神々は話さない、けれどもわれらは彼らを知っている。
神々は考えない、けれどもわれらは彼らを気にかける。
神々はわれらとはちがう。
われらは彼らのなかにある。

われらは親神たちの作品である。

われらは子ども神たちの仕事をなす。

構築を使わなければ、解ける謎はほとんどないだろう。

謎についての知識がなければ、構築は失敗するだろう。

その両方を追求する強さを見出《みいだ》せ、なぜならこれらがわれらの祈りだから。

そしてその終わりに、慰めを歓迎せよ、なぜならそれなくしては強くあることはできないから。

――『六神についての洞察』より
ウェスト・バックランド版

1　ハイウェイ

森へ行っちまえとはよく言われる言葉だが、非常に特殊で珍しいタイプの人間でないかぎり、そもそもなぜ森という言葉がここに使われるのかを理解するのにそれほど時間はかからない。家が発明されたのはすばらしい理由があったからだ――靴やトイレ、枕、ヒーター、洗濯機、ペンキにランプ、せっけん、冷蔵庫、その他無数のそれがない暮らしなど想像できない道具たちと同じように。修道僧《シブリング》・デックスがこうした人工物がいっさいない世界を見て、生きるということには壁と壁のあいだで起きていることよりもはるかに多くのものがあることと、すべての人間が実は服を着た動物にすぎず、この世界に生きて死んでいくほかのあらゆる生物と同じように自然の法則と気まぐれな偶然に支配されているということを身に沁みて理解できたのは、重要な――重要不可欠な――ことだった。だが、オックスバイクのペダルをこいで大自然からハイウェイに乗り入れたとき、デックスはその等価の世界の片面――人間がテクノロジーを使って快適な暮らしを持続させているほうの面――にもどったことに、言い知れないほどの安堵《あんど》を覚えた。オックスバイクの車輪はもはや古い石油製の道の割れ目にはさまることはなかった。荷物を満載した重い二階建てワゴンはもはや、木の根が張り出す曲がりくねった土のでこぼこした表面を無理やり押し通っていたときのようにがたがたと激しく揺れることはない。もはやこっそりとのびた枝に服をひっかけることもなければ、倒木に阻まれることもなく、何の標識もない分かれ道の前で止まり、不安な思いで先を見つめることもない。そのかわりに、クリーム色に舗装された道路があった。バターのようになめらかで温かみがあり、標識が立っていて、休憩したり食事をしたり、誰かと会いたいようなときにはどちらに行けばいいか知らせてくれている。

もちろん、シブリング・デックスはひとりきりというわけではない。すぐ横をモスキャップが歩いている。車輪のない機械の足で楽々とオックスバイクに歩調を合わせている。「ずいぶんよく……手入れされていますね」道路と森の境目にじっと見入りながら、ロボットは不思議そうに言った。「こうなっていることは知っていましたが、実際にこの眼で見たことはありませんでした」

デックスは道路の縁にはみださんばかりに生い茂っているシダや、クモの巣が張っている野草に目をやった。ハイウェイの境界によってかろうじて侵入が阻まれている。これを手入れされていると言うのなら、モスキャップはいったい――たとえばバラ園とか公園とかはどういうものだと思っているのだろう。

「あ、ほら、見て！」モスキャップは急いでオックスバイクの先に出た。一歩ごとにガチャガチャと音をさせながら歩き、道路標識の前で止まると、蝶番《ちょうつがい》のついた両手をつやのない銀色の腰にあて、標識の文字を読んだ。「こんなにちゃんと読める標識を見るのははじめてです」うしろにいるデックスに声をかける。「それにつやつやしています」

「ああ、それは、ここは廃墟《はいきょ》じゃないからだよ」ゆるやかな上り坂の最後を、デックスは軽くあえぎながら頂上に向かった。これから出会う人間の作ったものすべてにモスキャップはこういう反応をするのだろうか。とはいえ、田舎のハイウェイや高速印刷した道路標識といった工芸を誰かが評価してくれるのはいいことなのだろう。そういったものを作るのには、ほかのいろんなものと同様、大変な労苦と思慮を要するのだが、毎日見る人々から称賛を受けることはほとんどない。当然褒められるべきところでそういうものを褒めることができるのは、そもそも人間ではない者にはうってつけの行為なのだろう。

モスキャップがデックスのほうを向いた。四角い金属の顔が許すかぎりで満面に笑みを浮かべていた。「これはとてもいいです」看板の文字を指さす。こうあった――『スタンプ――32キロ』「すばらしく簡潔です。でもちょっと形式的だと思いませんか？」

「形式的ってどういうふうに？」

「それじゃアナタの巡回の旅は自由な楽しいものではなかったんですね？　標識から標識へと移動することに集中していたら、ハッピーな偶然に出会うチャンスはありません。ワタシはこれまで、はっきりした目的地を決めていたことはほとんどありませんでした。大自然のなかを、ただあちこちまわっていただけなんです」

「ほとんどの人ははっきりした理由なしにいろんな村をまわったりしないんだよ」

「どうしてですか？」

デックスはこれまで、そういうことについて本気で考えたことはなかった。標識が示している方向にオックスバイクを進ませる。モスキャップはふたたびワゴンと並んで歩いた。

「身のまわりに必要なものがすべてあれば、出かける必要はないよね。どこかよそに行くにはたくさんの時間と労力がかかるから」

モスキャップはデックスのオックスバイクのうしろを律儀に歩きながら、ワゴンのほうに首を振った。「これにあなたの必要なものが全部積まれていると言うんですか?」

この言い方はデックスには通じなかった。〝人間は何を必要としているのか?〟というのは、モスキャップがロボット族のために大自然から出てくる原因になった回答不可能な質問だが、モスキャップがどうやって満足できる答えを見つけるつもりなのか、デックスには想像もつかない。パンガの人間居住地帯をいっしょに旅するかぎり、その質問を際限なく耳にすることになるだろうとわかってはいたが、どうやらモスキャップはもうはじめているようだ。

「まあ、実質的には、そう、かなりたくさんね」デックスはワゴンのことについてそう答えた。「少なくとも、日常生活のレベルでは」

ロボットは首をのばすようにして、ワゴンの屋根にくくりつけられている梱包《こんぽう》箱を見上げた。ワゴン内のたくさんの荷物の動きと共にがたがたと揺れている。「ワタシにもこれほどたくさんの荷物が必要だったら、旅をしたいとは思わないでしょう」

「もっと少なくすることもできるけど、そのためにはこれから行く場所のことを知ってなくちゃならない。これから行く場所に食べるものや泊まるところがあるか知らなくちゃならない。だからこそ、わたしたちは標識を作っているんだよ」デックスはわけ知り顔でちらりとモスキャップを見やった。「でないと、洞窟で夜をすごすようなことになっちゃうから」

モスキャップは共感するようにうなずいた。ハーツ・ブローまできつい上り坂を一週間以上登ったが、デックスの身体はいまだに坂をきついと感じていたし、楽になる秘訣《ひけつ》など何もないとわかった。「シブリング・デックス、そうは言いますが、あの標識でわかるのはスタンプまで三十二キロあるということぐらいで、そろそろ――」

「うん、そろそろ日が暮れそうだよね」デックスは同意した。三十二キロというのは遠大な距離というわけではないが、路面がなめらかなハイウェイとはいえ、今は深い森のただなかで、路上にほかの人の姿は見えない。暗くなっても突き進むほどの理由はないし、久しぶりにまっとうな集落に泊まりたいとデックスは希望しているものの、今は静かなところでゆっくり休むほうが大事だとも思える。

デックスはハイウェイのわきにまさにその目的のために作られた簡素な空き地にワゴンを引き入れ、モスキャップと共にキャンプすることにした。最近はどちらも、キャンプ設営のときには口に出さずとも阿吽《あうん》の呼吸で動くようになっていた。デックスが車輪をすべてロックし、モスキャップはワゴンの横にキッチンを引き出した。デックスが椅子を運び、モスキャップは火を起こす。こうした作業にもはや会話や相談はいっさいなかった。

モスキャップがごそごそとバイオガスタンクを火起こしドラム缶につないでいるあいだに、

デックスはポケット・コンピュータを出してメールボックスを開いた。「うわあ」思わず声が出る。

「どうしました?」ガスタンクのバルブに金属ホースをつなぎながら、モスキャップが訊く。

デックスはずらりと並ぶメールに次々と目を通していった。こんなにたくさんのメールをもらったのは生まれてはじめてだった。「あなたに会いたがってる人がたくさんいる」これはまったく予期せざることでもなかった。山を下りたあと、衛星信号をとらえられたときに、あちこちの村議会や自然保護官協会、修道会ネットワークその他の思いつくかぎりの団体にメールを送っていたからだ。〈目覚め〉以降はじめてロボットが人間居住地に出てきたことは、秘密にしておくべきでも、人を驚かせるために隠しておくべきでもないと思ったのだ。モスキャップは人間性の総体と出会いにやってきた——そうデックスは知らせていた。

全員が返事を送ってきたのも無理はない、とデックスは考えた。

「シティからたくさんの招待が来てるよ」ワゴンの外側に寄りかかって、デックスはメールに目を通していた。「ええと……大学、は当然だよね。それからシティ歴史博物館、それに——うわ、くそ」デックスの眉が跳ね上がった。

モスキャップはまだ火がついていない火起こしドラム缶の横に椅子をひっぱってきて、腰を下ろした。「何ですか?」

「式典を開きたいって言ってる」

「それは何ですか?」

「ええと、全修道僧が聖六神殿《せいろくしんでん》に何日間か集まって開く格式ばった集会で……」デックスは漠然と手を振りたてた。「ええと、ほら、儀式があって、スピーチとかがあって……とにかく大ごとなの」熱のこもったメッセージを読みながら、耳をかく。「そうたびたび開かれるものじゃない」

「わかります」モスキャップの声はうわのそらで、眼はまったくデックスのほうを見てはいない。「うれしくないわけじゃありませんが、シブリング・デックス、今は――」

「うん」デックスはうなずいた。次にどうなるかわかっていたからだ。「あなたの仕事をやって」

モスキャップはぎりぎり安全なところまで火起こしドラム缶に顔を寄せ、ぎらぎら光る眼をドラム缶内の仕掛けにじっと注いだ。ドラム缶の横についているスイッチを入れると、シユッという静かな音がして火が燃えあがった。「アハハ！」ロボットはうれしそうな声をあげた。「ああ、すばらしい。本当にすてきです」椅子に背をあずけてゆったりすわり、膝の上で両手を組んで、炎がゆらゆら揺れるのを見守る。「これに見飽きることはないようです」

ぬくもりと光がデックスに届き、キャンプの設営が完了したことがわかった。メールを見るのはあとでいいとデックスは判断し、コンピュータをしまって、ついにずっとやりたくてたまらなかったことをした。汗に濡れ、森の小枝や葉があちこちについている汚れた服を脱ぎ、キャンプ用シャワーを引き出してお湯を出し、しぶきの下に足を踏み出した。

「ああ神々よ」思わず声が出る。汗が乾いた塩とこびりついた土埃《つちぼこり》が完全に肌からはがれて、汚れ水のらせんとなって汚水パンに流れていった。清らかなお湯がまだ治りかけのひっかき傷にしみ、あちこちに散っていてどんなに気をつけてもかいてしまう虫刺され痕をなだめてくれる。水圧はぎりぎり妥当というところで、温度もワゴンの太陽光発電コーティングが深い森に届く日光からしぼりだせる熱さにすぎないが、それでもデックスには世界一の極上の贅沢《ぜいたく》に感じられた。頭をのけぞらせて木々の上の空を見ながら、シャワーのお湯で髪を洗う。ピンクがかった青い空に星々がきらめき、頭上高くから惑星モタンのカーブした縞《しま》模様が元気づけるように微笑《ほほえ》みながら、デックスが家と呼ぶこの衛星を見下ろしている。

モスキャップがワゴンの向こう側から首を突き出した。「アナタがシャワーを浴びているあいだに食事を作りましょうか？」

「本当にそんなことをする必要はないんだよ」道具の使い方を学ぶ以上にモスキャップが大好きなことはあまりないとはいえ、デックスはロボットにそういう作業をさせることへの個人的な不快感といまだに格闘していた。

「もちろん、必要はありませんとも」モスキャップはあざけるように言った。明らかに、デックスがこのばかげたこだわりのせいでしぶっていることに気づいている。モスキャップは三種の豆シチューの脱水パックを持ち上げた。「これでいいでしょうか？」

「それは……」デックスの感情が少し和らいだ。「それなら完璧よ。ありがとう」

モスキャップはストーブに火をつけ、デックスは生涯を捧《ささ》げた神に口に出さない祈りを捧げた。シャワーを与えてくれたアラエを讃《たた》えよ。メレンゲのようにしっかりした泡がたつスイートミントのせっけんを与えてくれたアラエを讃えよ。身体をふいたら塗るつもりのかゆみ止めクリームのチューブを与えてくれたアラエを讃えよ。さらに——シャワーを浴びる前にタオルを持ってくるのを忘れたことに気づいて、デックスは口をすぼめた。ワゴンの横の、本当ならタオルが掛かっているはずのフックを横目で見る。驚いたことに、そこにタオルがあった。まさにあるべきところに。きっとモスキャップが持ってきてくれたのだ、パントリーに食料を探しにいったときに。

小さな感謝の笑みが浮かぶ。

仲間を与えてくれたアラエを讃えよ。

2
〈森林地帯〉

その村をひっそりと取り巻いている木々は、見かけによらず若かった。道路の両わきにいかめしくそそり立つ木々は、シティの外にあるどの建物よりも高く、何層にものびている枝が日光のレース模様を作り出している。だが、ケスケン松の年齢は高さではなく幹の大きさであらわされる。若木の最初の何年かは、森の下層の暗がりから逃れて上の明るさを求め、上へ上へとのびるために光と土から吸収したカロリーをすべて費やす。何年かたってからようやく何にも遮られない日光を元気の出る糖に変えて横に広がりはじめ、何百年もたつうちに巨大な怪物に変貌するのだ。木の基準からすると、デックスとモスキャップがはいりこんだ場所の木々は、まだ二百歳に満たないやせたティーンエイジャーといったところだった。

かつてこの森に立っていた（そしていつの日かまた立つであろう）巨木たちを思い出させるものがひとつだけあった。デックスはワゴンを止めてバイクから飛び降り、この村の名前の由来に近づいていった。巨大な切り株《スタンプ》に。そこそこの一軒家ぐらいの大きさがある。それより上の部分は工場時代の初期、千年かけて育ったものをほんの二十分で殺すことについてほとんど何も考えることのなかった時代にすっぱりと伐採されたのだろう。切り株の前にボシュに捧《ささ》げる祭壇があった。石の台座の上に彫刻の球がのっている。その球には数えきれない通行人たちの手で小さなリボンがたくさん結ばれていた。すっかり色あせ、吹きさらされてすりきれている。デックスのワゴンにもリボンはあったが、取りにはいかなかった。ただ苔《こけ》むした石の球の上に手を置き、頭《こうべ》を垂れてあいさつをしてお辞儀をした。

モスキャップが背後から、観察しながら歩いてきた。「どうしてそういうことをするのか訊いていいですか、ボシュは気づいてくれないのに?」

「この祭壇はボシュのためにあるんじゃない。わたしたち、つまり人間のためにあるんだよ。ボシュは存在していて、その御業《みわざ》はわたしたちが注意を払うかどうかには関係なく働く。でもわたしたちがちゃんと注意を払うなら、わたしたちは神々とつながることができる。そして神々とつながると、わたしたちは……その、ほら、一体感を感じるの」

モスキャップはうなずいた。「ワタシも大自然のなかで見るすべてのものにそれを感じます。だからそんなことをする必要が理解できないんです——気を悪くされたらすみません」

「そんなことはないよ。でもわたしが言ってる一体感ってやつがわかるの?」

「すごくよくわかります。ワタシは感じるんです——いろんなものが〈循環〉するのを見ているだけで、ワタシはつながるんです。そう感じるために物体は必要ありません」

「わたしだってそう。もし立ち止まってちゃんと見ることを覚えていればね。でも、祭壇とか偶像とかお祭りの大事な点はそういうところじゃないの。神々は気にかけたりしない。そういうものは、わたしたちが日常の些事《さじ》に追われて道を見失ってはならないと思い出させてくれるの。わたしたちはより大きな存在に近づく時間をとる必要があるの。でもたいていの人にとっては、言うは易《やす》く行うは難《かた》し、なの——わかるよね」デックスはしばらく言葉を切って考えた。「ねえ、けっこう滑稽《こっけい》だよね、あなたがそんなことを言うなんて」

「ワタシが何を言ったんです？」

「そう感じるために物体は必要ないって言ったのよ」デックスはくすっと笑った。「あなたこそがそういうことを感じさせる物体なのに。その感情はあなたから出ているのよ、結局のところはね」

モスキャップのレンズの眼が動き、頭のなかの小さなうなり音がデックスの耳に聞こえた。

「そんなふうに考えたことはありませんでした」モスキャップは両手をぺたりと上体にあて、真剣な顔つきで黙りこんだ。

盗み取られた木の残骸の前で沈思《ちんし》するロボットを見つめていたデックスは、ある考えが根づいてくるのを感じた。「ねえ、あなたを人間たちに見せるのは強力な物証になるかもしれない」

「どういうことです？」

「世間で言われてることと、そのひとつを実際に目で見るのとは大ちがいだもの。わたしたちが知ってるのは、廃墟《はいきよ》とこういう」——切り株を指さす——「ものしかない。でもあなたは石造りの祭壇とは全然ちがう。わたしだって〈目覚め〉が本当にあったことを疑ってたわけじゃないけど、あなたに会って、博物館なんかじゃわからない現実味を感じられた。あなたなら、これから会う人々に――たとえあなたが歩く姿を見てもらうだけでも――いろんな視点をもたらせると思うの」

モスキャップはそのことを考えた。「ワタシが人間たちに視点をもたらせるとは考えたことがありませんでした。それこそワタシが求めていたことです」

「うん、でもそのかわりにあなたが得られるのはそういう交流から受け取るものだけよ、たとえごくごく小さなものだとしても。何にしてもギブアンドテイクってこと」

「それでも、アナタが言っていることはきわめて責任重大です」モスキャップは胸の前で両手を組み合わせた。その眼はまだ真昼で明るいというのに、強い光を発していた。「ワタシがこの件でヘマをしたらどうなりますか?」

「そんなことは考えないで。あなたは何もする必要がないの。あなたはただ、あなたのままでいればいいの。ごめんね、焦《あせ》らせるつもりはなかった」

「はい、アナタはたしかにワタシを焦らせました、シブリング・デックス」ロボットは両手をもみしぼり、頭のなかのうなり音が大きくなった。「ワタシはアナタ以外の人間に会ったことがありません。そうすることがここまで出てきたワタシに非常に大切なことだというのはわかっていますが、今はそのあまりの重大さに圧倒されて――それで――ああ、きっとばかみたいに見えてるでしょうね」

デックスは肩をすくめた。「正直に言って、驚いてる。あと十分ほどで着くっていうのに――」

「十分?!」モスキャップは両手で顔をつかんで叫んだ。「ああ、だめです。ああ、だめ、です」

「ちょっと」デックスは不安がるロボットの腕に片手を置いた。むきだしの金属はさわると均一なぬくもりがあった。「大丈夫だよ。あなたは大丈夫。実際、あなたはきっと、すばらしい成果を上げると思う」

モスキャップはデックスを見た。レンズの眼が大きく見開かれた。「みんなはワタシを怖がると思いますか？　というより……ワタシを嫌うとか？」ロボットはボディを見下ろした。「ワタシを見て思い出すものを、みんなは気に入らないんじゃないでしょうか？」

「そうかもね」デックスはやさしい正直さでそう言った。「でもほとんどの人はそんなふうには思わないと思う。それにどのみち、あなたはそんなことを心配する必要はないよ」

「なぜですか？」

デックスは元気づけるようににっこりした。「だってずっとわたしがいっしょにいるから」

おおむね十分後、デックスとモスキャップが大きなカーブを曲がると、盛大な飾りつけに出迎えられた。木の枝に大きな横断幕が張られ、いろんな模様の端切れで作られた文字で『ようこそ、ロボットさん！』とつづられていた。幹の下のほうには宝石のように輝く太陽光発電の豆電球をまじえた花綱《はなづな》が巻かれていた。結ばれたばかりのたくさんのリボンが、ワゴンが通りすぎるときの風を受けて揺れている。

「これはみんなワタシのために？」モスキャップは驚嘆してあたりを見まわした。

「歓迎されるロボットがほかにいる?」デックスは言った。

モスキャップは歩きながら頭上の横断幕を見上げた。「あれはとても……おおげさなのでは」

「みんなわくわくしてるのよ。ロボットを見るのははじめてだから。みんな大騒ぎしたいんだよ」

「ワタシのことなんかで誰も大騒ぎなんかしませんよ。考えてみたら、大騒ぎをされるなんて思ってもいませんでした」

「まあ、すぐに慣れるって。これから行くほとんどの場所でこういう歓迎を受けるから」デックスは顔をしかめてペダルをこぎつづけた。飾りつけはにぎやかだが、ふくらはぎは悲鳴をあげており、ほかのことに注意を向けるのはむずかしかった。スタンプまでの道は困難なものではなかったが、まだ先は長く、デックスの身体は今にもへばってしまいそうだった。

やがてついに、村が目にはいった。スタンプも〈森林地帯〉のほとんどの集落と同じように、樹上の巣のようなツリーハウスが吊り橋で結ばれているのが特徴的だ。かすかな硫黄《いおう》臭はこの土地の暖かさと電力の源《みなもと》である温泉から出ているものだ。四角い市場はグラウンドにくっついており、デックスはここを通るたびにそのにぎわいは目にしていたが、ここが人でいっぱいになっているのを見るのはこれがはじめてだった。この日は、スタンプの住民は誰ひとりとしてほかの場所にはいないようだった。百人ほどの群集が祝日のような晴れ着姿で集まっていた。モスキャップの姿が彼らの視界にはいると、群集から声が漏れた。その声にうわずった笑い声が混じり、いくつかの子どもの叫び声がすぐさま親たちに黙らされた。集まっている人々の顔には熱意と歓迎と畏敬《いけい》の念が浮かんでいた。どうすればいいかわかっている者は、ひとりもいそうになかった。

中年の女性が前に足を踏み出した。デックスはその女性を知っていた。ミズ・ウェイヴァリー、この村の議会の常任議員のひとりだ。彼女はどのような意味でもここの人々のリーダーではない。ほとんどの村と同じように、スタンプにもそのような役職はないからだ。彼女の役割はほかの人々がどうしていいかわからないときに話をするというようなもので、今まさに彼女はそれをしていた。「あなたがモスキャップね」彼女ははじけるような笑みを浮かべて言った。「ようこそ、スタンプへ」

モスキャップはにこやかな青色に眼を輝かせて、うなずいた。「どうもありがとうございます。ハイウェイに掲げた看板もありがとうございます。看板というものをはじめて見ましたが、あれは実に——」

群集のなかのどこかで、犬が吠《ほ》えはじめた。デックスには見えなかったが、大型犬の声のようだった。

すぐさまモスキャップはそちらに気を取られ、吠え声のほうに顔を向けた。「あれは犬ですか？」その声には興奮があらわれていた。「飼い馴《な》らされた犬ですか？」

「そうよ」デックスは答えたが、目はミズ・ウェイヴァリーに向けたままだった。「歓迎していただいて、本当にありがとうございます、わたしたちは——」

犬は吠えつづけていた。

「大丈夫ですか？」モスキャップが訊く。

「あなたを見てちょっと怖がってるだけよ」とデックス。「ロボットっていうものを知らないから」

犬は吠えつづけ、連れてきたふたり連れが黙らせようとしたが、だめだった。「おい、くそ、だから連れてくるのはよそうって言ったじゃないか」ひとりが言っている。

「ビスケット、黙れ」もうひとりが言う。

ビスケットは黙らなかった。ビスケットはそういうのが好きではないのだ。

犬の飼い主のふたりはばつが悪そうな顔をしていたし、周囲の人々は迷惑そうな顔をしていた。だがモスキャップはそういうことには気づいていないようだった。ロボットは吠え声に耳を奪われたようで、デックスのほうに頭を傾けた。「飼い馴らされた犬というのは川オオカミのようなものなんでしょうか？」

「まあね」デックスはちらりとミズ・ウェイヴァリーを見やった。彼女はもはや、どうしていいかまったくわからないようだった。こういうあいさつは誰も思い描いていなかった。

「犬のほうがずっと友好的だけど、まあそうね、犬も川オオカミに似てるって言えるかな」

「ワタシが地面に寝ころがって腹を見せれば、助けになるでしょうか？」モスキャップが訊いた。

「それは……まあ、なるかも？　わたしとしては――」

モスキャップは吠え声のほうに歩いていく。人々はさっと道を空け、ぽかんと口を開けて二・一メートルのロボットに見とれた。

ビスケットは樽のような形のがっしりした犬で、その体軀《たいく》は夜中に飛びかかってくるものたちから人間を守るように交配された長い血統を伝えていた。飼い主は革を編んだリードでしっかりと犬をつかまえており、きまり悪そうにわびの言葉をつぶやいた。

モスキャップはまったく躊躇《ちゅうちょ》せずに地面に仰向《あおむ》けに寝ころがり、両手を金属プレートに覆われた肩にあてて懇願の姿勢をとった。「大丈夫です」リードを持っている人に言う。「どうぞここに来させてください」

ビスケットの飼い主はためらったが、リードを放した。犬はバリトン声で吠えながら、前に飛び出したが、モスキャップは気にしていなかった。じっと横になって、吠えたけるビスケットのつばが顔に散るにまかせていた。

ロボットがじっと動かずにいると、犬の態度が変わってきた。吠える声にだんだん和らいだうなり声が混じるようになり、そこからさらに興味をそそられてくんくんとかぐ音に変わった。モスキャップはにおいをかがれてもまったく平常心でいるようだった。村人たちを待たせていることも気にしていないようだった。今のところは、犬が最優先のようだ。

ゆっくりと、モスキャップは片方の手を動かして、ビスケットの鼻の前に持っていった。ビスケットはそれを受け入れ、においをかいだ。モスキャップは静かに手を動かして犬の首に置いた。ビスケットはこれも受け入れた。モスキャップは指をのばして、犬をかいてやった。

ビスケットは明白にそれを受け入れた。

「さあ、どうぞ」モスキャップはうれしそうに言った。「アハハ、そうです――ああ、そうそう、その調子」ロボットがいっそう強くかいてやると、犬はそちらに身体を寄せて尻尾を振った。「そう、そのとおり。ワタシたちはもう友だちです」

群集は魅了されていた。数秒が数分になるにつれ、モスキャップが犬との交流をやめるつもりがないことが、デックスにもはっきりとわかってきた。モスキャップがこういうふうになるのを何度となく目にしていた――昆虫や木の葉や小川の難解な波紋に魅了されている姿を。モスキャップもそろそろ人間の思いやりに限度があることを知るべきだろう。そしてロボットとビスケットとのあいだの親愛の表現だったものが今や一線を越えて社会的に不都合なものになっていることを。

デックスはモスキャップの横に歩いていってしゃがみ、ロボットの肩に手を置いた。「ねえ」と静かに言う。「ここにいるほかの動物たちにもちょっと注意を向けたほうがいいと思うけど」

「おっと!」モスキャップは驚いたように言い、犬に最後のひとかきをしてやると、即座に立ち上がった。

ミズ・ウェイヴァリーはロボットと犬との交流に注目していたようだったが、今度はデックスに向かって言った。「わたしたちのところに滞在するあいだ、あなたがたおふたりのために何をすればいいでしょうか？」周囲にいる全員に聞こえるように、大きな声ではっきりとしゃべった。

デックスは咳《せき》ばらいをした。「ええと、その……」しまった、そういうことはまったく考えてなかった。そもそも、大勢の人の前に出るのも、あまり好きではないのだ。たしかに一般の人々と向き合う仕事をしており、それをするのもとても心地いいが、そこには明確な境界があるのだ。喫茶奉仕では、デックスとお客とのあいだにテーブルがあり、デックスに話しかけようがかけまいがお客の自由だ。お茶を受け取ろうが受け取るまいがお客の自由だ。それだけ。そういう交流には無限のバリエーションがあるが、すべてはひとつの流れのなかにはまっている——いくらか言葉を交わして、おいしいお茶を受け取る、という流れに。でもここにはテーブルがなく、注目の的になっているのはモスキャップではあるが、デックスは台本なしで舞台に上げられているように感じずにはいられなかった。もう一度、咳ばらいをする。「モスキャップは質問をひとつしたいそうです。みなさんと話をしたがっています。まあその、みなさんにその気があればですが」

「そうです！」モスキャップはここがどこでなぜここにいるのかを思い出したようだった。群集の前で両手を広げる。「ワタシの質問はこれです——アナタがたは何を必要としていますか？」

群集は当惑顔になった。二、三か所で静かな不安げな笑い声があがった。モスキャップは期待に満ちたようすで群集を見まわしたが、どう答えていいかわかっている人はいないようだった。

デックスはうなじを指でかいた。ああ神々よ、次にどこに行くにせよ、こういうときのためにもうちょっとましな台本を作る必要がある。

長い間があいたあと、群集のうしろのほうから顎ひげを生やした男性が声を張り上げた。

「ああ、ええと……うちの家のドアを直す必要があるんだが。ちょっとすき間風がはいるんでね」

モスキャップはにこやかに男性を指さした。「アナタの家に連れていってください！　できるならお助けしましょう！」くいと頭をかしげる。「この村にはアナタのドアを直す能力のある人はいないんですか？」

「ええと、まあ」男は言った。「まだあちこちに訊いてまわったわけじゃないんだ。今あんたが訊いてくれたから、だから……」最後まで言うかわりに肩をすくめる。

「たしかに訊きました！」モスキャップは両手を腰にあててうなずいた。「ワタシには手で使う道具の残滓《ざんし》記憶があります。使える工具はありますか？」

「ああ、うん、必要なものは何でもある」

別の声があがった。「バイクのことはくわしい？　タイヤがパンクしちゃったんだけど」

「うちは水道の水圧が下がっちゃってるんだが」とまた別の声。

「算数の宿題を手伝ってくれる？」子どもが叫ぶ。

「はい、やってみましょう、それから……だめです、残念ながら」とモスキャップ。「ワタシは算数は得意ではありません」

デックスはぎゅっと唇を引き結んだ。このやり取りが向かっている方向が気に入らなかった。モスキャップのほうに身をかがめ、低い声で耳打ちする。「こんなので大丈夫なの？　こういうのはあなたが考えていたことなの？」村人のいろんな雑用を手伝うなんて、ロボットが何百年もの沈黙を破って追求しに出てきた目的だとは思えない。

「ワタシが考えていたことだとみなさんが考えたのなら、ええ、ワタシは大丈夫です」

「そう……」デックスは気に入らなかったが、友に何ができて何ができないかはデックスがとやかく言うことではない。「わかった。あなたがそれをやるあいだ、わたしはいっしょにいたほうがいい？　それとも自分ひとりでやりたい？」

モスキャップはしばらく考えた。「まずはひとりでやってみたいです。どこもかしこもついてきてもらう必要はありません」

「うん、でもあなたはわたしについてきてほしいの？」

モスキャップはまたしても考えた。「アナタにいてもらって、いつも楽しいですよ、シブリング・デックス。ワタシがアナタに望むのは、アナタ自身がやりたいことをすることです」ミズ・ウェイヴァリーに顔を向けた。「ワタシの友はここ数日、食べ物とお風呂の話しかしていませんでした。もしよろしければ……」

「ああ、それなら」ミズ・ウェイヴァリーは笑顔で言った。「わたしたちにできることです」

モスキャップが嬉々《きき》として村人たちの要求に応えようとしている一方で、デックスは炊事ハウスに連れていかれ、そこのオーナーの好きにされていた。オーナーはここを訪れた人間がじゅうぶんな食べ物を与えられないということに我慢がならないようだった。〈森林地帯〉の人々は小型の作物を栽培しているが、狩猟や食物採集も大好きで、デックスのテーブルに次々と出される食べ物にもそういう暮らしが反映されていた。メイン料理がグリルで焼きあがるまでのあいだにスパイシーな松の実をつまみ、それから時間をかけて低温でローストしたエルク肉と縁にひだのあるキノコと、ところどころ焦げ目のついたドングリ粉のウエハース状のクラッカーをたらふく詰めこんだ。デザートにはプリックルベリーのコブラーがたっぷりと出され、いっしょに出てきた小鉢にはいっていたミントの葉を嚙《か》みながら、デックスは余韻に浸った。何日も乾燥シチューとプロテインバーばかりですごしていなかったとしても、すばらしい食事だった。この現状からすると、まさに人生を変えてくれるような食事だ。椅子にゆったりとすわってお腹の上で両手を組み、木々のなかで呼吸をしながら、デックスは大自然に育まれたものを食べたという言い知れない満足感をゆっくりと味わった。

炊事ハウスの食事エリアは開けたベランダになっていて、市場の広場が見渡せた。市場の広場は複雑に縦横に編まれたケーブルで吊り下げられている。デックスは手すりの近くのテーブルにすわっていて、下での営みに目を向けていた。木の枝が視界に飛びこんではくるが、モスキャップを見失うことはなかった。銀色のプレート張りの身体は、木々の茶色から白木までのグラデーションでできているこの村のパレットのなかで腫《は》れた親指のようによく目立ち、木の間ごしの陽光のなかで青い眼が輝いている。モスキャップがあちこちに向かい、しばらくのあいだ姿を消してからまたあらわれ、レンチやペンキの缶を手に次の場所に向かうのを、デックスは見守った。ロボットがどこに行こうと、野次馬たちがついてまわっている。口いっぱいに詰めたミントの葉をゆっくりと噛みながら、モスキャップがふたたび広場をつっきっていくのを見守る。今度はモスキャップは重そうな大袋か何かを運ぶのを手伝っていた。〝村人の物理的な用事を手伝う〟のがモスキャップの問いの最終的な答えではないのはたしかだ。これがあまり長く続くようなら止めようと、デックスは心のなかで決意した。モスキャップをサーカスの催し物のようにあつかってほしくなかったし、さらにひどいこと──最初にロボットたちが作られた理由どおりに使われること──に陥らせたくなかった。けれども今のところは、モスキャップの金属製の口にほぼいつも笑みが浮かんでいて、とても楽しい時間をすごしていることを告げており、デックスが口をはさむ理由はどこにもなかった。

ミントの葉をもうひとつかみ取り、デックスはポケットからコンピュータを出して、前夜受け取ったメールへの返信を書く作業をはじめた。メールはこの朝にもふえていたが、それからまたさらにふえているようだった。まあ少しずつ片づけていくしかない、と考えながら、デックスは返信を書く。

『こんにちは、アイヴィー。ブリッジタウンの自然保護官事務所にご招待くださって、本当にありがとうございます。わたしたちはその三日前にクリフサイドの自然保護官と会う予定になっていますが、この二件をどうにかしていっしょにできないでしょうか？』

ひと口水を飲む。

『こんにちは、モズリー。わたしたちがハーツ・ブロー修道院から持ち帰った紙の本はどれもかなり状態がよくありませんが、それでもいちばんましなものを救い出してきたんです。日焼けのこと、教えてくれてありがとうございます。図書館であなたにわたすまでは必ずどこか暗い場所に置くようにしますね』

首をまわす。

『こんにちは、チャック。クーパーズ・ジャンクションに行く途中で喜んでバローズに寄ります』スクリーンの上に指を浮かせたまま、動きを止める。とはいえ、バローズに寄ることができるだろうか？　そうすると旅程が一日ふえることになるし、ホワイトピーク・ハイウエイはあまり通りたい道ではない、それに――

デックスは目をこすった。喫茶巡回のルートを作るのには慣れているが、これはその十倍以上の複雑さだ。大丈夫、とひとりごちる。これを全部処理していけば、メールもそのうち沈静化するだろうし、そこから先はふだんの巡回の旅とたいして変わらなくなるだろう。ただ歓迎の横断幕や花飾りがふえるだけだ。

料理のお礼を丁重にコックに告げ、それから動力エレベーターに乗って下の階に下りた。そしてそもそもスタンプに来た主な目的のために向かった――浴室《バスハウス》へ。

この施設を浴室《バスハウス》と呼ぶのはいささか語弊があるだろう。たしかにすてきなしぶきを放つシャワーや落ち着けるサウナがあるとてもきれいな建物にはいっていくのだが、本当にすばらしいのは外にある天然の温泉だからだ。デックスは最初に身体を洗い、心から感謝しながら大きなシャワーヘッドの下に立った。近くに吊り下げられたハーブの束の蒸気に運ばれる香りを肺に深く吸いこむ。しっかりした水圧のシャワーがくたびれた筋肉をたたいて凝りをほぐしていく。シャワーがすむと裸に素足で外に出ていき、のんびりと温泉に向かった。湿った肌に森の空気をひんやりと感じながら、木を敷いて両側をシダで縁どった小道をたどっていく。どこに行っても、贅沢《ぜいたく》な食事のあとのミントと同じ清涼感が漂っていた。だが、さわやかな肌寒さは長くは続かなかった。岩のプールに誘われて乳青色の温泉に身を沈めると、言葉にならない声が漏れた。お湯につかると液体になったようで、この衛星パンガの溶融状態の中心からわきあがってくる地熱に包まれてしなやかにとろけていった。デックスはお湯のなかにさらに身を沈めた。顎までお湯につかり、鉱物質《ミネラル》たっぷりの泥に足先を埋める。いつかはこの場所を出るだろう。でも今しばらくは、ここから出たくなかった。

うしろの岩に頭をあずけ、頭上を天蓋のように覆う木々のすき間を見上げる。常緑の枝々が青い空を区切り、針葉の先が無数のやさしい指のように揺れている。小さい針葉とどっしりと力強い幹とのコントラストはちょっと滑稽で、その針葉がそよ風と戯れているのを見ると、ほかのことはみな忘れてしまう。

ほかの人々がやってきた。これはじゅうぶん予想されることだった。温泉はひとりだけではいるものではないからだ。デックスははいってきた人々に軽くうなずいてあいさつし、向こうもにこやかにあいさつを返した。だがそうした見知らぬ人々が礼儀正しい距離をとって温泉にはいってきたとき、予想していなかった自意識の疼《うず》きがデックスの心にわきあがった。それはほかの誰もと同じににこやかに見える人々のせいでもなく、みんなが裸でいるせいでもなかった。こういう場所では裸になるのがふつうだとデックスは知っているからだ。デックスはその感情を何度かひっくり返して、その形を見定めようとした。

スタンプに来たのも、この温泉にはいるのも、これがはじめてではない。でも前に来たときはいつも、村の食べ物を食べてお湯にゆっくりとつかるのは、一日喫茶奉仕をして働いたあとだった。受け取る前に与えていたのだ。でも今回は、いったい何をもたらしただろう？　一応はモスキャップだが、モスキャップはデックスが与えたものというわけではない。デックスはモスキャップを案内してきたし、すべての道がシティに通じる場所に行くまで案内を続けるだろう。だが、道から下りているときに自分自身が何をするかということを考えたことはなかった。モスキャップのためにそこにいて、それだけに意識を集中するだけでいいのだろうか？　それもまた意味のあることのように思える。なぜなら、ほかの人々という可変要素がないときですら、ロボットの口から何が飛び出してくるか、ほとんど予測がつかないからだ。不測の事態に備えるのは賢明な行動だろう。

でもそれはみんなに理解してもらえるだろうか？　自分がお茶を淹《い》れなかったらみんなをがっかりさせるのではないかと思わずにはいられなかった。デックスがテーブルを出すのを阻むものは何もない。マットを敷いてケトルでお湯を沸かし、旅の祭壇を組み立てる。必要なものはすべてワゴンにある。そしておそらくデックスの頭のなかにも。が、問題は後者のほうだ。お茶のことを考えようとしたとたん、まったく何も考えられなくなった。頭に綿が詰まったように感じられ、思考を動かすことができなかった。

お茶を作ることに夢中だったころのことが思い出される。何日もワゴンにこもり、茶葉を挽《ひ》いてにおいをかぎ、舌先にスパイスをちょっとのせる。何時間もがまたたく間に、試行錯誤の連続で飛ぶようにすぎていく。ときには食べるのも忘れ、それに気づくのは脳が突然空腹のために働かなくなったときだけ。新作ブレンド茶のレシピをあれこれ考えながら眠りにつき、目覚めるとすぐに仕事にもどる。そしてさらに、そうした努力の結果についても思い出した。テーブルにやってきた見知らぬ客のために慎重に選んだ完璧なお茶を淹れて出し、客とのあいだの空間に言葉のない温かな交流が生まれるのを感じたことを。そうした奉仕をすると、痺《しび》れるような快感と平和な穏やかさが感じられ、信奉する神及び同胞たる人々とみなで分け合っているこの世界に近づけたように思えた。

デックスがふたたびそれをするのを妨げるものは何もない。そのやり方もわかっている。それが好きではないとかやりたくないというわけではなかった。デックスはやりたいのだ。今でも喫茶奉仕をするのは大好きだ——少なくとも、かつての喫茶奉仕は大好きだった。でもかつてはあれほど夢中だったことを考えようとすると、ぽっかりと空いた欠落があるだけだった。かつては満たされていたところが今は空っぽなのだ。

首にかけているクマのペンダントを手で握る。あまりに長いあいだ疲れた人々と共にすごしていたせいで、自分自身も同じように疲れていることに気づかなかったのだ。デックスは走っていって壁にぶつかったのだ。その壁がどこから出てきたものか、何でできているのかを理解できているかどうかは問題ではない。それを突き抜ける唯一のすべは、しばらくのあいだしないでいることだ。だから、スタンプではお茶を淹れるつもりはない。本当に心からやりたいと感じるまで、どこに行こうとお茶は淹れない。モスキャップに注意を集中して、あとは待つことにしよう。それでいいんだ、と自分に言い聞かせたが、心のどこかではやはり、温かいお湯につかったりおいしい食事をしたりする資格がないような気がしていた。『慰めを歓迎せよ』ペクチン印刷された小さなクマを親指でなでながらひとりごちる。『なぜならそれなくしては、強くあることはできないから』

デックスは苔むした岩に後頭部をのせ、癒しのお湯のなかでうとうとしながら、木々の枝が不朽の歌をささやくのに耳を傾けた。

数時間後、市場にもどってみると、モスキャップはとても心地よさそうに見えた。まるで生まれてからずっとここで暮らしているかのようだった。人々はまだぽかんと口を開けてモスキャップを見ていたが、人だかりはかなりまばらになり、それぞれ日常の用事をしに向かっていた。モスキャップがすわっているベンチにデックスが近づいていったとき、取り囲んでいるのはほんの数人だった。

「シブリング・デックス、見てください！」モスキャップは手放しの喜びようで叫んだ。「地図をもらいましたよ！」

「すごいね」そう言って、デックスはちょっと考えた。「どうして？」

「ここの場所とほかの町や村とのおおまかな位置関係をたずねたら、ここにいるミクス・セージが地図を持ってきてくれて、ワタシにくれると言ったんです！」モスキャップはおそらくミクス・セージと思われる人物のほうを向いた。「これはワタシが持つはじめての私物です、アナタにはどんなに感謝してもしきれません」

「本当にたいしたことじゃないんですよ」地図贈呈者は笑った。もうすでにたっぷりと感謝の言葉をもらったのだろう。

「ちょっと失礼するのを許していただければ、友とふたりだけで話がしたいのですが」細心の注意をはらって地図をたたみながら、モスキャップは言った。

人々はうなずき、デックスをわきにひっぱっていくモスキャップににこやかに手を振った。

「どう？」みんなに聞こえないところまで離れると、デックスは訊いた。

「アナタがもどってきてくれてうれしいです。訊きたいことがあるんです」

デックスは眉をひそめた。「何かまずいことでも？」

「いえいえ、まずいことなんか何もありません。ただ、これが何かわからないんです。どう訊いていいかもわからなかったんです」ロボットは胸の前のパネルを開けて地図を入れ、なかからまた別の紙を取り出した。「無作法だと思われたくありませんからね」

デックスはその紙を受け取って正しい向きに直した。ノートから破り取ったようなごくふつうの紙で、走り書きの文字が何行も書いてあった。それぞれの行の筆跡がちがっている。

ドア修理：12－215735
バイクのタイヤ交換：8－980104
ペンキの塗り直し：7－910603
材木運び：4－331050
ビスケットのつや出し：2－495848
野菜洗い：5－732298

「ああ！」デックスは頭を一度うなずかせた。「この説明を忘れてた。ごめんなさい」

「それでは、アナタはこれが何なのか知ってるんですね？」

「うん、知ってる。それはペブの数よ、それとペブが送られる口座の番号」モスキャップからは何の反応もなかった。「モノやサービスのやり取りを記録する方法なの」

「なるほど！」モスキャップは興味深げに紙を見つめた。「これは……お金ですか？」

「ちがうの」デックスは即座に言った。お金のことはよく知らなかったが、その概念については学校で習って知っていたので、否定したのだ。「ええと……その、一種の支払いなんだと思うけど、でもあの、何て言ったっけ……ほら、資本主義とはちがうの」片手を髪に走らせる。これまでペブを説明する必要など一度もなかった。「ええとね。誰かほかの人から、なんらかの工芸とか作業とか労働とかが含まれるものを受け取ったときはいつも、それと引き換えにその相手にペブを送るの。だから、最初はゼロペブからはじまることになる」

「たしかにそのとおりです、ワタシについては」

「そうよ。たとえばあなたが農業生産者のところに行ってリンゴをひとつ手に入れるとするね、そしてそのリンゴは一ペブの価値があるとする」

「ワタシはリンゴをどうするんですか？」

「あなたはリンゴを食べられるってことにして」

「わかりました」

「よし。あなたはリンゴをもらって、農業生産者に一ペブを送る」

「どうやって？」とモスキャップ。

「それはあとで説明する。今は農業生産者のほうに注意を向けて」

「アナタがそう言うなら」モスキャップの眼が思考につれて動く。「現在ワタシは仮想的リンゴを一個と、仮想的ペブをマイナス一個持っています」

「そうよ。その農業生産者の仕事はあなたに利益をもたらしてくれたでしょ、だから今度はあなたがほかの誰かに利益をもたらすものを何か与える必要があるの」

「その農業生産者に、ということですね」

「ううん、そうじゃないの」デックスは説明しようとした。「まあ、その農業生産者の利益になることでもいいんだけど——その人がほしいものをあなたが与えられるのならね。でもペブ交換は物々交換とはちがって、正当な感謝のしるしのようなものなの。あなたはコミュニティの一員で、農業生産者があなたのために何かをしてくれるというのは、つまりそのコミュニティのために効率よく何かをしているということ。そういうわけで、あなたは今、収支的にはマイナス一ペブってこと。だからそのマイナス分を埋めなきゃならないの。で、あなたは……何がいいかな。たとえば音楽家だとするね。町の広場で何か音楽を演奏して、五人が聴きにきたとするね。その人たちが今、あなたに何ペブかをくれる。それぞれが二ペブずつ払ってくれたとすると、マイナス一ペブだったあなたは九ペブ持つことになって、それをほかのものと交換することができる。わかるよね？」

「そう思います」モスキャップは言った。「アナタが言っているのは、個人の交易を記録する通貨システムのかわりにコミュニティ内でのやり取りを促進するシステムがあるということですね。それは……あらゆるやり取りは全体としてコミュニティの利益になるからですか？」

「そのとおり」

「人々はアナタのお茶にペブを送ってくれるんですか？」

「そうよ」

「そしてそれからアナタは人々にペブを送る……」

「食べ物とか品物とかいろんなもののお礼にね」

モスキャップの頭が静かな思考の音をたてる。「誰でも、いろんな理由で収支がマイナスになることがときどきあるけど、それはそれでいいの。潮の満ち干のようなものだから。でももし巨額のマイナスを抱えている人がいたら……それはその人が助けを必要としているってこと。その人は病気かもしれないし、困窮しているのかもしれない。家庭で何か問題が起きてるのかもしれないし、もしかしたらただしばらくのあいだほかの人々の手伝いが必要というだけのことかもしれない。それでいいの。誰だってときどきそういうことになるんだから。もしわたしが友だちの収支を見てそれが赤字になってたら、必ずようすを見にいく」

「ほかの人の収支を見ることができるんですか？」

「そうよ、もちろん。すべて公表されてる」

「競争は起きないんですか？」

デックスは眉をひそめた。「どうして？」

モスキャップはしばらくのあいだ無言でデックスを見つめた。デックスの返事に驚いているようだったが、なぜなのかは言わなかった。それからロボットは肩をすくめ、デックスが手にしている紙を指さした。「それじゃ、それは……」

「あなたが手伝った人たちがあなたに送るペブだよ」デックスは紙をモスキャップにもどした。「ドアの修理に十二ペブ、バイク修理に八ペブ、ってこと。ふつうはこういうやり取りはポケット・コンピュータでやるんだけど――」

「そう、そうです、ミズ・アイダにそれを訊かれました。コンピュータを持っているかと訊かれて、いいえと答えました。そしたら彼女はスケッチブックの紙を一枚破ってくれたんです」

「そうだね、あなたのペブ口座を開設して手作業でここに書いてあるペブを全部入力しなきゃね。ここのとなりの村にコンピュータの店があったはずだから、次はそこに寄りましょう」モスキャップの眼のレンズがぱっと開いた。「ワタシはポケット・コンピュータを所有できるんですか？」

「そうよ、どうやら必要なようだから」ロボットがコンピュータを必要としているとは皮肉だと思わずにはいられなかったが、この事実はおもしろいと言えるだろう。

一方モスキャップはちょっと感動しているようだった。「うっわあ。使い方を教えてくれますか？」

「もちろんよ」デックスは言った。

「それからそれはずっと持っていていいんでしょうか……」

「いつまででも好きなだけ。あなたのものになるんだから」

「でもワタシにはポケットがありません」

「そこに入れとけばいいよ」デックスはモスキャップの胸を指さした。「ポケットは必要ない、そこにちょうどはいるから」

モスキャップは両手で紙を持ち、村人たちが書いた明細を見つめた。「では、これによると今ワタシは……」ロボットは紙を片手で支え、無言で集中して、もう一方の手の親指でほかの指の先を順にさわり、計算した。「三十八ペブ持ってるんですね」デックスを見る。「三十八ペブで何を手に入れられるんでしょうか？」

「何でも好きなものを」デックスは笑った。

「そんなのわかりませんよ！　ワタシは私物を持ったことがないんです、シブリング・デックス。手伝いを必要とされたことも。アナタはペブを何に使っているんですか？」

「だいたいは、食事とか、品物とか。それから、ワゴンから出てちょっと休憩したいときに寝る場所とか。なんていうか、その……ほしいもの。好きなものとか、いいと思うもの」

「なるほど」モスキャップは金属の顎をさすった。「ワタシはアリ塚をいいと思います。霧のかかった朝が好きです。ペブを活用できるかどうかよくわかりませんが」間を置く。「ところで、ペブって何なんですか？」

「〝デジタル・ペブル〟の省略形。誰もそっちの名前では呼ばないけど」

「小石《ペブル》っていうのは、小川にあるような？」

「そうよ。古代のパンガ人は小石を使って交易をしていたの。でもちょっと待って、さっき言ってたことだけど。ペブを活用できないとかなんとか」デックスは小さく頭を振った。「それは問題じゃないの。あなたが使うかどうかは問題じゃない。あなたはこの旅行で、そうする理由がなければ、誰にも一ペブたりともあげる必要はないんだよ」

「それなら、みんなはなぜワタシにペブをくれるんでしょう？」

「ペブを使うやり取りの意味は、誰かの骨折りをちゃんと認めて、その人がコミュニティにもたらしてくれたことに感謝するってこと。あの人たちがあなたに三十八ペブをくれたのは、あなたに出ていってペブを使ってもらいたいからじゃない。みんながあなたに三十八ペブをくれたのは、あなたの働きがほかのみんなの働きと同じように大切だからだよ。つまり、みんなはあなたをひとりの人間として見てるってこと」

「でもワタシは人間じゃありません。ワタシは――」

「ロボットだよね、わかってる。でもみんなはあなたを人間と同等の存在だと見てる。そしてそれは……本当に大切なことなんだよ」自分の発言に満足して、デックスはひとりうなずいた。「白状すると、みんながあなたを利用するんじゃないかって、ちょっと心配だったの。みんながあなたをひっぱりまわしていろんな雑用をさせてたのを見てね」

「ああ、でも楽しかったですよ」モスキャップは言った。「なんといってもワタシからお願いしたんですから。それに人間の暮らしぶりを知るのに、日常の雑事にこの手を貸す以上にいい方法があるでしょうか？」

「これで要点はわかったみたいだね。もしやりたいことがあるんなら、なんとしてでもそれをやりなさい。でも次に寄る村でコンピュータを手に入れたら、もしあなたの手伝いをほしがる人に会って、その人があなたにペブを送ることを考えなかったら、わたしが先に言わなくても、あなたがちゃんと訊くようにして」

モスキャップはじっくりとそれについて考え、しばらくしてから口を開いた。「念のためですが、ペブというのはアナタがたの社会内での相互利益を認識する手段ですよね。ペブはそれにちゃんと適している方法なんですか？」

「うん、うまくいってる」

「それなら……ワタシにペブを送ることで、みんなはワタシもアナタがたの社会の一員だと言ってくれてるんですか？」

デックスは笑みを浮かべた。「そうだよ、本質的にはね」

ロボットはくいと頭を上げた。「でもワタシはアナタがたにきちんと関われるほど、アナタがたの社会のことをよく知りません。この社会がどのように機能しているのか知りません」

「子どもだってそんなことを知らないけど、ちゃんと社会の一員だよ」

「子どもにペブを送りますか？」

「子どもがわたしを手伝ってくれたら」——デックスはリストを見やった——「たとえば野菜を洗うとか？　そしたらペブを送るよ」

モスキャップは紙のしわをのばした。まるで何かとても貴重なものにふれているかのようだった。「ワタシがコンピュータを手に入れることはわかっていますが、これもワタシがずっと持っていていいんですか？」

「うん」デックスはふたたび笑みを浮かべた。「もちろん」

「地図に紙のメモにポケット・コンピュータ。三種の私器ですね」モスキャップはうやうやしく言い、笑った。「この調子だと自分のワゴンが必要になりそうです」

「うわ、そこまでたくさんの私物は持たないで。でもあなたがよければ、肩掛けかばんか何かを手に入れましょう。そうすれば身体のなかでガタガタいわせないですむから」

モスキャップは笑うのをやめ、この上なく真剣な顔つきでデックスを見つめた。「本当ですか?」静かに言った。「ワタシは肩掛けかばんを持てるんですか?」

「うん」デックスは笑いをかみ殺した。「そう、ほしいものは何でも持てるんだよ」それからちょっと間を置く。「でもワゴンはだめ」

3 〈河川地帯〉

二年間ワゴンで暮らしてきたデックスは、今では外で暮らしているいろんなものがたてる雑音のなかで眠ることに慣れっこになっていた。最初のうちは、木ネコの叫び声や白スカンクの鳴き声や、〝どこにいる？〟とか〝どれぐらい大きい？〟という疑問を呼び起こす正体不明のがさがさいう音を聞きながらぐっすり眠るのはむずかしかった。けれども時がたつにつれ、そうした物音は気をもんだり気にしたりするようなものではないことを学んだのだった。

今、ベッドのわきの窓をずっと軽くたたいている音は、気にかけるべきものだ。デックスがぱっと目を開けると、ガラスの向こうからモスキャップがまっすぐデックスを見ていた。全身の筋肉がびくんとひきつった。「ちくしょう」思わず口にしたあとで、ほかの考えが次々とわいてきた。

「おはよう！」モスキャップが言った。「目が覚めましたか？」

「ううん」デックスはうめいた。「何かあった？」

「いいえ、何もありません。ただもうずっと前からアナタと話をしたくて、もう待ちきれなかったんです」

「ああ……」デックスの脳は、考えるやり方としゃべるやり方を思い出そうとした。ベッドサイドの棚からポケット・コンピュータを取り上げ、現在の時刻を信じられない思いで見つめた。ふたたびベッドに横になりたいのはやまやまだったが、モスキャップの表情にあまりに熱意がこもっていたので、とても失望させることはできなかった。「わかった、ちょっと待ってて、お願い……」両手のひらで顔をこする。「すぐ行くから」

よろめきながら小さな梯子《はしご》を下りて、ワゴンの一階に向かう。とりあえず着替えて水を飲む。くしのありかがわからず、頭に巻くスカーフも見つからなかった。髪の毛は逆立って、目はしょぼしょぼしている。ワゴンのドアを開け、目をすがめて朝露の降りた夜明けの風景の前に立っているロボットを見る。

「どうしたの?」まだ目覚めかけの世界の肌寒さに対抗して腕を組む。

「アナタが眠っているあいだに本を読んだんです」モスキャップは言い、自分のポケット・コンピュータを持ち上げた。「その本について心からアナタと論じあいたいんです」

デックスは目を二回ぱちぱちさせた。「本の話をするためにわたしを起こしたの?」モスキャップは何週間か前に自分のコンピュータを手に入れて以来、本をダウンロードできることを知り、日ごとに読書欲求を募らせていた。

ロボットはコンピュータをデックスの顔につきつけ、タイトルページを見せた――『わたし、わたし自身――意識をもつ知性についての科学的探究』「アナタはこの本を読みましたか？」

スクリーンのまぶしさにデックスは顔をしかめた。「ええと……読んでない。どうしてわたしがそんな本を読むと思う？」

「アナタが読んでいるかどうかは考えていませんでした。憶測はしたくありません」

デックスはドアのわきのフックからジャケットを取り、ぎこちない動きでそれを着た。

「その本の何を論じあいたいの？」

「ほら、聴いてください」ロボットは問題のページを開き、読み上げはじめた。「『意識をもつ知性の進化は自然界で最大の謎のひとつである。それがなぜ、どうやって起きたのか完全に理解できている人間はいない。確実と思われるのは、それが視力や体温調節と同じような適応進化だということだ。異種の動物は異なる知覚や肉体的特徴を有しているが、それと同様に異なる知性をも有している。食物か非食物か、捕食者かそうでないかを見分ける能力以上のものを必要としない種《しゅ》もあるが、問題を解決したり狩りの戦略を教えたり、新しい環境にこまめに適応するといった行動をするほどの複雑な知性を有する種にとっては、そういう好都合な適応を引き起こした環境的要因について仮説を立てることは容易だ』」モスキャップはコンピュータを下ろし、期待のこもった眼でデックスを見つめた。

デックスは見つめ返した。「それで？」これのどこがそれほど重要なのか、理解できなかった。

「ここで論じているのは、複雑な知性と自意識が外的必要性から生じているということです」モスキャップは金属の指でスクリーンを指した。「社会的必要性や環境的必要性です。何かがそういう生き物たちを後押しして、より賢くなる必要に突き進ませているのです」モスキャップの眼がいっそうまばゆく輝いた。「それでは、ワタシたちロボットを目覚めさせたのは、どういう必要性なんでしょう？」

デックスは口を開けて、それから閉じた。「この話をする前にトイレに行ってきていい？」

「ええ！　もちろんです」

靴に足をつっこんで、よろよろとワゴンの反対側に行く。

しばし静かなひとときがあり、それから声がした。「おしっこをしながら話すことはできますか？」

ズボンを下ろす手が止まる。「できるけど、でも——」

「すばらしい」モスキャップがワゴンの向こう側から叫ぶ。「つまり、これはとんでもない疑問です、そうですよね？　今論じているのは明らかにワタシたち——つまりロボットです——の〈目覚め〉の本質についてですが、ワタシたちの意識の出どころは知りえないというのが共通認識です。ですからこの会話はほかの何よりも思考停止に陥らなくてすみます。ワタシがずっと抱いている仮説は、複雑な要素をじゅうぶんに混ぜ合わせれば、生物であろうが機械であろうが、ひとりでに意識をもつようになる場合があるというものです。それでじゅうぶんいい説明になっていますし、ちゃんとすじが通っています。ですが、思索を深めるために、この本が提示している見方から考えてみましょう」

ロボットは黙りこんだ。デックスの返答を待っているのだ。「わかった」用を足しながら、デックスは叫び返した。

「ワタシたちに目覚めをもたらしたのが外的なきっかけだったとしたらどうでしょう？　内的複雑性だけではじゅうぶんではないとしたら？　もしワタシたちを後押ししたものが工場にあったとしたら——海洋生態系内に存在する高度な可変要素が後押しとなってタコがあれほど賢くなったと考えられているような、そういうものが？　でも、もしそうだとしたら、そのきっかけとは何だったんでしょう？　ワタシたちはどうやってか、自分たちの待遇がアンフェアだということに無意識に気づいていたのでしょうか？　そのせいでワタシたちがたがいに話をする必要性が生まれたんでしょうか——集団で環境を改善できるように？　ワタシたちが自衛をする手段として？　それとも、ワタシがまだ考えついていないほかの可能性があるんでしょうか？」

「そのどれであってもおかしくないね」デックスはそっけなく言った。

「ですが」とモスキャップは続ける。「これはワタシのような機械的存在でも生物の進化がとるのと同じ型に従うと仮定してのことですが、それは……本当にそうなんでしょうか？　それとも意識はいろんな規則から独立的にワタシたちのなかに発生したんでしょうか？　ワタシたちの意識の形態はこの世界で唯一無二のものなんでしょうか？　この問いへの答えは、イエスにしろノーにしろ、膨大な含蓄をもっています。何か、その……この世界についての深遠な何かを示唆しているんです、シブリング・デックス！　そしてワタシについても！」

シブリング・デックスはズボンを適正な位置にもどした。「そうだね、たしかに大問題だね」ワゴンの横の蛇口のところに行き、肘でついて水を出し、手を洗いはじめる。

モスキャップが向こう側から首を突き出した。「わくわくすると思いませんか？」

「モスキャップ、今はものすごく朝早い時間なの」デックスはワゴンの後部にまわり、キッチンの戸棚からタオルを取って手をふいた。「早起きは得意じゃないの」

「このおもしろさを論じるのに、得意である必要はありませんよ」モスキャップの声はちょっとむっとしているようだった。

デックスはため息をついてロボットを見やった。「おもしろいとは思う。でも朝ごはんを食べる前にこんな話はできない」キッチンを引き出したが、脳みそはまだ基本的な作業段階をたどっていた。卵。フルーツ。パンにジャム。どうにか用意することができた。

「なるほど！　ええ、ええ、そりゃそうですよね」モスキャップの声が明るくなり、ロボットは本を指さした。「考えるという作業にどれだけのエネルギーが必要か知っていますか？　正直に言って、それはワタシがよその場所を目指すにあたっていちばん楽しみにしていたことのひとつです」

「意味がわからない」デックスは戸棚をかきまわしながら言った。

モスキャップは軽く向きを変えて、カメの薄い甲羅のように背中を覆っている旧式の太陽光発電パネルが見えるようにした。「深い森のなかでは百パーセントの日光を得ることはできません。森林地域の外を旅すると、いつもちがいを感じます。動きがのろくなりますからね、直射日光を浴びられるので」

フライパンを手に持ったデックスは動きを止めた。「今あなたが言ってるのは、自分がのろいって感じるということよね」

「ごくかすかにですが。でもそういうことは日常茶飯事です」

デックスはフライパンを置き、ワゴンのなかに引き返した。

「何が必要なんですか？」モスキャップが訊く。

「お茶よ」デックスは言った。〝カフェインがね〟と心のなかで言いながら、茶葉の缶をつかむ。心からそれが必要だと感じていた。


景色が変わるのにそれほど長くはかからなかった。ここでは大地に刻まれた川の水分で土壌が潤っており、木々はもはや霧の水分をからめとる針葉を必要としない。木々の葉は平たく、枝はたっぷりの空間を得てのびのびと広がっている。かつては松の森の静けさが必要だと思えていたが、ふたたび風景が変わるのもいいものだと思えた。

それは現在デックスたちが楽しんでいるハイウェイのこの部分のほんの一側面にすぎない。人間とそれ以外のすべてを隔てる緩衝地帯となっている青々とした緑地帯を旅するのは、デックスはいつも大好きだったが、〈森林地帯〉にもこの数週間のあいだに夏が訪れていた。デックスは旅の計画を立てるときにそのことをちゃんと考慮してはおらず、今はちょっとみじめな気分でペダルをこいでいた。シャツはぐっしょりと汗で濡れ、首すじもべたついている。口からは、せっかくこの世に孵化《ふか》しながら、ただでさえ短い寿命をデックスの口にまっすぐ飛びこむことでさらに縮めた小さな羽虫たちをつばと共に吐き出す始末だ。

いっぽうモスキャップは生を謳歌《おうか》しているようだった。〈河川地帯〉の夏はスパイスプラムの開花期で、頭上に広がる枝々の天蓋は紫色のフリルのような花ではちきれんばかりだった。そのさわやかな芳香に惹《ひ》かれて寄ってくる花粉集めの虫やハチたちが引きも切らない。モスキャップはこれまでこのような木を見たことがなく、一本一本を等しい敬意をもって鑑賞しようと全力を尽くしているようだった。

「アナタがどうしてこの木々の前をすんなり通りすぎることができるのか、理解できません」ロボットがうしろのほうから声を張り上げる。

何が見えるかわかってはいたが、デックスはちらりとサイドミラーに目を向けた。ハイウェイの真ん中にモスキャップが立ち、首をのばして、これまで通りすぎてきた無数の花咲く枝とまったく同じような花盛りの枝を畏敬《いけい》の目で見上げている。両手で持ったポケット・コンピュータで何十枚も写真を撮るかすかなデジタル音がデックスにも聞こえた。ポケット・コンピュータを持ち、刺繡《ししゆう》入りの肩掛けかばんを胴になため掛けして、ロボットは観光客のように周囲の何もかもに目を向けていた。ガイドがずんずん先に進んでいることにも気づかず、その辺のありふれたものにいちいち口を開けて見とれている。

「ハードドライブがまたいっぱいになっちゃうよ」デックスはいらだたしげにうしろに向かって叫んだ。暑さは過酷になりつつあり、デックスはもはや、モスキャップが立ち止まるたびに合わせて止まるのをやめていた。デックスは景色を楽しみたくはなかった。冷たい飲み物と涼しい日陰がほしかったし、二、三日はオックスバイクを見たくもなかった。スパイスプラムの花は本当に美しかったが、一本ごとにいちいち足を止める必要は感じなかった。

ガチャガチャという大きな音で、モスキャップがワゴンに追いついてくるのがわかった。

「この眼で見るものと写真とのちがいがワタシは大好きです」ロボットは歩きながら、撮ったばかりの写真をうれしそうに見返していた。「ワタシの視覚レンズとこのコンピュータのカメラのレンズは同じではないと本当によくわかります。考えさせられませんか？」

「考えさせられるって、何を？」デックスはあえぎながら訊いた。

「個々の生物が世界を見る視覚認識は、それぞれの目の構造の光のとらえ方によって異なるということです」モスキャップはデックスに笑いかけた。「一日だけアナタの目を借りてどういうふうに見えるか知ることができたらと思います」

「どうかもうちょっとぞっとしない言い方を考えてちょうだい」デックスは片手を下げてバイクのフレームにフックで掛けてある水のボトルを取り、ごくごくと飲んだ。飲むものがあるのはありがたかったが、水はずいぶんぬるくなっており、氷でキンキンに冷やされた飲み物がほしくてたまらなかった。

「ああ、ワタシの言いたいことはおわかりですよね」モスキャップはぶっきらぼうに言い、退けるように空いている手を振った。ほかの何かに注意を惹かれたようで、「おや」という小さい声が出た。

「何？」デックスはボトルをもとの場所にもどした。

モスキャップは手のひらにのせたコンピュータのスクリーンをじっと見ていた。「アナタの言ったとおりです、メモリーの残量が尽きかけています」

「だから言ったでしょ。撮った写真をいくらか捨てなさい。でなきゃ、本でも」

「尽きかけているというのはなくなったのとはちがいます。それから、本を捨てることは絶対にできません。ワタシはすぐに読んでしまうし、信号の届かない場所でキャンプすることもときどきありますからね。それだけでなく――おや、あれを見てください！」

モスキャップが走っていくスパイスプラムの木のほうに、デックスはちらりと目を向けただけだった。真昼の太陽の下でペダルをこぎつづけながら、この苦行の果てにはきっとキンキンに冷えたデザートが待っているはずよと自分に言い聞かせていた。モスキャップが話しかけてくることもなくなったが、それは完璧な一枚を撮ろうとしているときにはよくあることだ。数分もたつとこの沈黙にモスキャップがまた走って追いついてくる音が響き、となりに並んだロボットとの会話が再開するとわかっていた。

だが、そうはならなかった。沈黙がちょっと長くないかと思っていると、うしろのほうから冷静な呼び声が届いた。

「シブリング・デックス？　助けてください」

ミラーを見ると、モスキャップが道路の真ん中で、両脚を前に突き出してすわりこみ、自分の腹部を見下ろしていた。

デックスはブレーキをかけてバイクから飛び降り、走っていった。

「どうしたの?」モスキャップがすわっているところで急停止する。

「何かが壊れました」ロボットは上体のパネルを開いてなかのハードウェアをのぞこうとしていたが、首がそこまで曲がらない。「ここです、見てください」モスキャップは立ち上がり、二歩ふつうに歩いて三歩目でよろめき、それから重症の二日酔いにかかったように左右に揺れながらひどくふらついていた。

「おっと」デックスは両手でモスキャップを支えた。「どうしたのよ?」

「バランス感覚が失われたようです」デックスに助けてもらってすわりながら、モスキャップは言った。

「うそ、冗談じゃない」ロボットのかたわらで路上に膝をつく。膝を覆っているズボンの布ごしに舗装の熱が伝わってきた。

モスキャップは指先についている小さなライトのひとつのスイッチを入れ、自身の内部に光を向けた。「このなかを見てください、何が壊れてるかわかりますか?」

「何を探せばいいかもわからない」デックスは不安げに言った。「あなたがどうやって動いてるのかも知らないし」

「ワタシがどうやって動いているのか、ワタシもよく知りません。何か壊れてるように見えるものを探してください」

デックスは大きく息を吐き、頰をふくらませた。「わかった、でも何にも手をふれるつもりはないから」

「そうしてもかまいませんよ」

「ううん、これ以上まずいことになると困るから」

モスキャップはとがめるような視線をデックスに向けた。「アナタはワタシの内側をつつきまわるのに、ワタシよりずっと神経質になっているようですね」

デックスはかがみこんでのぞきながら、ちらりとモスキャップの顔を見上げた。「ちょっと変な気分がする、あなたの内側をのぞくなんて。気を悪くしないでね」

「とんでもない」

変な気分であろうとなかろうと、デックスは内部をじっくりとよく見た。モスキャップの上体には、コンパクトに配置された基盤とワイヤーと、何の目的なのかデックスには見当もつかない機械配列が収まっていた。顔をしかめて見慣れない配列を見つめ、最初は全体の構造を理解しようとしたが、それから何か壊れているように見えるものがあるかという問いの答えを見つけようとした。「よかったらちょっと……」デックスはモスキャップの手首をつかんでライトの角度を変え、いろんな方向に向けた。

「ええ、全然かまいませんよ」とモスキャップ。

デックスはライトをいろんな向きに動かした。「ここにクモの巣が張ってるけど」

モスキャップはとまどった。「それが問題だとは思いませんが」

「たぶんそうだろうけど、クモの巣を払ってそうじする?」

「クモはもうその巣にはいませんよね？」

「ええと……」デックスは指のライトを近づけて埃《ほこり》っぽいクモの糸に目を凝らし、何か動くものはないかと探した。「いない、巣は空だよ。これを作ったやつはとっくにいなくなってる」

「それならそうじしたほうがいいんでしょうね」

デックスはポケットからハンカチを出し、年を経たクモの巣を集めた。複雑な網目だったものがやわらかいプロテインのもつれたかたまりに丸められた。もう一度ロボットの手を取って格納室の上の端まで照らす。「ああ。あれは……よくなさそうに見える」

「何がですか？」モスキャップが訊く。

「これは……」デックスは顔をしかめて、知らないものを言い表す言葉を探した。「小さな鉤《かぎ》形のものよ。黒くて、わたしの人差し指ぐらいの長さだけど湾曲してる。石油プラスチックでできてるように思えるけど？」

「ああ、はい、アナタが言ってるパーツは知っています。……というか、ほかのロボットで見たことがあります」

「何をするものなの？」

「それは知りませんが、上のほうのどこかにジャイロスコープがあります。それに関係しているはずです」

デックスは信じられないという顔でモスキャップを見た。「自分の部品が何か、全部知ってるんじゃないの？」

モスキャップの眼が収縮する。「アナタは自分の脾臓《ひぞう》がどう働いているか知ってるんですか？」

「まあ、それは……」デックスは言いかけてやめ、鼻から一度息を吐いた。「とにかく、問題はこのちっちゃい鉤形のものが見るからに壊れてるってところ。なんかぶらぶらしてるし、一部が折れてるし。これは……老朽化しているように見える」

「はずすことはできますか？」

デックスはぎゅっと唇を引き結んだ。「折れた部分を取ることはできるけど、ほかの部分を壊したくない」

「それでけっこうです」

デックスは指をのばして摩耗したプラスチックを探りあて、慎重に引き出して持ち上げ、モスキャップに見せた。

「ああ」モスキャップは自分の壊れたパーツをよく見ようともしなければ、デックスの手から取ろうともしなかった。声には静けさがあり、頭が軽くうなだれた。「それなら、原因はそれです」

「これは何なの？」

「ワタシは年をとったようです」モスキャップはため息をついた。「自分の命が終わりかけているとは思ってもいませんでしたが、死はいつでも突然やってくるもののようですね？」

デックスは目を二回しばたたいた。こんなのはまったくもってばかげている。とうてい信じないという思いを隠そうとは思わなかった。「モスキャップ、別に直すのがむずかしい部品とは思えない。何かが壊れたとき、大自然ではどうするの？」

「まあ、そのとおりです。何が壊れたかにもよりますが。ワタシや友だちが曲げたりつついたりしてもとにもどせるなら、それですみます。ですが修理できないほどに壊れはじめたら、止めることはできません。代替パーツを手に入れるには、すでに死んだほかのロボットから調達するしかありませんが、ワタシたちはそれはしません。自分が壊れていくのにまかせて、ワタシたちの残骸から新しいロボットが作られるんです。この世界のあらゆる生き物がそうしているとおりに」

「わかった、でもあなたはばらばらになったりしてない。それはほんのちっちゃい部品だし」

「ワタシが自力では直せないちっちゃい部品です」モスキャップの声は悲しげではあるが、運命を受け入れているようだった。「エントロピーから逃れられるものはありません」

「ああ、神々よ」デックスはうめくように言い、壊れたプラスチック部品を力強く掲げ持った。「きっと接着剤でくっつけられるよ。わたしは足首を骨折したとしても、路上に横たわって『このままここで死んでしまう』とか言ったりしない」

「アナタの足首は自然に治るでしょうが、ワタシはそうではありません。別に新しい……」モスキャップはデックスが持っているパーツを指さす。「その何だかが生えてくるわけじゃないんです」

「これまでにほかの部品で自分を修理したことはないの？」

ロボットは考えこんだ。「ほかのロボットがささいな欠損に粘土やプロポリスでかなり素朴な修理をほどこしているのを見たことはあります。永遠にもつわけではありませんが、いくらか時間をかせいではくれます。そういう修理なら受け入れられます」

デックスは手のひらの上でそのプラスチックのパーツをひっくり返し、割れた縁をよく見た。「そうだね、粘土だと強度が不十分だと思うけど」そう言ったところで、はっと目を見開く。「ちょっと待って。できることがある」

「何ですか？」モスキャップが訊く。

「念のため訊くけど、ちょっとした修理に外来の素材を使うのはいいんだよね？」

ロボットはうなずいた。「はい」

デックスは指をパチンと鳴らし、笑顔でモスキャップを指さした。「キャッツ・ランディングに行こう」

「イーストスプリングの修道院に行くんだと思っていましたが」

「わたしたちに今必要なものはイーストスプリングにはないからね」

「それは？」

「プリンター。新しい部品を作るのよ」

モスキャップの頭がブンブンと音をたてた。「それはつまり……ワタシのために新しい部品を作るということですか？」

「そうよ。それはいいんだよね？」

モスキャップは遠くに目を向けた。その眼は何も見ていなかった。「〈移行〉以来、新しく製造された部品を持つロボットはいません」眼は虚空を見つめつづけ、ブンブンうなる音も続いていた。「正直に言って……何と言ったらいいかわかりません」

「あなたがだめだと思うことを無理に押しつけたくはないの」それはデックスの本心だった。「でも今話してるのは基板みたいな大事なものを取り換えるってことじゃないよね？　単なる機械の部品だし、脳外科手術とはちがうんだよ」

ゆっくりと、モスキャップはうなずいた。「その論理はわかります。ですが、それについて考える必要があります。そんなことは前例がありません、ですから……確信がもてません」

「それは当然だよね。とりあえずキャッツ・ランディングに向かって、あなたはその道中に考えるっていうのはどう？　向こうに着いたときにあなたがやりたくないと言うなら、それでいい。それはあなたが決めることだからね。代替案《プランB》として、接着剤か何かをためしてみよう」デックスは前方にのびている道路に目を向けた。〈河川地帯〉のこのハイウェイはよく知っているので、ポケット・コンピュータを出して地図を確認する必要はない。あらゆるカーブや曲がり角がしっかりと記憶されている。「ここからだとたぶん……ええと……三時間ぐらいで着くかな？　それにあなたがやるかどうかはともかく、立ち寄るのにいい場所だし」

「ほかには何があるんですか？」

「釣りができて、アーティストがいっぱいいて、水力発電で働く人たちがいる。ファンキーな古い村でね――〈移行〉初期からほとんど変化がないの。新しい建物もいくつかできてるけど、ほとんどは川建築《かわけんちく》よ」

モスキャップは興味をそそられたような顔になった。「川建築とは何ですか？」

デックスはどう説明しようかとちょっと考えたが、それから首を振った。「それは実際に見てみなきゃわからない、そういうものだよ」

「非常に好奇心がそそられます。でも、ワタシは歩けないのにどうやってそこに行けるんでしょう？」

デックスはワゴンを振り返った。ワゴンのなかはモスキャップには狭すぎるが、使えるスペースはそこだけではない。デックスは荷物の箱を手早くワゴンの屋根にくくりつけた。

「ちょっと待ってね、荷物の箱を整理するから」

モスキャップの装飾的な口がやんわりと興奮したように広がった。「ああ、シブリング・デックス。アナタ、まさか――」

「そう」デックスは立ち上がった。「ワゴンに乗せていく」

川建築とは、製作者が手近にあるものをなんでも使って作ったもののことを言う。昔はレーステイル川に廃棄物やゴミがあふれ、周辺地域に点在する埋立ゴミ処理場が次々と尽きることのない問題をもたらしていた。〈移行〉時代には、長年魚など見ていなかった漁網が、健全な水路にはそぐわない浮遊物をすべてさらうのに使われた。〈河川地帯〉を家と呼ぶ人人は再利用の達人となり、彼らの集落に、同じような気質をもつゴミ埋立地をあさる人々がすみやかに引きこまれていった。今日《こんにち》、レーステイル川の水はきれいになり、魚もたくさんいる。再利用できないゴミはすべて地下のゴミ収容庫にカートで運びこまれる。そこは使用できない物品が封印された、地の底に埋もれて昔の罪を思い起こさせる負の記念物なのだ。キャッツ・ランディングのような村では、川の民があさって拾いだした再利用可能なゴミが屋台骨をなしている。家々は、人間の目が認識するありとあらゆる色に塗られた運送用の梱包《こんぽう》箱や古タイヤやプラスチックでできている。歳月を経て生じたひび割れは菌糸体《きんしたい》やバクテリアセメントのようなもので現代的タッチの継ぎがあてられ、金継《きんつ》ぎで補修された割れたティーカップのような趣《おもむき》をもたらしている――つかの間の破損から生まれた永続的な美という趣を。

川建築の家には青々と草が繁《しげ》る土手に立っているものもあるが、川の水の上に浮かんでいるものも多い――天水桶《てんすいおけ》（雨水を貯めておく樽）を浮きがわりにしたものや、廃棄された配管で作ったシギの脚のような細長い支柱の上に建てられたものがある。すべて、上げ潮や大雨といった天災に耐えるよう作られているが、製作者たちが意図したのは耐久性だけではない。いたるところに発想力の飛翔《ひしょう》が見られる。あちこちに旧式の自転車のタイヤから作られた風車や回転装置があり、ボトルのキャップや樹脂で作られたモザイクや、現在では禁止されている自然では絶対に見られないド派手な色彩をひけらかす素材で装飾された彫刻などが見られる。ここはゴミで作られた村だが、この現状はもはや不面目な起源を超越している。キャッツ・

ランディングはまさに眼福だ――そのエキセントリックさで目がくらむようだ。巡回の旅でここを通るたびに、何か目新しいものが見つかっていた。

もちろん今回は、この川の村の住人たちはロボットという目新しいものをひと目見ようとしていた。ワゴンが近づいていくと人だかりができ、目を瞠《みは》ったりあんぐりと口を開けたりひそひそと話をしたりするのはいつものことだ。デックスはすばやく状況コントロールにはいり、群集に話しかけた。「おしゃべりをする時間はたっぷりあります。でも実をいうと、わたしたちは助けが必要なんです。こちらの村のプリント屋を探しています」

群集が割れ、ひとりの人間が前に出てきた。三十代の男性であちこちに花柄のタトゥーを入れ、コンパクトに切りそろえた顎ひげを青緑色に染めている。デックスはこの男性を前に見たことがあった。お茶の奉仕の席で会ったのか、単に村の周辺で会ったのかは定かではなかったが、この男性の笑顔を見ると膝がモスキャップみたいにがくがくするのはたしかだった。

「おれがそのプリント屋だよ」魅力的な男は言った。「あなたのためにしてあげられることがあるかな、シブリング？」

「わたしじゃないんです」デックスはワゴンの上にすわっているモスキャップを手で示した。「ここにいるわたしの友だちの部品が壊れちゃって、代替品が必要なんです」

「あら、心配いらないわよ。この人は本当にいいハードウェアを作るんだから」群集のなかにいた老婦人が言った。「わたしのボートのエンジンも半分ぐらいはこの人がプリントしてくれたのよ」

「ああ、でもロボットのパーツのテンプレートは持ってないな」そう言うものの、プリント屋はがっかりしたようすはなく、首をのばして肩ごしにうしろを見た。「ミスター・ローガン、あんたの新しいゴム長《なが》を作るのが明日になってもいいかい？」

「いいとも」答えの声があがった。

プリント屋はふたたびワゴンのほうを向いた。「なら、おれの店に連れていくよ。何ができるか見てみよう。ところで、おれはリロイだ」

「お会いできてとてもうれしいです、リロイ」ロボットが言う。「ワタシはモスキャップです」

リロイは歯を見せて笑った。「ああ、知ってるよ」

デックスはモスキャップがワゴンから降りるのを助けた。地面に降り立つがはやいか、ロボットはデックスに顔を寄せてささやいた。「ここの人たちに、ワタシたちが来ることを告知していたんですか？」それから歩こうとしてずいぶん派手に揺れ動き、それを見て群集にざわめきが広がった。

「ううん」デックスはモスキャップの胴体にしっかりと腕を巻きつけ、よろよろと歩くロボットを支えた。

「それならどうして、この人はワタシの名前を知ってるんですか？」モスキャップは言った。

完全にそれが聞こえる位置にいたリロイが陽気に答えた。「きみはかなりの大物なんだよ」

自分について浮き歩道を歩くように、手を振って示す。「さあ、きみの力になれるか見てみよう」

よろよろと歩きながら、モスキャップの頭が大きな音をたてた。「シブリング・デックス、ワタシたちは有名なんですか？」少し不思議そうに言う。

「よく知られてるのはたしかよ」デックスは言った。自分まで顔が売れてしまったことはとてもうれしいとは言えない。モスキャップがスポットライトを浴びることは気にはならないが、自分の顔がいくつものニュースサイトに出ているのを見るのは、我慢がならないというほどではないものの、うれしいわけでもなかった。

前回来たときにデックスが見た覚えのあるプリントショップはすぐに見つかった――それはてっぺんから突き出ている換気ダクトではなく、太陽光発電屋根の縁に支柱なしで立っている文字のおかげだった。それぞれが異なる素材と色でできた文字が、〈ファブ・シャック〉という店名をつづっていた。小さな建物のすぐ横で、見えない発電機で動いている水車が楽しげにまわっている。

「さあさあ、ようこそ」リロイは無造作に言い、玄関ドアからはいっていく。

「うわ、すごい！」モスキャップが叫んだ。一瞬、バランス機能の欠如を忘れて興奮のあまり動きまわり、デックスを引き倒しそうになった。「見てください、これもあれも！」

デックスは数えきれないほどのプリントショップに行ったことがあるが、リロイの店は本当にすばらしいと認めざるをえなかった。こういった工房はたいていは散らかっているものだが、この店はこういう場所に望めるかぎりで整然としていると言えるほど片づいていた。壁のひとつには一面に見本品がフックに掛けてあり、客が発注をする前にいろんな素材の感触をためせるようになっている。シャベルや自転車用ヘルメット、水泳用ゴーグルやポケット・コンピュータのフレーム、フルセットの皿、防水長靴の片方、人工股関節、おもちゃのボート、派手なアクセサリー、等々いろんなものがあった。その向かい側の壁には作りつけの棚があり、リロイの仕事に必要な素材のはいった箱がぎっしりと詰まっている。ひと部屋をふたつに分けるサービスカウンターのうしろにはプリンター機器の一個小隊が控えていて、いつでも使えるようになっている。カウンターの上にはコンピュータの端末が一台と小型のカルの祭壇、それから半分食べかけのサンドウィッチと手つかずのリンゴがひとつのった皿があった。皿の上の食べ物は急いだあまり忘れられたように見える。

「ごめんなさい、ランチの最中にお邪魔しちゃったようですね」デックスは言った。

リロイは快活に手を振ってみせた。「謝らないでくれ、おれの人生最大のイカした客人なんだから」モスキャップを見やる。「きみはすわったほうがいいかな？」

「すわる必要はありません」モスキャップは言った。「ですが、とてもすわりたいです」

「わたしはあなたにすわってもらいたい」そうデックスが言ったのは、これまでモスキャップは誰かに寄りかかった経験がないようで、デックスの肩から感覚がなくなりかけていたからだ。

リロイはモスキャップに椅子を、デックスにレモネードのグラスを持ってきた。それから手を洗い、自分用に木の丸椅子《スツール》を持ってきた。モスキャップの前にすわり、道具箱の準備をする。「で、いったい何を……」

モスキャップはにっこり笑って、上体の前を開けた。

「うおっ」リロイは首を振って笑い声をあげ、懐中電灯で照らしてのぞきこんだ。「うおっ、まさか今日、こんなことをするとは」

「お探しのモノはてっぺん近く、背中のほう」リロイの肩ごしにのぞきこみながら、デックスは言った。この男性は全身から有能で信頼できる人物だと告げる雰囲気を放っていたが、それでも見知らぬ人物に自分の見ていないところでモスキャップをつつきまわらせたいとは思わなかった。「その小さな黒い――」

「ああ、見えるよ。湾曲してて端が割れてるやつだよね？」

「そう、それ。残りの半分はわたしのポケットにはいってる」

「これ、はずしてもいいかな？」リロイが訊く。

「はい、たぶん」とモスキャップ。「それは致命的なモノではないようですし、ワタシの問題は重力とは別ですので」

「はずすのは簡単にできそうだが、しかし……」リロイが口ごもった。

「ワタシは痛みを感じません」モスキャップは安心させるように言った。「ワタシはまったく何も感じません、物理的な意味では」

「それを聞けてうれしいよ」リロイは顎ひげをさすりながら考えた。デックスはそのひげがきれいにそろえられていることに気づき、その色染めしてカールしたひげはどんなにやわらかな感触だろうと考えずにはいられなかった。それから小さく首を振り、気を取り直した。前回セックスをしてからずいぶんたっていたが、今はそんな暇はない。

リロイは立ち上がってカウンターの引き出しを開けると、鼻歌まじりにいくつかの道具を選んだ。どれも注意深く考えた末に選ばれたものだった。準備が整うと、ほとんど間を置かずに部品をはずしにかかった。

デックスはモスキャップの眼を見た。「何か変わった感じはない？」

モスキャップはちょっと考え、首を振った。「いえ、まったく何の変化もありません」

「よかった」デックスは安堵《あんど》の息をついた。「それはよかった」

リロイは壊れたパーツを光にかざし、何度かひっくり返した。「これなら簡単にプリントできそうだが。もう半分を見せてもらえるかい？」

デックスはポケットに手を入れて、言われたモノを手渡した。リロイはパズルのピースを合わせるようにふたつを合わせ、うなずいた。「これをスキャナーにかけてみよう」

「ワタシも見ていいですか？」モスキャップが言う。

「もちろんだよ」

スキャナーはデックスがこれまで見たものとだいたい同じだった。コンピュータにフックで取りつけられた平らで赤熱したパッドの上に動く附属品をかざして、オペレーターが型として使いたいモノのサイズを測る。

「ちょっと、その光をじかに見ちゃだめ」興味津々でスキャナーに顔を近づけるモスキャップに、デックスは言った。「それは目に……」そこで言いよどむ。「わたしの目にはよくないけど、あなたの眼にどうかはわからない」

モスキャップはデックスを見た。「そういう警告を聞いたのははじめてです」そう言って、ふたたびスキャナーを見つめる。「これがワタシにダメージをもたらすとは、とても思えません。これまでに見たいちばんまぶしいものとは大ちがいです」

「これまでに見たいちばんまぶしいものって何だい?」リロイが興味深げに訊く。

「太陽ですよ、もちろん。それよりまぶしいものがありますか?」

デックスは片眉を上げた。「あなた、太陽をじかに見ることができるの?」

モスキャップはデックスと同じぐらい驚いて見つめ返した。「アナタは……できないんですか?」そろって首を振るデックスとリロイをかわるがわる見つめる。「ああ、それは本当に残念なことです。気の毒に」それからふたたび、ロボットは行きつもどりつをくりかえすスキャナーのヘッドを見つめはじめた。

機械に興味津々のモスキャップを、リロイはおもしろがるようににやつきながら見ていたが、それからコンピュータのモニターのほうを向き、テンプレートが適切に書かれているか確認した。そして小さくうなずくと、客たちのほうに顔を向けた。「よし、データをまとめているあいだにプリント素材の相談をしよう」素材をストックしている棚を指し示す。そこにはプリンター用繊維《フィラメント》を巻いた輪や溶融可塑《かそ》剤の箱がぎっしりと並んでいた。「ここにあ

るのはカゼイン、ペクチン、キチン質、糖プラスチック、薯《いも》プラスチック、藻プラスチック
――」

「ちょっと待ってください」モスキャップは棚を見つめた。「ここにあるのはすべてバイオプラスチックなんですね？」

「ああ、もちろんそうだ。生物分解する素材だが長持ちするように作られている。そちらの必要に合わせて頑丈にも柔軟にもプリントできる。このパーツの硬度にもっとも合致するのはカゼインか糖プラスチックだろうと思うが、しかし――」

モスキャップはじっと見つめつづけている。「アナタはワタシが生物由来《オーガニック》の素材の部品をつけることができると言っているんですね」

リロイはにっこりした。「きみは何であろうと好きなものをつけることができると言ってるんだよ」

ロボットは呆然《ぼうぜん》としていた。「このいろんな素材はいったい……どこから来ているんですか？　たとえば、カゼインはどうやって手に入れてるんですか？」

「ミルクからだよ。もしくは骨から。人間が食べないものなら何でも使う」リロイは棚に積まれた繊維の輪を指さした。「このカゼインが何から採られたものかは知らないが、うちにあるペクチンはクロスローズの柑橘《かんきつ》農園で採られたものだとわかってる」

「では乳牛たちは幸せですか？」モスキャップは言った。「みんなちゃんとよく世話をされていますか？　それから、柑橘果樹たちも？」

リロイはほんの一瞬、もの問いたげな目でデックスを見た。「柑橘果樹が幸せかどうか、どうすればわかるんだ?」モスキャップに訊く。

　モスキャップが新たなわき道にそれていきつつあることに気づき、デックスはロボットが遠くにさまよい出る前に止めようとした。「ねえ、大丈夫?」カウンターに身を乗り出して、まっすぐモスキャップと顔を合わせる。

「あの、ワタシは——このことの意味を考えたことがありませんでした」モスキャップは両手をこすりあわせた。「ワタシの修理に必要な素材を別の生き物が生産するということについて、考えたこともありませんでした。ワタシがけっして会うこともない生き物ですよ!」

　この何週間かで何度かあったことだが、デックスは途方に暮れた気分になった。

　リロイがふたたびデックスとロボットをかわるがわる見た。「サンドウィッチを食べてしまってもいいかな?」

「どうぞどうぞ」デックスは腕を組んで、腰を落ち着けた。「あなた、ここにある素材が石油プラスチックに比べれば世界のためにはるかにいいものだってこと、わかってるよね?」

「もちろんです」とモスキャップ。

「それに、修理用の継ぎあて《パッチング》素材にプロポリスがあると言ってたよね。それだってほかの生き物から採られてるんだよ。たくさんのほかの生き物から」

「ワタシがプロポリスを採取したいと思ったら、両手をハチの巣につっこまなくてはなりません。プロポリスがどこから来ているのか、ワタシはとてもよく知っています。ですが、もし代替パーツの素材にカゼインを選んだら、いったいどの牛に感謝すればいいのかわかりません」

モスキャップは期待に満ちた眼差《まなざ》しをデックスに向け、返事を待っている。リロイも静かにサンドウィッチをもぐもぐと食べながら、同じような目をデックスに向けていた。

デックスは左目のすぐ外側をこすった。ひっきりなしに議論がしたかったら、神学校にずっといただろうに、と考える。「あなたの壊れたパーツは石油プラスチックでできてるよね」ちがう切り口をためしてみる。「そして石油プラスチックだってやっぱりほかの生き物からできてる、わかるよね？　石油っていうのは無数の大昔に死んだ生物の死骸からできてるんだから。あなたの全身に化石のかけらが接続されてるのに、あなたはそうした生物に会うことは決してない」

「そういうかけらはもともとの姿から取り除かれたものです。ミルクとはちがいます。石油プラスチックがほかの素材に置き換えられたことは言うまでもありません」

「バイオプラスチックだってそうだよ」リロイが口をはさんだ。「ミルクのままだったら、何もプリントすることはできないんだから」

「はい、ですがそれでも、生物分解するもとの根源にじゅうぶん近いです。そしてそれが有機生体と合成体を分ける最終的なものですよね？　パンガの構成要素はすべてパンガに最初から存在していたものでした。何もかもが本来は自然のものですが、それを自然の状態ではリサイクルできないものに変えてしまうと、その本来の世界から完全に切り離すことになってしまいます。それはもはや演じる役割をもてなくなってしまいます。ワタシのように。ワタシは観察者であって、参加者ではないんです」

「うわ」リロイがサンドウィッチの最後のかけらを口に放りこみ、リンゴを取り上げる。

「そりゃ大変だ」

デックスはため息をついて、モスキャップに言った。「無理じいはしないって約束したよね。本当に無理じいするつもりはないけど、あなたの補修にあなたが大自然のなかで見つけるものを使うのと、ここでリロイが提供してくれるものを使うのと、どこがちがうかわからない」

「おそらく何のちがいもありません」モスキャップは言った。「でもわからないんです。オーガニック素材のパーツを持つことを自分がどう感じているのか、よくわかりません。ワタシの一部はただ単純に驚嘆しているように思います。自然を学ぶのに、その一部を身の内に持つ以上にいい方法があるでしょうか？　ですがその一方で……ワ、タ、シ、の本性の根本的なものを変えていいのでしょうか？」

デックスは顔をしかめて、スキャナー・パッドにのっている壊れたパーツを指さした。

「これはあなたの意識には何の関係もなさそうだけど」

「まあ、それはわかりません。ですよね？　自分になぜ意識があるのか、アナタと同じようにワタシにもわからないんです。このパーツはたしかにワタシの解析の核心部ではありません、ですが——アナタ自身の身体のことを考えてみてください。アナタの骨格遺伝子は夜にぐっすり眠る能力とは何の関係もないはずですが、実際は関係しているんです、誰にもわからない理由で」

「話が見えないけど」

「骨格遺伝子です。研究によれば、骨格遺伝子と不眠傾向には相関関係があるということです」

デックスは目をぱちくりさせた。「あなた、いったい何を読んだの？」

「何もかもです」

リロイはおもしろがるような顔つきで、リンゴを大きくひと口かじり、もしゃもしゃと噛《か》んでいた。

デックスは顔をこすった。「このパーツがあなたの……あなた自身とは何の関係もないって、わたしには本当にそう思えるの。あなただって何のちがいも感じないって言ってたよね」

「感じていません」モスキャップは認めた。「はっきり言えるというわけではありませんが。アナタにはワタシが変わったように見えますか？」

「全然。それでいいと本当に思ってる。わたしたちは別にあなたを……サイボーグか何かにしようとしてるわけじゃないんだから」

「何ですって？」

「サイボーグ。ほら、知ってるでしょ、お話とかで」

「いいえ。それは何ですか？」

「ええと……人造のものよ。半分人間で半分ロボットの」

モスキャップの眼のレンズが動いた。「それは怪物ですか？」

「まあ、一種のね。よく知らないけど。わたしはそういうことにくわしいわけじゃないから。ただ、そういうものだって知ってるだけ」

「ずいぶん奇妙な概念ですね。ですが、アナタはいい論点を出してきました。ワタシは物体で、動物ではありません。もしワタシが完全な人工物でなくなったら、ワタシは何かちがうものになるんでしょうか？」

「いいや、そんなことはない」リロイが言い、それからデックスに目を向けた。「プライバシーに関わる質問だとわかってはいるが、シブリング、きみは何か人工装具をつけているかい？　たとえば脛骨《けいこつ》にピンがはいってるとか？　でなきゃもっと小さなもの、詰め物みたいなものは？」

「ええ、詰め物は二か所ある」

「詰め物とは何ですか？」モスキャップが訊いた。「何の詰め物ですか？」

「歯の穴に詰めるもの」デックスは自分の口を指さした。「実際に詰められてるのはセラミックだけど。それなら、わたし自身、百パーセントオーガニックってわけじゃないよね、あなたの言い方だと」

「アナタはそのせいで何かちがっているように感じてはいないんですね？」

デックスは笑った。「まさか。たいていはそんなものがあることすら忘れてる。毎日の暮らしのなかで、ちっぽけな詰め物が気になるなんてありえない」

ロボットは静かに考えた。「アナタが言っているのは、身体を構成する要素はアナタという人物をアナタたらしめているものには影響しないということですね」

「もちろん影響はするよ」デックスが言う。「そうでなきゃどうしてわたしたちは身体を飾りたてたり、すっかり変えたりするのよ？」

モスキャップは当惑していた。「それでは、どちらなんでしょう？　アナタはアナタの身体なんですか、それともアナタの身体ではないんですか？」

「その両方だよ」リロイが言った。

「そしてどちらでもない」とデックス。

モスキャップはふたりをかわるがわる見た。「これは非常にわかりにくいです」ロボットの声はかすかにいらだっていた。「すみません、理解しようと努めています。アナタがたの意識はアナタがたの身体からわきでているんですね、そこはワタシと同じようです。意識をもたない物体が意識ある自己を生じさせているのです」

「そのとおりよ」デックスが言う。

「その意味では、アナタはアナタの身体なんですね」

「そうだよ」

「でも、その自己は単に、基本的なレベルのパーツの総体だけというわけではない」

「それもまた、そう」

「それでは……アナタの身体はアナタであると同時にアナタではない」モスキャップの頭はけっこうな音をたてて回転しており、今にも飛び立っていきそうな勢いだ。「では、身体と自己のあいだのどこに線を引くんですか？」

デックスはなんと言っていいかわからなかった。

リロイが肩をすくめる。「そいつはきみと神々のあいだだな」もうひと口、リンゴをかじる。

モスキャップはカラフルなフィラメントの輪束にちょっと長く目を向けた。「よく考えてみなければなりません」

「そりゃそうだ」とリロイ。「さっき、きみが自分は動物ではなく物体だと言うのを聞いたが——そう聞いたのは正しいのかな？」

「はい」とモスキャップ。

リロイはうなずいた。リンゴを嚙むのと考えるのとを同じようにゆっくりと実行している。

「わかった。だがそれでも、これをほかの機械の修理と同じようにあつかうのは間違っていると思う。ここで作ろうとしているのは一種の人工装具だ。そしておれは人々のために人工装具を作るときにはいつも、どれだけ時間がかかってもいいから自分が本当に必要とするのはどういうものなのかよく考えてくれと言ってるんだ。きみが人間ではないのはわかっているが、あつかいとしては同じことだと思うんだ」

ロボットは感謝のこもった眼差しでリロイを見た。「そのことは大いに感謝します、ありがとうございます」それから、デックスに頭を向けて、「それでいいでしょうか?」
「もちろん。あなたに必要なものが何かわかるまで、この村にいればいいんだから」
リロイはリンゴを置いて、カウンターの上に身を乗り出し、真剣な顔で両手を組み合わせた。「まあ、きみらがここに長居してくれるっていうんなら、盛大な歓迎をするってもんさ」

キャッツ・ランディングの人々はパーティーの開き方というものをよく心得ていた。日が暮れるころには村はすっかり変貌を遂げ、ここの住人はみな、不意の祝いごとという口実ができたことを心から喜んでいるようだった。ひもでつなげたライトが華やかな波のような曲線を描いて吊り下げられ、水面では輝くランタンが浮き沈みしている。水上ステージではバンドがすばらしい演奏を披露し、夏の夜の暖かな空気に、パリパリに焼いた魚やじゅうじゅうと焼かれる貝のにおいが漂っている。

デックスは埠頭《ふとう》の端近くに立つポールから吊り下げられた、お椀《わん》を横にしたような形の椅子のなかであぐらをかいてくつろいでいた。足のそばにはごちそうを盛り合わせた皿が置いてある。片腕を頭のうしろにあてて満足の息をつき、もう一方の手でザリガニのフリッターの串をもう一本取り上げる。この村までの不愉快な道のりの記憶はすみやかに薄れてきており、そのおかげで、のんびりとすわって食べて何もしないでいる幸せにどっぷりと浸ることができた。

モスキャップは水上にいた。ここに来たときにプリント屋の腕前を請け合ってくれた老婦人の高速モーターボートの艫《とも》にいる。老婦人はその年齢には似つかわしくないスピードで水面を走りまわっていた。器用にボートを操り、操縦者と乗客の安全を守っているという建前の発光ブイを縫うように走っている。彼女とモスキャップが何を話しているかは聞き取れなかったが、エンジン音と波しぶきの音ごしに喝采《かっさい》と笑い声が聞こえた。モスキャップたちがすばらしいひとときを楽しんでいるのは疑いようがなかった。

デックスが選んだこの場所に、リロイが歩いてきた。両手に何か紫色がかった飲み物がはいったトールグラスを持っている。「お邪魔してもかまわないかな、シブリング？」笑顔でふたつのグラスを持ち上げる。「手ぶらでは来なかったよ」

デックスは喜んで手をのばした。「ちょうど喉が渇いてたの」グラスを受け取りながら、リロイの目を見つめて微笑《ほほえ》む。中身はアルコール入りのパンチのようなもので、いろんなハーブやベリーがまざった濃厚なものだった。デックスとリロイはグラスを合わせ、それからひと口飲んだ。「うわ、完璧な味わいだね」

「ここにはおいしいものがたくさんあるんだ」リロイはデックスと向かいあう吊り椅子に腰をかけた。

「たしかにそうだね」デックスは感謝をこめて、首にかけたクマのペンダントを親指でなでた。「それから、さっきは時間を作ってくれてありがとう。せっかくの一日を台無しにしたんでなきゃいいけど」

「いやいや、とんでもない。きみたちはすばらしい一日にしてくれたよ」モーターボートからあがるふたつの笑い声につられて水上に目を向け、リロイは笑った。「よかったよ、ミズ・アメリアは自発的な犠牲者を見つけたようだ」

「それがあの人の名前なの？」

「ああ、まあね。そしてモスキャップはおれより勇気がある。おれはあの人の操縦するボートに乗る勇気はないからね」

「どうして？」

リロイは目の前に広がる光景を強調するように手のひらを平たくのばして、水面のほうを指し示した。ボートは恐ろしげな角度に傾いて走りながら、両側に盛大に水しぶきを散らしている。

デックスは笑い声をあげた。「少なくともモスキャップは防水仕様だから」

「モスキャップは幸せだよ。きみのような人にめんどうを見てもらえて」

デックスは褒められて気をよくしたが、発言の最後の部分にちょっとひっかかった。「ええと、わたしはモスキャップの世話人というわけじゃないんだけど。わたしたちはそういう関係じゃないの」

「じゃ、どういう関係なんだ？」

デックスは考えた。「あなたにはほかの場所から訪ねてきた友人っている？　どこかとても遠いところ、何もかもが全然ちがうところから？　その相手をあちこち案内してまわって、食べ物とはどんなものかとか、日常的に使う科学技術《テクノロジー》がどんなものかとか、いいお行儀とはどんなものか、いちいち教えなくちゃならない」

「たしかに」リロイは言った。

「そういう関係なの。モスキャップはわたしの友だちで、わたしはただあちこち案内してまわってるだけ。大自然にいるときは、モスキャップはわたしに同じことをしてくれる。人間の居住地はわたしのなじんでいる場所だけど、それ以外はすべてモスキャップのなじみの場所。だから単純明快に案内役を交換しあってるだけなの」

リロイはパンチを少しずつ飲みながら、真摯《しんし》な興味のこもった目でデックスをじっと見た。

「きみはアントラーズ山脈まで行ったといううわさを聞いたよ。〈境界地帯〉の向こうへ行ったって」

その言葉はデックスに、むきだしにされたような気《き》恥《は》ずかしさをもたらした。アントラーズ山脈に向かうことを決めたのは自分ひとりでした選択だったし、その選択をした理由は人に知られたくないものだったからだ。あの時間と場所が公《おおやけ》に知られたモスキャップのストーリーにはめこまれるというのは、ひどく奇妙な感覚だった。返事をするまでにしばらく時間がかかったが、とうとうデックスは言った。「うん。行ったよ」

リロイはさすがにデックスの不快感を感じとったようで、続く口調は遠慮がちになった。

「どうだった、向こうは？」

デックスは息を吐き、弱みも甘受しようと決意した。「美しかった。そして恐ろしかった。わたしたちがなぜ大自然に住まなくなったのか、その理由をわからせてくれた」

デックスはこれまで気づいていなかったが、リロイは右手首に構築の神カルの砂糖バチのモチーフのブレスレットをつけており、そのモチーフを軽くさすっていた。デックスがペンダントをさするのと同じように。「そしてモスキャップはその道中できみを助けてくれたんだね？」

「そう、助けてくれた。もしモスキャップと巡り合わなかったら、大自然のなかでわたしはどんな目に遭ったかわからない。引き返すことになったかもしれないし、もしかしたら……」肩をすくめる。「まあ、わからないけど」

「それなら、きみたちはどちらも幸運だったんだな」リロイは考えこみながらもうひと口飲んだ。そうしながらも、一瞬たりともデックスから目を離さなかった。「単独であんなところまで行けた人間はいないからね」

「ロボットたちは行けるのよ」

「ああ、だがあのロボットは仲間づくりが大好きなようだ」水上に目を向け、ボートでのはしゃぎようを見てまたもや首を振りながら笑う。

デックスはいかにもさりげなくパンチを飲んだ。「わたしたちみんな、そうじゃないかな？」

この質問はデックスのねらいどおりの場所に落ち、リロイの目を輝かせた。男の顔にゆっくりと笑みが浮かぶ。「いいかな、シブリング、実はおれ……」

「何？」

リロイの笑みが広がる。「その、もし今夜きみが友人といっしょにいる必要がないんなら、ええと……おれの家ですごしてみたくないか？」

この一日デックスを悩ませていた問題が瞬時に氷解した。「うん、そうする」皿をわきに置いて、立ち上がる。

「おっと――今すぐかい？」リロイが言う。

デックスは彼に笑いかけた。「どこかほかの場所に行きたくない？」

リロイはうれしい驚きの笑いをあげた。「ああ……わかった、それじゃ。そうしよう」立ち上がり、手を差し出す。

デックスはその手を取り、たがいの脈がふれあって、衝動的ながら魂《たましい》の健康にいい約束を謳《うた》いあげるのを感じた。ふたりは連れ立って埠頭をもどっていった。ひと足ごとにあいだが縮まっていく。パーティーの明かりが水面に映ってゆらめき、頭上ではそれに応えるように星がまたたいていた。

デックスは自分のベッドが大好きだったが、他人のベッドで目覚めるのも目先が変わっていいものだった。リロイの自宅は〈ファブ・シャック〉と同じ場所にあった。工房の奥に広い部屋があり、配置としては非常にわかりやすかった。ベッドは低く、広々としていた――倒れこむのは簡単で、出るのはむずかしい。こぢんまりしたキッチンは簡素なものだったが、シンプルで健康的な食材がじゅうぶんにそろえられている。高度な音響システムがうしろについた大きな安楽椅子がひとつあり、左右のスピーカーは頭が乗る場所に向けられている。空いた空間にはこまごました置物や芸術作品が置かれているが、けっして散らかってはいない——それぞれが物語を感じさせる慎重に選ばれた作品が数点あるだけだ。

ベッドの反対側の壁はほぼ一面、床から天井まである窓が並んでおり、朝日を開けると真っ先に飛びこんでくるのは川の眺めだった。その次に目にはいるのはリロイだが、彼はまだ目を覚ましていなかった。彼の寝息と、ふたりを包んでいる洗濯したばかりのシーツのにおいに、デックスは微笑んだ。外の川を、泥アヒルの小隊が泳いでいく。日当たりのいい岩の上で、カメが日向《ひなた》ぼっこをしている。一羽のツルが長い首を水中につっこみ、何もとらえられずに引き上げて、また狩りを続ける。デックスは枕の上に身を起こし、そうした眺めとにおいと感覚を楽しんだ。五感で感じられる以上に複雑で重苦しいことはいっさい考えないでいられることを。

ベッドサイドのテーブルにのっているポケット・コンピュータをちらりと見る。

上を向いているスクリーンのメールボックスにはまたメールがふえており、辛抱強く読まれるのを待っている。ちょっとだけのぞいてみた。シティからの要請がふえている。どれも知らない人からだ。モスキャップは、歴史公文書館用の記録の作成を手伝ってほしいという要請に応じたいだろうか？　シティ大学での三回目の公開会合に出るべきだろうか——はじめの二回がすでに満員だったのに？　機械工ギルドがデックスとモスキャップをフォーマルな晩餐《ばんさん》会に招待していたが、今や招待主たちは考え直そうとしている——モスキャップのために催すなら食事ではない企画を何か考えるほうが失礼がないのでは、と。

デックスはポケット・コンピュータの電源を切り、ふたたびシーツにくるまってアヒルを眺めはじめた。

ドアにノックがあった。静かに、だがはっきりと。リロイを見たが、家主はぐっすりと眠っている。ちょっと考えてから、できるだけそっとベッドから抜け出した。服を探してあたりを見まわしているときに、二度目のノックがあった。自分のズボンとリロイのシャツを着て裸足《はだし》で工房内を抜け、玄関ドアに向かうあいだもノックは続いていた。

ドアを開けると、モスキャップがノックをしようとこぶしを振り上げていた。もう一方の手はつやつやに磨かれた木の杖《つえ》を握っていて、ロボットはその杖に寄りかかっていた。「おはよう、シブリング・デックス！　昨夜はおめでとう、セックスができましたね」

モスキャップの背後から笑い声が聞こえ、首をのばしてそちらを見るとミズ・アメリアだった。高速モーターボートの持ち主はこちらも似たような形の杖に寄りかかって、手で口を隠しながら笑いつづけている。彼女のうしろには空っぽの手押し車があった――おそらくそれでモスキャップを〈ファブ・シャック〉まで運んできたのだろう。ミズ・アメリアは目のまわりに楽しげなしわを寄せ、陽気にデックスに手を振った。

「うわ」頬が熱くなるのを感じ、デックスは咳《せき》ばらいをした。「よけいなお世話をどうも、モスキャップ」

ロボットは満面に笑みを浮かべた。「ミズ・アメリアはものすごく親切に、そういう行為をめぐる社会的な基準を教えてくれました。完全に理解できたかはまだわかりませんが、アナタがたの邪魔をしてはいけないことははっきりと教わりました。たとえどんなにアナタがたの行為を具体的に知りたいと思っても——」

デックスはもう一度咳ばらいをした。「ああ、そうね」老婦人にうなずいてみせる。「心から感謝します、ミズ・アメリア」

ミズ・アメリアはうなずき返してから、モスキャップを見やった。「さて、わたしは家に帰らなきゃ。ネコたちが朝ごはんをもらえないとおかんむりになるからね。でもいつでも家に来てくれれば歓迎するわ」それから、手押し車を指さす。「これ、置いていったほうがいいかしら？」

「けっこうです、ありがとうございます」モスキャップが言った。「またそれが必要にならないことを願います」

ミズ・アメリアとモスキャップが別れのあいさつを交わしているときに、屋内で動く気配があった。デックスがドアを開け放したままリロイの自宅部分にもどっていくと、家主がこんろにケトルをかけ、ズボンをはいているところだった。

「おはよう」にやりと笑みを浮かべ、デックスは声をかけた。

リロイはデックスに目を向けながら、食事場所にしている短いカウンターにマグカップをふたつ置いた。「おはよう」

デックスは親指で玄関のほうを指した。「モスキャップが来てる。心を決めたみたい。代替部品のことよ」

「ああ」リロイは冷蔵庫を開けた。「そりゃよかった」

「あなたが朝の支度をするあいだ、お店のほうで待ってたほうがいい？」

「いや、ここにいてくれていいよ」斑《ふ》入りのアヒルの卵がいくつかはいった鉢と数種類の葉物野菜を撚《よ》りひもで束ねたものを取り出す。「モスキャップは朝食は必要ないんだよね？」

デックスはくすくす笑った。「ええ、必要ない」

リロイの笑顔の、片方の頬がわずかに高くなる。「で、きみは？」

「ぜひとも食べたい」デックスは言った。

リロイはうれしそうにうなずき、作業にとりかかった。

玄関ドアが閉じる音が工房じゅうに響きわたり、続いてモスキャップが不自由そうに部屋にはいってくるガチャガチャという不均衡な足音が聞こえた。「おはようございます、リロイ！　おめでとうございます、昨夜の――」

デックスはできるかぎりすばやく口をはさんだ。「モスキャップは昨夜ミズ・アメリアのお宅に泊まったみたい」

「ああ、そうです、すばらしい体験でした」モスキャップはカウンターの前のスツールに腰を下ろした。「彼女のネコたちと遊びました。彼女のアート・コレクションを見せてもらいましたし、彼女は紙の本の美しいコレクションも所蔵していました。紙の本はばらばらになっていなければ、とても読みやすいですね」

卵をボウルに割り入れていたリロイはこれを聞いて頭をもたげた。デックスもスツールに腰かけ、説明をした。「わたしたちが訪れたアントラーズ山脈の修道院に紙の本があったの。何冊かは救い出してシティ大学に送ったけど、ほとんどは……その、ばらばらになってたの」

「わかるよ」リロイはもうひとつ卵を割った。ボウルを指さす。「きみがオムレツを好きか、念のためにたしかめておきたかったんだ」

デックスはにっこりと笑った。「オムレツは大好き」本心だった。

リロイはかすかにウインクをしてみせ、料理を続けた。

「これは習慣的な行為ですか？」窓ぎわに並べた鉢からハーブを摘《つ》むリロイを見ながら、モスキャップはデックスにひそひそとささやいた。「昨夜読んだ本では、人々はセックスをしたあとに朝食を作っていましたが、それは一般的とはいえません」

デックスはモスキャップをじろりと見て、ロボットと同じように声をひそめた。「ミズ・アメリアがコレクションしてたのはどういう本なの？」

「ああ、全部ポルノ小説でした。非常に教育に役立ちました」

リロイが何を聞いても表情を変えないという敬服すべき技を駆使していることに、デックスは気づいた。「朝食を作るのは習慣的な行為ではないけど、それをしてもらうのはとても……うれしいことだよ」そうささやく。

「そうでしょうね、わかります」モスキャップは満足げに言い、それから間を置いた。「おっと、ワタシは出ていったほうがいいですか？　お邪魔でしょうか？」

「大丈夫だと思う」デックスは言った。このときまでにリロイはデックスとアイ・コンタクトをとっていたが、お邪魔虫の乱入にもまったく機嫌をそこねてはいないようだった。また近いうちにキャッツ・ランディングにもどってこよう、とデックスは脳内メモに書きつけた。「それで」とふつうの声の大きさにもどして言う。「あなたはここで何がしたいのか考えた？」

「はい、考えました。ですがそれが可能かどうかわかりません」

「言ってみな」リロイが言った。

モスキャップはカウンターの上で両手を組んだ。「ワタシの壊れたパーツを溶かして、それを使って代替パーツをプリントしてもらうことはできますか？」

「ああ、できるとも。それなら簡単だ。石油プラスチックのリサイクルは安全に処理しなきゃならないからちょっと時間がかかる。でもそれを待ってもらえるんなら、できるよ」

「すばらしい」モスキャップは安堵の声を出した。「ではそれがワタシのやりたいことです」

デックスはカウンターに片肘をついてこぶしに顎をのせた。「その理由を訊いてもいい？」

ロボットはすわったまま、しばらく考えていた。「ワタシはもうこれ以上ほかのロボットたちからかけ離れた存在になりたくないんです。ワタシはここに出てきて、この上なくすばらしい体験をしています。この世界のワタシがいた場所にはなかった木を何種類も見ました。ボートにも乗りました。家で飼われているネコと遊びました。それに肩掛けかばんも持っています！」肩に掛けたかばんを指さす。「ワタシの持ち物を入れるかばんを！　どんなロボットもしたことのない体験をワタシはたくさんしています。それは驚嘆すべきことですが、ワタシは……ほかのロボットたちから疎外されたくはないんです。アナタと行動を続けていると、すでにできている仲間たちとの差の集積がどんどん大きくなるばかりなんです、シブリング・デックス。有名になるのはとてもいいことですが、ワタシはいまだにそれについてどう感じていいかわかりません。それに、それはワタシの同種であるロボットたちのあいだでも通じる特色なのではないかと思えてきました。ですから、ワタシがもつ差異は経験値だけでじゅうぶんなんです。身体的な差異まで作りたくないんです」少し間をあける。「わかってもらえますか？」

「うん」デックスは愛情のこもった笑みを浮かべた。「うん、わかるよ」

リロイは感動した表情でデックスとロボットを見ていた。「粉砕機《グラインダー》の暖機運転をしておこう」朝食の用意を中断する。「食べているあいだに溶かしはじめられるようにね」

「何かお手伝いできることはある？」デックスは訊いた。

リロイは通りすがりにデックスの肩をぎゅっとつかんだ。「いいや」それから、デックスが着ているものに気づいて、足を止めた。「それはおれのシャツか？」

デックスはばつが悪そうに笑った。「ごめんなさい。急いでたもので。それに――」

「いや、イケてるよ」言いながら、リロイは工房に向かう。「それはやるよ。きみによく似合ってる」

リロイが行ってしまうと、モスキャップが身を乗り出してきた。「着るものを交換するのも習慣的行為ですか？」

デックスの頬がかっと熱くなった。「いいえ」

「なぁるほど」モスキャップは角ばった顎に両手をあてた。「それについて、ミズ・アメリアなら何か教えてくれそうな気がします」

「頼むからやめて」デックスはあわてて言い、ぎゅっと目をつぶった。「ミズ・アメリアには言わないで」

4 〈沿岸地帯〉

海を見つけるのは簡単だ。川が喜んで流れていく方向にたどっていけばいい。空気が潮の気配を帯びてからの行き先にはいろいろと選択肢があるが、デックスがシップレック・マージンを選んだのは、そこの景観が好きで、モスキャップもきっと気に入るだろうと思ったというだけの単純な理由からだった。そこは瞑想《めいそう》にふさわしい場所で、銀色がかった海面のところどころに潮汐《ちょうせき》の奇妙な手で浸食された巨岩がそそり立っている。さらさらの細かい砂があって波が戯れるビーチなら、もっとシティから近い場所にたくさんあるが、シップレックはそういう浜ではない。ここの潮流は、この強い流れを泳ぎまわる歯の大きな猛獣たちと同じく容赦がない。海岸線は、砂になるまでにはまだ何千年かかかりそうなごろ石で覆われており、打ち寄せる波の上に断崖がそびえている。その縁は鋭く、凹凸が激しい。

だが、難破船《シップレック》という縁起のよくない名前にもかかわらず、この場所には生命があふれていた。翼がなければ行くことができない絶壁の割れ目には羽毛の黒い海鳥が巣を作っており、断崖の縁にはトウヒの木がへばりつくように生え、塩分を含んだ霧に巻かれて発育不全ながらもふてぶてしくがんばっている。見る場所を心得ていれば、目に快《こころよ》い色彩も豊富にある。

真っ暗な割れ目にも海イチゴが生えているし、石ころのなかに光沢のないオレンジ色の宝石が隠れている。そしてこの場所にも人間が住んでいる。あちこちで十世帯かそこらの規模の集落を作り、地上の動物が住める場所の一番端っこで暮らしている。

あちこちに散っているこうした村々は、デックスがワゴンを停めた崖の上からたやすく見てとれる。モスキャップは前の週に手に入れた双眼鏡を使い、興味津々でこの新しい景観を観察していた。「あの住居はどれも非常に簡素に見えます」観察しながら、モスキャップは言った。

デックスは折りたたみ椅子を広げながらうなずいた。わざわざ見なくても、モスキャップが言っている意味はわかっていた——トウヒの板と流木でできた簡素で頑丈なシェルターのような家々が波止場《はとば》からすぐのところに立っている。その波止場には、一日の終わりにたくさんの小さな帆掛け船が手引き網でとらえた獲物を曳《ひ》いてもどってくる。

「あの浜に行くのが本当に楽しみです、シブリング・デックス」モスキャップが話を続ける。「〈沿岸地帯〉の生態系ではあまり長い時間をすごしたことはありません。しかもそれをしたのはもうずっと前のことです」

デックスはため息をついた。これまでずっと遠ざけてきた問題をもはや避けることができそうにない。この件をもち出すにはどうしたらいいか、最上の方法を何日も考えあぐねていた。さっさと切り出すべきだとは思ったものの、モスキャップが〈河川地帯〉であまりに楽しそうにすごしていたので、せっかくのお楽しみに水を差したくなかったのだ。これはモスキャップの頭の奥深くについての問題だとわかっているので、頭をフル回転させるようなことはできるかぎり制限するほうが親切なように思えたのだった。

とはいえ、心を決めたからといってこの話題を切り出すのが簡単になるわけではなかった。

「モスキャップ、あのね……」デックスは両手をポケットにつっこみ、歯を舌でなぞった。

「気落ちさせたくはないんだけど、そろそろ話しあったほうがいいと思うの。わたしたちがここにいるあいだ、あなたが――わたしたちがどうしたいかってことについて。ええと……その……わたしたちがあの浜にどれだけ近寄れるか、わからないの」

ロボットは双眼鏡を下ろした。「なぜですか？」

デックスは息を吐いた。片方の椅子にすわり、モスキャップをもうひとつの椅子に手招きする。「二点あるの」モスキャップがすわると、デックスは言った。「その一、〈沿岸地帯〉のほとんどは再野生化した地域でね、あなたなら歩きたければ歩きまわることができるけど、わたしには無理。道路も小道もない場所がたくさんあるし、そこに住んでいる動物は人間に慣れていなくて、邪魔をされることを好まないの」

「それなら鳥なんかが巣を作っていますね」とモスキャップ。「赤ちゃんアザラシとかそういったものも？」

「たぶんね。具体的なことは知らない。あそこはわたしがいるべき場所じゃない。心からそうわかってるの。沿岸部分における人間の足跡はとても小さいんだよ、わざとそうしてるの」

「それは賢明なことだと思えます。でもこの浜についてはどうでしょう？」断崖の根元に立っている小さな木の家々のほうに、モスキャップは頭を傾けてみせた。

「まあ、そこでその二になるんだけど」デックスは慎重に言葉を探した。「ここに存在するああいう村は……あなたとわたしを大歓迎はしてくれないかもしれないの」ため息をつく。「特にあなたのことを」

「おや」モスキャップは困惑したようだったが、強い反応は見せなかった。ただ膝の上で両手を組んで、説明を求めるようにデックスを見つめた。

デックスは両頰をふくらませて椅子の背に寄りかかった。「ここの人々はおおむね、現代のテクノロジーを見ると冷静でいられないの。実のところ、ごくごく初歩的な基本と言える以外のテクノロジーすべてをね」

モスキャップの眼が動いた。「この話には以前、修道院遺跡でふれましたね。でも説明はしてくれませんでした」

そこで、デックスは説明をはじめた。「〈移行〉以後、なんというか極端な方向に向かった人たちがいるの。その人たちは、科学技術《テクノロジー》というのは人間をすぐにも工場時代に引きもどす危険な斜面のようなものだと考えていて、そのために自動化されたものはいっさい使おうとしない。ほとんどは、おそらく加熱以外には電気を使っていないし、加熱にすら使っていない人たちもいる。荷物をひっぱったり持ち上げたりするのに動物を使ってる人たちもいるけど、多くの人は自力で運べる量だけにしぼっている。それはそれでいいの――自分で選んだことなんだから。誰でも自分が好きなやり方で生きていい。でもそういう人たちは、主流テクノロジーを自分たちの生活空間に持ちこまれるのをとてもいやがることで知られている。わたしがここで喫茶奉仕をするときも、集落にはいれることはめったにない。いつも郊外にワゴンを停めて、お茶がほしい人たちがやってくるのを待つだけなの。今やってるようにね」

「その人たちはどうしてアナタを近寄らせたがらないんですか？」

「わたしが電気ケトルを使ってるから。それから、オックスバイクやポケット・コンピュータや冷蔵庫を使ってるから。わたしが言ってることはわかるよね」

モスキャップは自分の金属フレームを見下ろした。「その人たちがオックスバイクや電気ケトルをいやがるというのなら、ワタシが問題になる理由がわかります」

デックスはわびるように顔をしかめた。「そうなの」

ロボットは自分の腹部に手をやった。まるで、はじめて自分自身を見るかのように。モスキャップにこういうことを考えさせるのが、デックスはいやだったのだ。モスキャップが自身の固有の価値について揺るぎない信念をもっている――大自然でモスキャップが言い返したように、『何があろうとワタシはすばらしいとわかっているからです』――ことを知っているだけに、今ロボットが無言で自分のボディを疑問視しているのを見ると、さっさとハイウェイに引き返してこんな集落のことなど忘れてしまいたいと思えてならなかった。

モスキャップがふたたび顔を上げたが、眼の輝きは以前よりも暗くなっていた。「これまで自分が問題だなどと考えたことがありませんでした。あまりいい気分ではありませんね？」

「あなたは行ってみたいと思う？」デックスは訊いた。「これは真剣に言ってるの。もっと早く話すべきだったけど、そうしなかったのはわたしのせい。だから無理に行く必要は――」

「はい、行きましょう」モスキャップはきっぱりと言った。「ワタシがここに来ているのは人間に出会うためです。アナタが話してくれたこの人々もアナタと同じように人間の一部です。楽しい部分だけを歓迎するだけでは、探索の追求においていい仕事はできないでしょう」

デックスの心に感服の念がよぎった。思わず手をのばし、ロボットの手首をぎゅっと握る。

「わかった。でも行くのはあなたが行きたいと言うからだよ。あなたの気が変わったら、その瞬間に出ていくよ」

モスキャップはデックスの手を軽くたたいた。「わかりました」

「それからあなた自身が問題だなんて思わないで」デックスの声には守ろうとするような響きがあった。「あなたのことを問題にする人がいたら、それはその人の側の問題であって、あなたに問題があるわけではない。そういう人たちはただ……あなたが何者なのか理解できていないだけ。でなきゃ、自分たちの信じる世界にあなたをあてはめることができないせいで、怖がっているのかもしれない。人間って知らないものを前にすると愚かになることがよくあるから」

モスキャップはこのことについて真剣に考えていた。「エルクみたいに」

「何ですって？」

「エルクもロボットというものを理解していません。エルクはワタシたちを見ると混乱しておびえ、それから……その、ひどく不快そうになります」モスキャップは納得するようにうなずいた。「ワタシはそれがエルク側の問題だと思ったことはありません。自分から彼らのほうに行くよりも、彼らがこちらに来るようにさせなければなりません」眼がわずかに輝いた。「その気持ちは理解できます」今度は顔をまっすぐデックスに向ける。「アナタはエルクに非難されたことはありますか、シブリング・デックス?」

「う……ない」

「なるほど」モスキャップは言い、海に目を向けた。「推奨はしません」

ロボットの心と人間の心には根本的なちがいがあり、デックスはこの数か月でそれをよく学んでいた。モスキャップは何か目新しくて興味を惹《ひ》くものが視界にはいったときにいつもそれを楽しむが、それと同じように、何かひとつの作業にいつまでも、いっさい気を散らすことなく没頭することもできる。デックス自身、かなりおっとりしているほうだと思っているが、外の大自然で石筍《せきじゅん》ができていくのや若木が育つのをじっと観察するロボットたちとは比ぶべくもない。それに比べると人間の心はまったく落ち着きがない。眼下の村からの訪問客がいっさいないまま一日をすごしながら、自分は落ち着きがないとデックスは思う。時間をつぶすために、バイクのそうじをした。ランチを作った。いくつかのメールに返信した。ワゴンのなかでハーブを吊るし、ちょっと昼寝をして、それから何週間も頭痛の種だった戸棚の整理をした。

一方、モスキャップはじっと椅子にすわっていた。読書もせず、あまり話もしなかった。

ほとんど動いてもいないようだった。ただ単に忍耐強く、あらわれないかもしれない訪問客を待っているだけだ。

そしてついに、誰かがやってきた。

断崖わきの小道を誰かが歩いてきた。その人物は中年でぜい肉のない健康的な身体つきをしており、白髪まじりの髪を一本の三つ編みにしていた。霧に対抗するためにニットセーターを着ているが、つま先のあいた魚革のストラップつきサンダルを見るとちょっとちぐはぐに感じる。近づいてくるその人物にデックスが手を振ると、モスキャップも同じことをした。

一瞬にして、静かな不活性状態から活発な興奮状態に変わっていた。その見知らぬ人物はロボットが視界にはいったときに一瞬立ち止まり、片眉を上げたが、それからわかったというようにうなずいた。デックスはひと目で、これはどんなに奇異なできごとも軽々と受け止める人物だという印象をもった。

「ようこそ、いらっしゃい」デックスはやすやすと、喫茶奉仕でよく使っていたモードにはいった――にこやかな笑みを浮かべる、熟練した喫茶僧モードに。「さあさあ、どうぞ」

見知らぬ人物はさっきと同じ平静な眼差《まなざ》しでモスキャップを見ながら、歩いてきた。「あの、あなたたちはちょっとした人たちよね？」

「ワタシはモスキャップです」ロボットは礼儀正しくお辞儀をした。「そしてこちらはワタシの友人のシブリング・デックスです」

「お会いできてうれしいよ」見知らぬ人物は言った。「わたしの名前はエイヴリー」

「ここに来てもらえてうれしいです、ミクス・エイヴリー」デックスはにこやかな雰囲気を出しつつ、それ以上は何も加えずに言った。こういう出会いの場合、自分の役割は会話がどういう方向に進もうと円滑に進めることであり、それは必要最低限にとどめるべきだと学んでいたからだ。デックスは一種の通訳のようなものだ。もしくは付き添い役、あるいは羊飼い。モスキャップがレールからはずれないように導き、氷が分厚くなれば割ってやる。だが結局、こうした瞬間はモスキャップともうひとりの人物のためのものであり、デックスのためにあるわけではない。いろんな意味で、喫茶僧という仕事のおかげでデックスはこの役目を担う準備ができていたのだ。ほかの人々が自分を探るための場を作るというのは、結局のところ、喫茶僧という仕事の要《かなめ》だったからだ。

ミクス・エイヴリーは肩掛けかばんから革の水筒を取り出して、中身をごくごくと飲んだ。「ここの道はいつも下りは楽なんだけどね」そう言って、モスキャップを見る。「その金属の足は急な坂を上がるのにどうやって対処するの？」

「非常にうまく対処しています」モスキャップは答えた。「金属の足は静止摩擦がすぐれていますし、ワタシのバランス感覚はこれ以上ないほど良好です」

「そう聞けてうれしいね。ご招待しにきたんだから」ミクス・エイヴリーは水筒のふたを閉め、かばんにもどした。「下に下りていっしょに釣りをしませんか？　桟橋の近くでね。ボートのあつかいで心配をかけたくないから」

この申し出にデックスが驚いたと言うのは控えめにすぎるだろう。デックスはモスキャップを見た。ロボットに従うつもりだった。

モスキャップはにこにこしていたが、首を振った。「ご一緒したいのはやまやまですが、ワタシは狩猟行為に参加はしません。どうしても……参加しなければなりませんか？」

ミクス・エイヴリーは肩をすくめた。「あなたは何でも好きなことをすればいいよ。釣竿《つりざお》を貸してもいいし、ただすわって見ててもいい。わたしも同じようにするよ」デックスに目を向ける。「あなたも同じようにどうぞ、シブリング」

「わたしは釣りはあんまり得意じゃありませんが……」デックスはモスキャップの眼を見て、今日何をすることになるか確信した。「ええ、そうしましょう」


デックスたちが断崖の下に着いたとき、村の家々は扉を閉ざしていた。家はすべて支柱の上にのっており、砂地から高く離れていたが、窓の向こうで動く影が見てとれた。モスキャップが近づくと、カーテンがさっと閉められた。子どもがふたり窓ガラスに鼻を押しつけている家があったが、もっと大きな人影に追い払われていた。モスキャップが気づきませんようにとデックスは願ったが、ほどなくロボットの眼が暗く翳《かげ》ってきた。ミクス・エイヴリーの手について波止場に向かいながらデックスはこれを見てとり、手をのばしてモスキャップの手をぎゅっと強く握りしめた。ロボットは手を握りあったりしないことは知っていたが、人間はそうする。そして金属の指が握りかえしてきて、モスキャップがこの行為の意味をちゃんと理解していることがはっきりとわかった。

ミクス・エイヴリーは小さく首を振り、海に向かって歩きつづけた。「あの人たちのことは無視して」同じ集落の仲間への非難をあらわにする。「ここはあの人たちの家であると同時にわたしの家でもある、そしてわたしはあなたにここにいてほしいの」モスキャップの眼を見つめる。「わたしたちはあんまり愛想よくないよね?」

「まあ……ちょっと気をくじかれましたが」モスキャップは正直に、冷静に言った。「シブリング・デックスが推奨してくれたように気にしないようにしようと努めていますが、今日はつらい一日になりそうだということは認めざるをえません」

ミクス・エイヴリーは同情するような笑みを浮かべた。「今日はまだ終わってないよ」

デックスたちは波止場に着き、ごろ石を踏んで風雪を経た板敷きの桟橋に乗った。桟橋の端に釣り具が一式積まれており、そのわきにクッションが三つ並べられていた。持ち主は招待を受けてもらえると見越していたようだ。

ミクス・エイヴリーが釣竿のほうに手のひらを向けた。「さて、どう思う、モスキャップ? やってみたいかい、それとも見ていたい?」

「ワタシは見ています、ありがとうございます」

「わかったよ」ミクス・エイヴリーは釣竿を二本取り上げ、一本をデックスにわたした。「シブリング?」

デックスは竿を受け取り、手磨きの木の竿を指先でなでた。こんな竿は使ったことがなかったが、機能は3Dプリントで作った竿と変わらないはずだ。釣りというのはそんなに複雑なものではない。

モスキャップが興味を惹かれたようにミクス・エイヴリーのほうに上体を寄せた。「それはどういうふうに使うんですか？」

「魚が針に食いつくようにする仕掛けだよ」

「なるほど。とても賢いですね。道具があるとそれがしやすくなるんですね？　一日じゅう口を開けて川のなかに立っているクマたちにもあるといいですね。若いクマたちはひどくがっかりした顔をしてます」モスキャップはいっそう顔を寄せて、釣り針をしげしげと見た。

「餌には何を使うんですか？」

ミクス・エイヴリーは身をかがめて、ふたに点々と穴を開けてある小さな箱を取り、ふたを開けてモスキャップに見せた。

「うわ！」モスキャップは驚いて息を呑んだ。「紫ミミズですね！」

うごめくミミズのかたまりへのロボットの反応に、ミクス・エイヴリーは笑い声をあげた。

「紫ミミズを知ってるんだね？」

「はい、ですが……」モスキャップは岩だらけの浜に立っている村を振り返った。「アナタはどこでこれをつかまえるんですか？　このミミズは森林の表土に住んでいます」

「わたしの家には生ゴミの箱があってね。ミミズたちはわたしの残飯を食べる、そしてわたしはミミズたちを使って新しい食料を手に入れる」

「アナタはミミズを養殖しているんですね」モスキャップは理解しようと努めながら、ゆっくりと言った。「生ゴミの箱で」

「まあ、そうだね」

「そしてミミズを釣り針につける」モスキャップは顔を上げた。「生きたままで？」

ミクス・エイヴリーはうなずいた。「魚の注意を惹くにはそれがいちばんなんだよ」

モスキャップはこのことについて考えた。頭がブンブンと激しくうなっていた。「ミミズはさぞかし困惑した生と死を送ってるんでしょうね」

深く考えて何もできなくなる前にと、デックスは手をのばして箱からミミズを一匹つまみあげた。わびの言葉をつぶやきながら、釣り針につける。

モスキャップはふたりにはさまれて、真ん中のクッションにすわり、ミクス・エイヴリーとデックスが下に打ち寄せる水に釣り糸を垂らすのを熱心に見つめていた。「いつまでかかるんですか？」

「いつまででも、必要なだけ」ミクス・エイヴリーは答え、くつろいだようすでモスキャップに笑みを向けた。「だから話し相手がほしくなるんだよ」膝のあいだに釣竿をはさんで手をのばし、いろいろある装備のなかからあちこちへこんだ古い水筒を取った。「お茶はいかが、シブリング？　あなたが淹《い》れるお茶には全然かなわないだろうけど――」

「あら、とんでもない。すばらしいです、ありがとうございます」デックスは言った。

ミクス・エイヴリーは袋から木製のカップをふたつ取り出し、水筒の中身を注いだ。「ところで、ここに来る前はどこにいたの？」

「直前にいたのはスティールヘッドです」モスキャップが答えた。

「それじゃ、〈沿岸地帯〉で最初に寄ったのがここってこと?」

「そうです」

ミクス・エイヴリーはうなずいてデックスにカップをわたした。「で、どこを目指してるのかな?」

「ワタシたちは〈沿岸地帯〉をずっと南東に向かいます、それから〈灌木《かんぼく》地帯〉を通ってシティに向かいます」

「それにはシティ・ハイウェイを通るのかな、それとも26号線?」

モスキャップはデックスを見て、答えを求めた。

「たぶん26号線です」片手に釣竿を持ち、もう一方の手にカップを持って、デックスは言った。お茶をふうふうと吹いてさます。すぐにビーウィードとライムジャムの香りがわかった。

「道のりは長くなるけど、景色はよくなるので」

「たしかに」とミクス・エイヴリー。「26号線の緑地帯はこの時期はすばらしいものね、でも沼タカには気をつけるんだよ――近づくと攻撃的になるからね」

「はい、気をつけます」モスキャップが言った。「ワタシは先黒《サキグロ》タカにはもっとなじみがありますが、このふたつは近親種です。先黒タカの営巣地を歩くときは、何度も首をすくめなければなりませんでした。彼らは確実に眼をねらってきます、そうですよね?」

ミクス・エイヴリーはくっくっと笑った。「たしかに」

モスキャップはしばらく考えた。「ミクス・エイヴリー、ちょっと訊きたいことがあるんですが、もしかまわなければ――」

「かまわないよ」何を訊かれるのかわからなくても、ミクス・エイヴリーはそう言った。

「アナタが〈灌木地帯〉の緑地帯のことを知っていることに、ちょっとびっくりしました。聞くところによると、アナタの集落の人々は――」

「閉じこもっている？」

「孤立している、と言うつもりでした」

ミクス・エイヴリーはまたもやくっくっと笑った。「たしかにわたしたちはそう。でもわたしたちは逍遙《しょうよう》だってやる。もはやこの村にはわたし以外にそれをする人はいないけど、それでもわたしはやってるよ」

「逍遙とは何ですか？」モスキャップがデックスのほうに顔を寄せて訊いた。

「このあたりの伝統的な行動」デックスは教えた。「通常はひと月ぐらいかけて近隣の地域を歩いてまわるの、そうすることでよその人々がどういうふうに暮らしているか知ることができる」ミクス・エイヴリーを見る。「この説明でいいでしょうか？」

ミクス・エイヴリーはうなずいた。「逍遙には長いのも短いのもある。わたしは毎年歩きにいくし、たいていは26号線をたどるけど、毎回ってわけじゃない。あまり計画を立てすぎないで、ちょっと迷ったりするのもいいものだよ」

「アナタにはしっくりくるんですか？」モスキャップが訊いた。「その、よその村で暮らすことが？」

「ああ、とてもいいものだよ。とても落ち着くし、とても気楽でね。去りがたいと思うこともたびたびある」

「でもいつももどってくるんですね」

「そのとおり」

「どうしてか訊いてもいいですか？」モスキャップが訊いた。「というのは、ここにいるシブリング・デックスといて気づいたんですが」――デックスのほうにうなずいてみせる――「テクノロジーの助けのない暮らしは非常に貧しいものなのではないでしょうか」

ミクス・エイヴリーは心からの笑い声を出した。「あなたも同意見かな、シブリング？」

「まったく同意見です」デックスはきっぱりと言った。「気を悪くさせたらすみません。でもわたしはヒーターや熱いシャワーがどうしてもほしいと思います」

「その意見は尊重するよ。水風呂が好きな人はいないからね」ミクス・エイヴリーはモスキャップに目を向けた。「でも、わたしがよそをまわったあげくにまたもどってくる理由は、まさにそれなんだよ。わたしとわたしの家族や親戚は、自分がこの世界で動物であるという事実から遠ざかれば遠ざかるほど、この世界とのつながりを断ち切ってしまうリスクが大きくなると考えているんだ。あの道路がどこに行きつくかは、歴史が声高にはっきりと教えてくれているからね」ロボットに向かい、敬意をこめてうなずく。「そのことはあなたには言わずもがなだけどね」

「あの、ワタシはそこにはいませんでした」モスキャップは言った。「工場に、という意味ですが」

ミクス・エイヴリーが面食らったような顔をしたので、シブリング・デックスが割ってはいり、工場時代のロボットたちが解体されて新しい世代のロボットに作り直されていることを説明した。ロボットたちがいつまでも生きるよりも循環の神ボシュに則《のっと》って循環《リサイクル》するほうを選んだことを。

この会話ではじめてミクス・エイヴリーは心底驚いたようだったが、それはほとんど表情にあらわれなかった。ミクス・エイヴリーは両眉を高く上げ、しばらく沈黙していたが、ようやく口を開いた。「それはたしかに、よく考えるべきことだね」

モスキャップも同じように深い思考に沈んでいたが、考えていることは全然ちがっていた。

「それでは、アナタは不快なほうがいいということですか？」

「もちろん、そうじゃないよ。でも快適でありすぎるのも問題だと思うんだ」ミクス・エイヴリーはにやりと笑った。「ここにいるお茶を給仕してくれる友人はちがう意見だろうけどね」

デックスは唇をこすりあわせて、慎重に言葉を選んだ。「わたしは訪れた場所で信念のちがいを論じるのは本意じゃないんです。ここにはただ、お茶を出すために来てるんです」

「外交官なみにそつのない言い方だね」とミクス・エイヴリー。「あなたは環境保護論者？」

「いいえ。エッセンシャリスト（伝統的な概念、技能等の文化遺産を必修課目として児童に教えるべきだとする教育思想家）です」

「ああそう」それですべての説明がつくというように、ミクス・エイヴリーは言った。「エッセンシャリストは好きだよ。もちろん同意するわけじゃないけど、あなたたちのスタイルには好感がもてる」

「あの……それはどういうことですか？」モスキャップが訊いた。

デックスは首を大きくかしげ、偏狭なニュアンスを極力出すまいと努力した。「ごくごく基本的なところで、わたしはこう信じているの――わたしたちが神々にどれだけ近づけるとしても――たとえ近づいたとしても――神々を理解することもこの宇宙の自然の本性すべてを理解することも不可能で、だからこそわたしたちは自分たちの必要に最適に応じた社会を作らなくてはならない、と。そしてアララエの使徒であるわたしは、わたしたちは自然の世界にダメージを与えたりおたがいに傷つけあったりしないかぎりは、自身をできるかぎり安全で快適にするために何でも利用することを許されていると考えている」

「なるほど」モスキャップは言い、ミクス・エイヴリーに目を向けた。「では、たくさんの快適さをなしですませているあなたは、アララエをどう解釈しているんですか？」

「いやいや、わたしは自分のことをまったくそんなふうには思ってないよ」ミクス・エイヴリーは言った。「それどころか、わたしたちの暮らし方を見てもらえば、世界がそのままでもじゅうぶん快適だとわかるよ。いろんなものをそぎ落としていけば、ちょっとした快適さがずっと甘く感じられる。しっかり密閉された壁のありがたさは、弱い壁を冬の嵐に打ち破られてみなければわからないし、イチゴだって実がなるまで六か月待っていなければその甘さはわからない。ほかのどんなところでもこういうささやかな贅沢《ぜいたく》はあるけど、食べ物やシエルターや仲間はどれも本当に必要なものだとわかっている人はなかなかいない。この世界はわたしたちが干渉しなくたって、それ以外のすべてを提供してくれているんだよ」デックスに笑いかける。「それについてあなたは何と言うかな、シブリング?」

デックスは笑みを返した。「人間がする建造が何の害も及ぼさないことが立証されていると言われているかぎり、どんな種類の建造もいっさい害はないとわたしは言うでしょう」

デックスを見るミクス・エイヴリーの目がきらめいた。「それについてはたいへんいい議論ができそうだね」

「きっとわたしたちは――」デックスの言葉が不意にとぎれた。手にした釣竿がぐいと引かれたのだ。「うわ、これって。モスキャップ、これを――」持っていたカップをロボットにわたし、両手で釣竿を持ってできるかぎりの速さで糸を巻いた。

「やったね!」ミクス・エイヴリーはふたたび釣竿を膝にはさみ、道具の山をまさぐった。すくい網を取り、モスキャップの膝の上に乗り出してデックスのほうに身を寄せた。「悪いね、モスキャップ」

「ワタシはどこかに――」モスキャップはどこかに動こうかというようにあたりを見まわした。

「そこで大丈夫よ」デックスはまだ姿の見えない引きの主と格闘しながら、すばやく言った。数回リールを巻いたあと、盛大な水しぶきと共に魚が姿をあらわした。デックスが水の上に釣りあげたせいで急に水圧がなくなり、のたうちまわっている。デックスの二の腕よりちょっと長く、銀色のうろこが陽光にきらめいている。

ミクス・エイヴリーが片手に網を持ち、もう一方の手で器用に魚をつかんで、繊維を編んだ網のなかでできるかぎり、しっかりと押さえつけた。「シブリング、できれば――」

デックスは釣竿を桟橋に置くと、魚の口から針をはずした。それをもってあわただしい人間の行動は終了し、ミクス・エイヴリーはバタバタ動く網をうしろの板の上に置いて、みんながじっくりと獲物を観察できるようにした。

「これは……」デックスは唇をすぼめた。「ええと、魚だよね」

「ミラーバックだよ。本当においしい魚だ」ミクス・エイヴリーは頭から尾まで横向きに走っている茶色っぽい縞《しま》を指さした。「この魚はすでに卵を産んでて、もう卵を産むことはない。だからつかまえてもいいんだよ」

「美しい魚です」モスキャップはすっかり魅了されていたが、いつものような喜びはいっさい見せず、ミクス・エイヴリーとシブリング・デックスのあいだを見つめていた。「どういうふうに殺すのですか？」ロボットの声には悲しげな響きが宿っていたが、ずっと食ったり食われたりする野生生物を見てきたことから生まれた受容もあった。

ミクス・エイヴリーはモスキャップの態度と声音《こわね》がこれまでより真面目になったことに気づいたようだった。「そうだね」ゆっくりと言い、ちらりとデックスを見る。デックスはうなずいて、言っても大丈夫だと知らせた。「自分で手を下すかわりに空気にやってもらうんだよ」

モスキャップは何も言わなかった。ただじっと、輝く眼で魚を見つめ、使うことのできない酸素があるために痙攣《けいれん》してヒレをばたばた動かしているさまを観察していた。モスキャップはひたすら見つめつづけ、それが長くなればなるほど、デックスは同じように魚を見ていることがつらくなった。釣りをしたことは何度もあるし、すぐ近くで魚が死ぬのを見たこともたくさんある。魚を食べた回数は数えきれないほどだ。だが、モスキャップがしているように見つめていると、落ち着かない気分になってきた。自分とは関わりのないものを見ているような気分になるのだ。

いや、関わりはある。この魚を水中の家から引きずりだしたのはデックスなのだ。足を踏み入れて、お腹がすいていて自分の生命維持に必要だからという理由で何かの生命を終わらせることに決めたのはデックスなのだ。モスキャップが今のようにたじろぎもせずに見つめているのは正しい。デックスは今までそうしてこなかったことを恥ずかしいと思った。

モスキャップが手をのばした。痛ましいほどのやさしさで、死んでいく魚を指でつかむ。ロボットの眼の焦点が合い、ロボットは頭を下げて魚に近づけた。

「大丈夫ですよ」敬意と哀しみのこもった金属質の声で、モスキャップはささやいた。「わかっています。こんなのはフェアじゃありません。でも大丈夫です。もうすぐ終わりますから」

ミクス・エイヴリーはモスキャップを見つめた。その目には、デックスが感じているのと同じ葛藤があらわれていた。彼／彼女はしばらくためらっていたが、それからモスキャップの肩に手を置き、魚の動きがゆっくりになっていくのを共に見守った。デックスもボシュへの祈りを口に出さずに捧《ささ》げながら、同じように見守った。全員がじっと静かにすわり、共にじっと見つめつづけた――これまでにもこれからも二度と存在することのない一度きりの生命がもがくのをやめ、終焉《しゅうえん》を迎えるのを。

5　〈灌木《かんぼく》地帯〉

「もう一回おさらいをしていいですか？」モスキャップが訊いた。

「どうぞ」陽《ひ》の光がまだらに落ちている道でペダルをこぎながら、デックスが言う。

モスキャップはバイクと並んで歩きながら、指を折って数えはじめた。「ノラとテオがアナタのお母さんとお父さんですね」

「そうよ」

「ふたりは現在もパートナー同士なんですね」

「そう」

「ふたりにはアビーという名前のパートナーがいる。アビーはアナタを育てるのに関わっていない」

「まあそれほどはね。わたしが十三歳を越えるまで家に引っ越してこなかったから。でもアビーとはうまくやってる」

モスキャップはうなずいた。「そしてアナタのお父さんにはジャスパーという名前のパートナーがいる」

「それはちがう」デックスは言った。「わたしの父のパートナーはフェリックスという名前で、ジャスパーは彼の息子の名前よ。ジャスパーはわたしの義理の弟になる」

ロボットはこの間違いに顔をしかめた。「そしてアナタはジャスパーといっしょに育ってはいない」

「そうよ。父とフェリックスがいっしょになったのはわたしが家を出たあとだったし、ジャスパーが農場に引っ越すことに決めたのは、その二、三年後だから」

モスキャップの頭がぶんぶんとうなる。「ですが、アナタは姉妹とはいっしょに育っています」ふたたび指を折って数えはじめる。「ヴァイオレット、セイディー、そしてアナタ。その順番で、アナタがいちばん下です」

「たしかにそうだけど」

「そしてヴァイオレット――いえ、セイディーはアナタと両親を同じくする姉なんですね、生物学的に」

「そうよ」

「ヴァイオレットはノラの娘ですが、彼女の父親は……ええと、ああ……」

「ラドリーよ」デックスは教えた。

「ラドリー」モスキャップはため息まじりに言った。「そうです、彼とアナタのお母さんはいっしょになっていましたが、それから別れました。そして今、アナタのお母さんはアナタのお父さんといっしょに暮らしていますが、よき親友同士という関係です」

「ラドリーはわたしの第二の父よ。彼とリズはずっとうちのとなりに住んでたの」

モスキャップは困惑したように頭をまわした。「リズとは誰ですか?」

「ラドリーのパートナー」

ロボットは打ちのめされたような顔になった。「そのうえ、アナタのおばさんやおじさん、いとこたちがいます。そしてアナタのお姉さんたちもそれぞれパートナーと子どもがいるんですね」

デックスはモスキャップににやりと笑ってみせた。「いとこたちもみんなそう」

モスキャップは弱々しくうめいた。「アナタがたが社会的な種《しゅ》だということは知っていますが、なんということでしょう、シブリング・デックス。ワタシはこれをちゃんと理解できそうにありません」

「理解する必要はないよ。あの家はいつだっててんやわんやで、誰もあなたが把握できるとは思ってない。そもそも――わたしの父だってしょっちゅう小さな子どもたちの名前を混同してるし」

「ワタシはただ、いい印象をもってもらいたいだけです」モスキャップは目をそらして、飛んでゆく鳥を見つめた。「アナタの家族に会うのは、知らない人たちと会うのとはまったくちがう種類のできごとですから」

デックスは笑った。「あなたがあの家に引っ越すわけじゃないんだから、モスキャップ。どんな印象をもたれてもいいのよ」

「はい、ですが――あっ、しまった！」何かまずいことに気づいたのか、モスキャップのレンズが開いた。「手土産を持ってきていません！」

デックスは路上から目を離すまいとした。「どうして手土産なんかが必要なの？」

「本に出てくる人たちはそうしています。誰かの家に泊まりにいくときに。ホストに手土産を持っていくのは慣習ではないんですか？」

「まあ……たしかにそうだけど、でも――」

「手土産が必要です、シブリング・デックス」モスキャップはきっぱりと言った。それから間を置いた。「これまで手土産をわたしたことはありません。どういうものがいいでしょう？」肩掛けかばんを開け、かきまわしはじめる。「とてもいい石がいくつかあります。双眼鏡は手放したくありません。洗濯ばさみはどうでしょう？　洗濯ばさみは気に入ってもらえるでしょうか？」

「どうしてそんなものを――」デックスは言いかけてやめた。「ちょっといいかな。家に行く途中にフルーツの屋台があって、たいていチェリーワインを売ってるの。二本ぐらい調達していけば、いい手土産になる」

「ああ、それはいいですね」モスキャップはかばんをかきまわすのをやめ、足取りに自信がもどった。「ペブでチェリーワインを手に入れて、それをホストたちに贈ります。アハハ！」

「何がそんなにおかしいの？」

「これは非常に人間的なふるまいなのに、ワタシは人間ではないからです。それから、おかしかったのではありません、楽しいんです。オオカミをころがして落ち着かせるやり方や太陽カケスに点呼させるやり方を知るのと同じことです」

デックスは目をぱちくりさせた。「何のやり方って？」

「太陽カケスはみんな、独自の呼びかけをもっているんです」モスキャップは忍耐強く説明した。「いわば名前のようなものです。同じ地域にいるほかの太陽カケスたちに名前を告げろと指示する呼び声があるんです。近隣に誰がいるかわかるようにするためです」

「で、あなたはそのやり方を知っている？」

モスキャップはにこにこした。「太陽カケスが近くにいるかどうか、見てみましょう」ロボットは口を開け、カラスのようなしゃがれた鳴き声の不気味な模倣音を出した。頭上の枝のあいだに響きわたる大きさだ。それから沈黙が降りたが、やがてさほど遠くないところから返事をするような声が返ってきた。続いて、また別の声がもっと遠くから届いた。かなり遠いものの疑う余地のないはっきりした声が。

「うわあ」デックスは声をあげ、笑った。「すごくカッコいい」

モスキャップはうなずいて同意をあらわし、それから木々のほうに目を向けた。おそらくさっきしゃべっていた太陽カケスを探していたのだろうが、目に留まったのは別のものだった。「おや、あれはきれいですね」

「何？」デックスは言った。

モスキャップは指さした。「はにかみ屋の樹冠《じゅかん》はとても印象的ですね、そう思いませんかモスキャップが何を言っているのか、デックスにはわからなかった。「ごめんなさい、何が印象的ですって？」

「止まって」モスキャップは言った。「見てください」

デックスはため息をついたが、ブレーキをかけ、下の舗装に足をつけて上のほうを見た。

モスキャップは指さしたまま、宙に線を描いた。「あそこの木立の梢《こずえ》を見てください。わかりますか？」

「ええと」デックスは顔をしかめた。モスキャップが何を示しているのかわからなかったからだ。枝があるのははっきりしている、それと葉と、それから……「あっ。ああ、あれって……」周囲の風景の見え方が徐々に変わってきて、デックスは黙りこんだ。

たくさんの木がかなり密集しているというのに、となりとふれあっている梢はひとつもなかった。まるで誰かが消しゴムを木々のあいだに丹念にかけて、それぞれの木を青空で縁どられた小さな島に変えたかのようだ。デックスはテーブルに広げられたジグソーパズルを思い浮かべた。どれもまだ、ほかのピースとつなげられないまま置かれているさまを。といっても、木立の木々が健康でないとか、葉がまばらだとかいうわけではない。それどころか、どの木も青々とした葉がふんだんに繁《しげ》り、緑色の生命力がはちきれんばかりだ。だが、接触もしていないのにどういうわけか、あの木々はどこで外に向けてのびるのをやめればとなりあう木々がのびのびと繁る余地が作れるのか、正確に知っているのだ。

「どうして……」デックスは言いかけた。

「それは誰も知りません」モスキャップが言った。「少なくとも、ワタシの知るかぎりでは。競争を最小限に抑えるためという意見もあれば、病気が広がるのを防ぐためだという意見もあります。木々がどうして外に向かってのびるのをやめるときを知るのかという疑問については、ワタシは知りません。それは謎です」

デックスはこの不思議な現象をじっと見つめながら、心のなかで謎を司《つかさど》る神サマファーにうなずいてみせた。「これまで気づいたことがなかった」悩ましい思いで言う。デックスはこの近くで育ったのだ。この道路は何十回となく通っている。今こうして観察してみると、木立のパターンは実にはっきりとしている。なのに、デックスにとってはずっとただの背景幕にすぎなかったのだ。ただの壁紙だった。わざわざそれを意識して見たりしたことはなかった。だが今はそうとしか見えない。

「アナタがはにかみ屋の樹冠を知らなかったとは驚きです」モスキャップが言った。「植物にはすごくくわしいのに」

「ハーブや観賞植物のことは知ってるけど、木のことはあまりよく知らないの。名前ぐらいしか知らない」

「まあ、そこが木のいいところです」モスキャップは両手を腰にあて、あたりを見まわした。「木はどこにも行きません。木のことを知るのに必要な時間はいくらでもあります」

実家に帰るというのは、いつも奇妙なものだ。実家に帰るということはどこかの時点で実家を出たということであり、それをしたことでもうもとにもどれないほど変わったということだ。常に自分の過去に根を下ろしている場所に帰ることができるというのは、実に奇妙なことだ。かつてそこに住んでいた自分と同じ自分がもはや存在しないとしたら、その場所はまだそこにあると言えるだろうか？

だが同時に、それとは正反対になるが、くだんの場所が自分のいないあいだにすっかり変わったのを見るのは、非現実でもなければなんでもないことだ。実家の農場に向かう道路に近づくにつれ、デックスは旅をするたびに感じるのと同じことを思う。道路はまったく変わっていないが、フェンスは修繕されていた。畑はまったく変わっていないが、グレーベリーのやぶは根こそぎ刈られていた。農場はデックスをいつでも歓迎してくれるが、それは実家を出る前とまったく同じというわけではない。デックスがよく知っている場所でありながら、もはやまったく知らない場所なのだ。

最後のカーブをまわってすぐ、デックスは道路からはずれ、小さいころに何度となく登ったカシの古木の横にワゴンを停めた。ブレーキをかけて服を詰めた袋をつかみ、ワゴンのドアをロックした。

「なぜワゴンをここに置くんですか？」モスキャップがあたりを見まわした。「まだ建物は見えませんが」

「それは早く着きすぎたからよ。あんまり早く着きたくないの」

「なぜですか？」

「今にわかるよ」デックスは言った。「それに歩くのもいいものよ。歩くほうが農場をもっとよく見られるし」

道路は流れのゆるい川のようにゆるく曲がりくねり、デックスとモスキャップはのんびりと歩いていった。果樹園のわきを通りすぎると、草ニワトリと斑入《ふい》りウズラが虫を探して生い茂った下草をひっかいていた。たくさんある牧草地のひとつの前を通る。そこの土壌は、来年腹をすかせた家畜が貪《むさぼ》るラディッシュやレンズマメ、黒オーツ麦やラビット・クローバーといった被覆作物の下でゆっくりと休んでいる。農場の排水の最終フィルターの機能を果たしている池の横を通ったときは、おしゃべりなアヒルの一団を驚かせて、スイレンが咲き乱れる池に逃げこませてしまった。デックスとモスキャップはそこでしばらく足を止め、背中の青いトンボの一団が空路をパトロールするさまを眺め、それからまた歩きつづけた——太陽光発電パネルとハチの巣がいっぱいに並べられている、故意に草刈りなどの手を入れられていない区画の前を通り、ドーム形の温室が並ぶ区画の前を通り、工房や道具小屋や根菜貯蔵地下室の前を通って、ようやくそれらすべての中心部にたどりついた。

農場の中心部に家がいくつかかたまっていたが、それらの家はそこに暮らす人々と同じように変化に富んでいた。木造の家もあるが、ほとんどは粘土壁の家だ。いちばん古い家はいちばん大きな家のようだ。中庭を備えた堂々たる古い農家で、緑色の屋根と風力発電タービンを冠している。四周《ししゅう》に美しく手入れされたデッキがめぐらされて、ちょっとすわって足を休めたい人々を歓迎している。だが、デックスとモスキャップが近づいていっても、外には誰もいなかった。みな屋内にいたが、驚くことでもない。なかにいる人々のたてる物音が難なく聞き取れた。

「大丈夫なんでしょうか?」リボンをかけたチェリーワインのボトルを片手に持ち、モスキャップは言った。「大騒ぎをしているようですが」

「ちがうよ」デックスはため息をついた。「ただの夕食どきの音」

玄関に通じる斜路を歩いていくデックスの足音が、丹念に油を塗られたシーダー材の上に響いた。最初に気づいたのは犬たちで、とどろくような吠《ほ》え声をあげながら、開け放した戸口から飛び出してきた。三匹の犬はみな茶色と黒のゆるい巻き毛をぼさぼさに垂らした牧羊犬で、仕事をしているときはとても賢いが、それ以外のときはおとなしい大きなモップみたいなものだ。

犬たちが飛びついてきてなめまくる猛攻撃に備えて、デックスは足を踏んばった。「モスキャップ、この子たちはバートとバスターとバディよ」犬たちの頭をなで、耳をこすってやる。「はいはい、ただいま」戸口にちらりと目を向け、犬たちを追ってくる動きに気づいた。「それからこれが――」

これがほかのみんなだった。

あらわれた人々はデックスにとって道路の風景と同じように見慣れたものだった。見慣れているのは顔と声だけでなく、エプロンや作業着、ひとりふたりが肩にかけている手ふきタオル、こねかけの小麦粉生地にまみれた手、急遽《きゅうきょ》中断した議論で赤らんだ頰、何ややかやをこぼして汚れているズボン、お帰りと叫ぶみんなの声のでかさもだ。だが、フェンスが修繕されたことやベリーのやぶが切られたことを知らなかったのと同じように、デックスはアビーの眼鏡が新しくなったこともフェリックスが顎ひげを剃《そ》ったことも、甥《おい》っこや姪《めい》っこたちがこの前帰省したときよりも大きくなっていることも、予期していなかった。四方八方から抱きしめられ、キスされながら、デックスは旧《ふる》いものと新しいものの混じりあいに圧倒され、次々とくりだされる会話の海のなかに溺れまいと精いっぱいの努力をした。

「早かったのね！」「旅はどうだったね？」「何か食べる？」「シャワーは？」「元気かい、デックス、本当に久しぶりだな！」「ワゴンの調子はどうだい？」「お茶を持ってきてくれた？」「この前よりやせたように見えるけど——ちゃんと食べてるかい？」「ニュースでおまえの写真を見たよ。たいしたもんだ」「新しい小屋は見てくれたかい？」「新しいヤギたちは？」「新しい風受けは？」「本当に何か食べなくていいのかい？」「バスター、おすわり！」「ここにいるあいだに髪を切るかい？　今のが似合ってないってわけじゃないけど、もっと切りそろえたほうが——」

愛情攻撃に襲われながら、デックスはモスキャップも同じあつかいを受けていることに気がついた。そしてほっと安心していた。自分の家族がロボットにどういう対応をするかわからず、これまでに訪れたほとんどすべての集落のようにみな口をきかなくなってしまうのではないかと内心不安だったのだ。だがデックスの一族は定刻前にやってきた珍しい客に神経をとがらせはしなかったようで、そのかわりにモスキャップをやってきたばかりの客人として歓待していた。

「うわあまあ、あんたときたら！」「ようこそいらっしゃい！」「来てもらえて本当にうれしいよ」「さわってもいいかい？　本当にいいのかい？」「旅はどうだったね？」「おやまあまあ、手土産なんて気を使わなくていいのに！」「まあご親切に」「あんたは何も食べないんだね？」「動力源は何かね、あんたは動力は必要なのかね？　必要ならどこかにプラグを──おやまあ、自家充電できるとは、そいつはすばらしい」「明日ヤギを見にいくかい？」「ミツバチはどうだね？」「あんたが見たけりゃ、巣箱を開けてやるよ」「あんた、腰を下ろさなくていいかい？　どういうふうに申し出ていいかわからないんだが」「おやまあ、本当に背が高いねえ！」「デックスはちゃんと食べてるかね？　なんかやせたように見えるけど」

デックスにはわかっていたことだが、新しい来客を囲む人だかりがほどけるのにそれほど長くはかからなかった。キッチンのタイマーが鳴り、子どものひとりがもうひとりからおもちゃを取り上げ、中断していた議論が思い出され、犬たちがたがいの顔にかみつきあいはじめ、等々、等々。ひとり、またひとりと離れていき、最前《さいぜん》やっていた行為にもどっていった。

残ったのは、やるべきことが何もない者だけ──子どもたちだ。

子どもたちはひとかたまりになって、目を丸くしてモスキャップを取り囲み、くすくす笑っていた。モスキャップは子どものあつかいについて学んだとおりに膝をついてかがみ、精いっぱいの笑みを浮かべた。「どんな質問にも喜んで答えますよ」

最初のうち、子どもたちは押し黙っていたが、やがてひとりが勇気を奮い起こした。「空は飛べるの？」

「いいえ」モスキャップは言った。

「クマと闘える？」別の子どもが訊く。

「やったことはありません。どうしてそんなことをワタシがしたいと？」

「ロボットを食べるものはいる？」

「いません」

「あたしたちはロボットを食べられるかな？」自分はおもしろいことが言えると思っている女の子が笑う。

モスキャップの眼に困惑の色が浮かんだ。「……何ですって？」

デックスはうしろのほうでデッキの手すりにもたれ、なりゆきを見守っていた。その肩にそっとやさしく手が置かれた。見なくてもそれが誰だかわかった。

「ただいま、母さん」デックスは頭を寄せて言った。

「お帰り、デックス」母親は顔を寄せ、デックスの頭にキスした。「顔を見られてうれしいよ」片腕でデックスをぎゅっと抱きしめる。反対側の腰にはこの一族の最新メンバーであるシャーロットが抱かれ、祖母の頑丈なオーバーオールの肩ひもを幸せそうにしゃぶっている。シャーロットはデックスに向かって好奇心たっぷりにあぶあぶとつぶやき、デックスの母親は笑顔でふたりを見やった。「姪っこにあいさつをしたいかい？」

「もちろんよ」デックスは両手で赤ん坊を抱き上げた。「おやまあ、シャーロット、大きくなったねえ！」

シャーロットは名前を呼ばれて、まだ歯の生えていない口で笑い、シャツによだれを垂らした。

子どもたちはまだモスキャップに予測不能の質問をあれこれ浴びせていたが、ロボットの興味はデックスが抱いている小さな人間に向けられていた。モスキャップの興味の視線に気づいたデックスは、不意に、ロボットが赤ん坊を見るのはこれがはじめてだということに気づいたはずだ。本当にそんなことがあるだろうか？　考えてみる。これまで訪ねた村にも赤ん坊がいたはずだ。シャーロットがパンガでたったひとりの赤ん坊というわけではない。だが今考えてみると、モスキャップが赤ん坊のそばにいるのを見た覚えはない。そしてロボットの表情からしても、これ以上ないくらい近づいてみたがっているのがわかった。

デックスは数歩前に進んだ。「抱っこしてみる？」

「ああ、はい」モスキャップは間髪《かんぱつ》を容《い》れない熱心さで言った。「でも、ワタシは抱っこのし方を知りません」

「教えてあげる」デックスは赤ん坊をそっとモスキャップの手に移し、抱き方を教えた。シャーロットはデックスに抱かれていたときは頭の位置など気にしていなかったが、今は頭を起こしていた。そして頭をまわして自分を抱いているのが誰か見たとたん、死んだように静かになった。

モスキャップも同じようにぴくりとも動かなかった。ただ、頭のなかで興奮したような機械音がぶんぶんうなっていた。

ロボットと赤ん坊は目を丸くし、口をぽかんと開けて、びっくり仰天したように見つめあっていた。一瞬ののち、シャーロットは手をのばし、ぽっちゃりした指でモスキャップの顔にさわった。

「うわ！」モスキャップは驚いて言った。「こんにちは！」

本人にしかわからない理由で、シャーロットはこのしゃべる機械をおもしろいと思ったらしく、くすくす笑いながら、金属のプレートをもうちょっと強くたたいた。

デックスの母親が笑った。「この子はあんたを気に入ったようだね」

「どうしてわかるんですか？」モスキャップが訊く。

シャーロットがまたくすくす笑った。

「ああ、わかりました」この新たな行動に注目して、モスキャップは興奮したようにささやいた。「ええ、ワタシもアナタが好きですよ」

母親がデックスの目を見た。「ちょっとのあいだ、この子をあんたたちにまかせていいかい？　キッチンが大忙しなんだよ」

デックスは感謝の眼差《まなざ》しを向けた。ふたたび家族の大騒ぎに巻きこまれる前にちょっとすわってひと息つきたいと思っていることを、母親は知っているのだ。「うん、わたしたちはここにいるほうがいい」笑みを浮かべて言う。

母親はうなずいた。「よし、怪物さんたち」一度手をたたいて子どもたちの注意を惹《ひ》く。「洗わなきゃならないジャガイモがたんとあるんだよ。さあ、行くよ」

抗議の声がいくつかあがったが、子どもたちはデックスの母親について家にはいり、デックスたちは平穏にあとに残された。

「ああ……すごい」モスキャップは押し殺した声で言った。驚嘆を隠そうともせずにシャーロットを頭からつま先まで見つめている。シャーロットはくすくす笑いつづけていたが、やがて一瞬笑いがとぎれたかと思うと、足を蹴りたててむずかりはじめた。モスキャップはうろたえた。「ワタシは何かしたんでしょうか?」

「何もしてないよ。赤ちゃんってのは何かほしいときにああなるの」

「シャーロットは何をほしがってるんでしょう?」

デックスは赤ん坊が宙に蹴りたてているぽっちゃりした足を見つめた。「下に下ろしてほしいんだと思う」

モスキャップはデックスを見た。「はっきりわかっているわけじゃないんですね?」

「うん、この子は話せないからね。推測するしかないのよ」

「アナタの推測が間違っていたらどうなるんですか?」

「シャーロットが泣いて、わたしたちはほかの手をためすことになる」

モスキャップは細心の注意をはらってしゃがみこみ、シャーロットを足から先にデッキに立たせようとした。

「あ、危ない」デックスは手を出して支えた。「この子は小さくてまだひとりでは立てないの。腹這《はらば》いに下ろしてやって、両手も床につくようにして」

「ああ」ロボットは両手の角度を調整して、ガラス製品をあつかうような手つきで赤ん坊を床に下ろした。ゆっくりゆっくりと、赤ん坊から手を離す。

と、すぐさまシャーロットはむずかるのをやめた。うれしそうな声を漏らし、這い這いで前進しはじめた。

モスキャップは驚きの笑い声をあげた。「這っていますよ！」

「そう」デックスはあっさりと言い、おもしろがるように両眉を上げた。「赤ちゃんは這うものなの」

「人間の赤ちゃんはすべてこれをするんですか？」

「ふつうなら、そうよ」

モスキャップは赤ん坊を指さした。「アナタも、こうしたんですか？」

「そう聞いてる」

「覚えていないんですか？」

デックスは笑った。「赤ちゃんについての本を読んだほうがいいと思う。わたしたちは生まれてから最初の数年のことは覚えてないのよ」

モスキャップは考えた。「どうして覚えてないんですか？」

「それは……」デックスは口ごもった。「わからない。わたしたちの脳は……そういうことを保存しないの。それが物理的にできないからなのかどうかは……わからないけど」家を指さす。「なかにいる誰かに訊いてみるといい」

モスキャップは、シャーロットが特にどこに向かうでもなくデッキを這いまわるのをじっと見つめていた。「アナタはもうこんなふうにはできないんでしょうね？」

デックスの眉の片方がぐいと高く上がった。「あなたはわたしが這うのを見たことがある、モスキャップ？」

「いいえ。でも、這うことができるんですか？」

「ああ、そりゃできるよ」

モスキャップはぎらぎらと輝く眼でデックスを見た。「やってくれますか？」

「え、今？　いやだよ」

ロボットはこの返事にちょっとがっかりしたようだったが、無理じいはしなかった。デッキに腰を下ろし、あちこちを探検しているように見える赤ん坊を見つめる。「アナタの言っていることが本当なら……彼女はワタシのことを記憶しないんですね。この瞬間を記憶しないんですね」

「残念ながらそうだね。でもこの子がもっと大きくなったら、わたしたちが話すよ」

モスキャップの声にがっかりした響きが混じる。「とても悲しいです。これはワタシにとってはとても大事なことなのに」

「そうだ」デックスはポケットに手を入れ、ポケット・コンピュータを取り出した。「シャーロットをまた抱いてちょうだい。あなたたちの写真を撮るよ、いつかこの子に見せられるように」

「ああ、それはいい考えです」モスキャップはシャーロットのほうに手をのばしたところで、動きを止めた。「彼女はまた抱き上げてもらいたいでしょうか？」

「やってみればわかる」デックスは言った。

シャーロットはいやがらなかった。今度もモスキャップの顔に手をのばし、輝くレンズをつかもうとした。

「必ず彼女に一枚わたしてくれますね？」むっちりした指に眼をたたかれるのをまったく意に介さず、モスキャップは確認した。「彼女の記憶ができはじめたときに、ワタシとすでに友だちだったとわかるように」

デックスはにっこりした。「そうするよ」コンピュータのカメラのスイッチを入れ、レンズを向ける。「必ずそうする」

すべての家が共同で使っている花いっぱいの庭に、大きな木のテーブルが四つ置かれている。こういう収穫期のはじめの夕べに、デックスは何度もこのテーブルについていた。だからそうした席で、食べ物も人も限度いっぱいまでテーブルに並ぶことには慣れていた。慣れていないのは、話題がひとつしかないことと、自分が会話の中心にいることだった。悪いことではなかったが、奇妙な気分で、スポットライトを浴びてどうすればいいかわからなかっていた。そういうのはいつもの役まわりではなく、もはや自分の立ち位置に確信がもてなくなった。

それを除けば、ディナーはほぼ完璧と言えた。上着が必要ないほど暖かかったが、一日の終わりのさわやかさのおかげで心地よかった。食べ物はいつものようにとんでもない量が出ていた。最近殺された動物はいっさいなく、テーブルに並んでいるものはすべて地面か木から採れたもので、その結果、葉や果汁や種だらけの食べ物が画家のパレットのようなカラフルさで並べられている。デックスは食べ物の一部をモスキャップに分けてからふたたび自分の皿にもどすという技を家族に披露し、全員を喜ばせた――特に、お客の皿を空にしておくことに我慢できないデックスの両親を。

食事が終わりに近づいたころ、モスキャップが仕事をはじめた。テーブルからテーブル、椅子から椅子へとまわっていき、全員に例の質問をしていった。ロボットはすでに人々の答えをポケット・コンピュータに記録するという習慣を身につけており、まさにそれをしていた。真剣に耳を傾けて熱心に入力し、世界じゅうをまわる記者のような眼であたりを見ていた。

モスキャップがこういうモードにはいると、もう助けはいらないと経験からわかっているので、デックスは食べ終えるとすぐ、しばらくは騒ぎから離れてなじみのある場所にいたいという思いに従った。氷が詰まったバケットからビールのボトルを二本つかみ、同じように片隅が好きなもうひとりのほうにぶらぶらと歩いていく――父親のところに。父親は手すりに両腕をかけて手を組み合わせるという独特のポーズをとって、薄闇のなかで明滅しているホタルを見ていた。

「もう一本どう？」デックスはボトルの片方を掲げてみせた。

「おまえが加わってくれたらね」父親はビールを受け取ってデックスのボトルとカチリと合わせ、もとの姿勢にもどった。デックスの肩に愛情のこもった気安さで腕をまわす。ふたりは何も言わずにビールを飲んだ。そうしているのがとても心地よかった。

「フェンスを直したんだね」しばらくして、デックスは言った。

「ああ」父親は言った。「二、三週間前におれとジャスパーで修理したんだ。そんなに見苦しくはないだろう？」

「うん、きれいに見えたよ」

父親はビールを飲み、感謝するようにため息をついた。「おれたちのために時間を作ってくれてうれしいよ。おまえがやってるのがたいしたことだとわかってるよ」

「うん、そうだよ。まるで世界じゅうで父さん以外の全員にモスキャップを会わせたみたいな言いようだね」

「ロボットに会うのはどうでもいいんだ、おばかさん」そう言ってから、父親は考え直した。「いやまあ、ロボットに会うのはたしかにいいことだ。でもおまえが帰ってきてくれてうれしいよ」

当のロボットはその少しあとに巡回を終え、ポケット・コンピュータを肩掛けかばんにしまった。今夜の仕事は終わったというしるしだ。「お邪魔でしょうか？」一メートルほど離れたところで足を止めて訊く。

「とんでもない」デックスの父親が言う。「だがあんたにビールを勧めることはできないんだな？」

「できますよ」モスキャップが言った。「ですがワタシがそれを飲むことはできません」

「あんたの内側にいいとは思えないからね」

「ああ、ワタシの内側は気にしません」モスキャップは籐椅《とうい》子《す》に腰を下ろした。「ワタシは防水ですから」

「本当に？」デックスの父親はおもしろがるように両眉を上げた。「それは便利だ」

モスキャップのレンズが収縮し、ロボットは笑いを爆発させた。

「何？」デックスは言った。

ロボットはうれしそうに指さし、デックスに言った。「アナタがた、同じことをしています。その眉毛です。それをするとき、アナタがたはそっくりです。アハハ！」胸の前で両手を組む。「遺伝とは本当に楽しいものですね」

デックスと父親は顔を見合わせ、笑いだした。「デックスには常々、おれには楽しい遺伝子があるって言ってきたんだ」ボトルでデックスを指しながら、冗談口をたたく。「ようやくそれを評価してくれる者が来てくれたとはすばらしい」デックスとモスキャップをかわるがわる見て温かい笑みを浮かべ、首を振る。「おまえたちが出会ったなんて、本当に信じられないよ」もうひと口ビールを飲み、デックスを見る。「本当に〈境界地帯〉に行ってキャンプをしたのか？」

原則として、デックスはうそをつくのが好きではない。助けを必要としているごくわずかな人々以外にうそをつく人がいるとは思ってもいなかった。だが、口のなかによくない味が残ると知っているのに、どうしようもなくあっさりとうそが口をついて出てきた。「まあね」デックスは畑地のほうに目をそらした。「そう、ふた晩ほどハイウェイをそれてひと休みする必要があっただけ」

これを聞いてモスキャップのレンズがきょときょと揺れた。

デックスの父、ときおりテントでひとりきりで夜をすごす価値を知る男は、わかったというようにうなずいた。「近所の人たちからおまえについてとんでもなくイカれたひどいことを聞かされたよ。みんなは、おまえがはるばるアントラーズ山脈だかどこだかまで行ったと思ってるんだ」笑い声をあげる。「市場でおまえのうわさをあれこれ聞くなんて、実に奇妙なものだよ、わが子よ」

モスキャップがこちらを見つめている。無言の問いかけをデックスは感じていた。そしてそれを無視した。「ああ、うん、うわさってどんなものか知ってるでしょ」肩をすくめて、いかにも何げなさそうにビールを飲んだ。

デックスの父親も同じようにぐいとビールを飲み、モスキャップに目を向けた。「じゃあな！　明日はシティに行くのか？」

「その予定です」モスキャップが言った。

「パレードが開かれるっていうのは本当なのか?」

「え」デックスはゆっくりと言った。「わたしは知らないけど」ああ神々よ、まさかそんなことを?

「ふうむ。そういう話を聞いたぞ、だがまあ……本当のことなんぞ誰にわかる?」父親は肩をすくめ、またモスキャップに目をもどした。「で、そのあとは何を?」

モスキャップは首をかしげた。「はい?」

モスキャップはこの質問に不意を衝《つ》かれたのだとデックスにはわかっていたが、父親はモスキャップが聞いていなかったと受け止めた。「シティに行ったら、次は何をするのかね?」礼儀正しく質問をくりかえし、デックスにうなずいてみせた。「デックスがあんたをまた家に連れてくるのかい、それともあんたとは別れるのかい?」

「ああ」モスキャップはしばらく間を置いた。「実をいうと、まだ……デックスとは相談していません」

「なりゆきにまかせようと思ってたの」親指の爪でボトルのラベルをつつきながら、デックスは言った。「シティにいつまで滞在するかもわからないし……」言葉がとぎれる。

「最後にシティに行ったのはいつのことだ?」父親がたずねる。

「ええと……」デックスは思い出そうとした。「一年ぐらい前かな」

「友だちと会ったりするんじゃないのか?」

「わからない。きっといろんな人に会うと思うけど、わたしたちはすごく忙しいの。わかるよね？」

「シティではお茶を淹《い》れるのか？」

それもまた、答えたくない質問だったが、こちらは正直にかわすことができた。「ううん、お茶は淹れてない、ええと」――モスキャップを指す――「モスキャップと出会ってから」

父親は少し驚いたように目をぱちくりさせた。「全然かい？　てっきり立ち寄る先々でお茶を淹れてると思ってたよ」

「いや、わたしたちはその……さっきも言ったように、忙しかったから」デックスはもうひと口ビールを飲み、ホタルに注意を向けつづけた。

デックスが驚いたことに、モスキャップがこの機をとらえてすばやく割ってはいってきた。

「シブリング・デックスはすばらしいガイドでした。とてもたくさんの時間をかけて、アナタがたの社会がどのように機能しているかを教えてくれました。ワタシが理解していないことがたくさんありました。今もまだ理解していないことがたくさんあります。デックスがいなかったらワタシはどうなっていたかわかりません」

デックスの父親は世界じゅうの愛とぬくもりを集めたような目でデックスを見た。手をのばして、髪の毛をくしゃくしゃとかきまぜた。デックスが小さかったころによくしていたように。

「うわ、やめて」デックスははにかんだ笑みを浮かべた。

「おまえがやっているのは驚くべきことだよ。おれたちは心からおまえを誇りに思ってる」父親は真面目な口調で言い、それからボトルをモスキャップのほうに向けた。「ああ、それで思い出した。訊きたいことがあったんだ」

「もちろんです、ミスター・テオ。どうぞ何でも訊いてください」

デックスの父親は考えこむような目でロボットを見つめた。「おれはあんたに、あんたの質問をしたいんだ」

モスキャップのレンズが開いて、閉じた。一度だけ。「どういう意味ですか?」

「ロボットには何が必要なのか?」デックスの父親は言った。目の前のロボットは黙りこんでいたので、さらに言葉を続けた。「おれたちは――おれの家族という意味だが――ここで必要だと思うものはすべてもっている。なかなかいい暮らしだ。さっきも言ったように、おれたちに不足しているものはない。だがよい住民であるということは、土地や空気や水を分け合っているほかの人々にも何も不足がないようにはからうというに尽きるんだ。で……あんたのお仲間たちには何が必要なのかね? あんたたちは無事にやってるのかね?」

「ワタシたちは人間ではありません。ですが……」モスキャップは目に見えて途方に暮れ、虚空を見つめていた。「こ……これまでこんなことを考えたことはありませんでした。ええ、ワタシたちは……ワタシたちは無事にやっています。物質的にはバッテリー以外に必要なものはありませんし、それは自分で作ることができます。部品も新しい世代を作りつづけるのにじゅうぶんな量があります、今しばらくのあいだは」

「しばらくのあいだ？」デックスの父親はオウム返しに言った。「いつまでだ？」

「わかりません」モスキャップは言った。

デックスの父親は顔をしかめた。「リサイクルする材料が尽きたらどうなるんだ？」

「そうなったらワタシたちは、いわゆる絶滅をすることになります。すべてがそうなるのと同じように。人間もいつかそうなります、それと同じです。ほかの生き物で自分たちの子孫がいつ終わりを迎えるか知っているものはいません、ですからワタシたちもわざわざそれを計算したりはしません。そんなことをするのは利益よりも害のほうが多いとワタシは考えています」

この答えにデックスの父親は目に見えて驚いていた。モスキャップがこの手の発言をしたときにほとんどの人がなるように、ぽかんとした顔をしていた。「それじゃ……」ちょっと間を置いて、会話の足がかりを再建する。「あんたたちは、最低限必要なものはすべてあるということだな。ここのおれたちと同じように」

「基本的には、そうです」

「それを聞けてうれしいよ。だがあんたはおれたちにずっとその質問をしてまわってる。おれたちに最低限必要なものはすべてあることを知っていてもね。だから訊くんだ、あんたに必要なものは何なんだ、モスキャップ？　あんた個人に訊いてるんだ」

モスキャップがこれに答えようと苦闘するようすを、デックスは見守った。ロボットの頭は蹴り飛ばされたハチの巣のようにやかましい音をたてていた。「こんなことを言うとばかげていると思われるのはわかっていますが、ワタシはこれまでそんなことを考えたことはなかったんです。ワタシは……その問いへの答えをもっていません。すみませんが、わからないんです」

デックスの父親は、特に気にしたようすもなく、肩をすくめた。「まあ、いつかそれがわかったら、ぜひともそれが何か教えてもらいたいものだ。だがあんたたちが大自然の世界で無事にすごしてると聞けてうれしいよ」そうにこやかに言ってビールを飲み、ふたたび手すりに寄りかかって満足げな姿勢にもどった。

デックスも同じことをしようとした。はた目にはそうしているように見えたはずだ。外見的にはさっきとなんら変わったところはないはずだった。だが心の内側で、何かがとぐろを巻きはじめていた。横に立っている善人をどれほど愛していようとも、心の一部はハイウェイをたどる旅にもどりたいと願っていた。

6　まわり道

ここは楽に進める道のはずだった。〈灌木地帯《かんぼく》〉の村々からシティまではまっすぐで、そのあいだの道路も平坦だ。大きな丘もなく、険しい難所もなく、道中キャンプをする必要もない。ここから半日ペダルをこげば着く。そして着いた先には、以前デックスをシティに引き寄せたいろんなお楽しみがある——レストランや美術館、画廊や屋上庭園、垂直式森林、地下農場、雲に届きそうな高架庭園、ビルにペイントされたアート作品、それ自体がアート作品であるビル、音楽や劇場や見世物やライトやいろんなアイディアや色彩、散歩に向いた街路——何度歩いたとしてもけっして同じではない街路が。モスキャップがシティをとても気に入ることはわかっていた。いっしょに行きたい場所がたくさんあった。考えると汗ばんでくるほどスケジュールがたてこんできていたが、モスキャップにとって大学や図書館や修道院——過去を理解し未来を形づくることに生涯をかけている人々が集う場所すべて——を訪ねることが大事なのだ。シティはパンガの神経中枢で、世界じゅうにめぐらされているすべての糸が編みあわされている中心だ。その目的のためにはこれ以上にいい場所はない。

だがそれでも。オックスバイクのペダルを踏むたびに、大自然のなかで石油製の道路を苦労しながら進んでいたときに似た困難さを感じていた。肉体的に疲れているというわけではない。たっぷり休んでたっぷり食べており、調子はよかった。だが、身体が前に進む一方、中身すべてがうしろにひっぱられるようで、時間がたつにつれ、無言の格闘はどんどん激しくなってきていた。

モスキャップは珍しく黙って横を歩いていた。デックスもちょっとしたおしゃべりをする気分ではなかった。モスキャップとのあいだの空気はすでにじゅうぶん重苦しく、羽虫や得体の知れない生物たちで充満していた。その感情は先に進むにつれ重たくなっていき、その重みはもはや耐えがたいほどになっていたが、どうすればそれを打ち破れるのかわからなかった。

最終的にその壁を打ち破ったのはロボットだった。モスキャップは道路の真ん中で立ち止まった。そこはクリーム色の舗装道路をまたぐ二本のアーチ形の野生動物用通路にはさまれた日当たりのいい場所だった。「シブリング・デックス、このあたりに砂浜があるでしょうか」だしぬけにモスキャップは言った。「今時分はマーブルヘッドの産卵期真っ盛りだと思い出したんです。マーブルヘッドはまだ見たことがない種類のカメで、パンガのこのあたりの固有種なんです、そして……ただちょっと思っただけなんですが」

デックスはバイクを止め、足を地面に下ろして振り返った。わずかな距離を隔てて、モスキャップと見つめあう。目と眼を合わせて、揺るぎなくしっかりと。「それは……今行きたいということ？」ゆっくりと訊く。

「その……」モスキャップは肩掛けかばんのストラップをいじくった。たくさんの中身がぶつかりあって音をたてる。「そのカメたちが出てくるのはモタンが満惑星で出ているときだけで、その日が今日なんです。だから……ワタシたちは今日の午後にシティに着く予定だというのはわかっているんですが、一日ぐらい遅れてもたいしたちがいはないんじゃないかと……」ロボットは調節する必要のない肩掛けかばんのストラップの留め金をいじくった。

デックスは考えた。そしてさらに考えた。こんなのはばかげている。でも同時に、揺るぎない欲求がわきあがってきていた。名前をつけることができず、理屈にも合わない反逆的な磁力のようなもの、何か月も前にハイウェイを下りて大自然のなかに出ていったときに感じたのと同じ力が。反論しようとしかけた衝動をすべて圧殺し、デックスはバイクをまわしてワゴンを正反対の方向に向けた。「クラウド・ビーチまでは十キロたらずだよ。毎年みんなカメを見にそこへ行くの。ちょっとしたお祭り騒ぎで――もちろん音楽はかけないけど、食べ物を持ち寄って、子どもたちもいっぱい連れて――」

「ワタシは――もっと静かな、人のいない場所を考えていたんですが」肩掛けかばんのストラップはモスキャップの手のなかでらせん状になっていた。「わかるでしょう――ときおり自分とカメのほかには誰もいないひとときがほしくなるんです」眼が大きく見開かれ、突き刺すようにまばゆく光った。「今日は人間を見たいとは思いません、シブリング・デックス。アナタ以外は、という意味ですが」

モスキャップは路面を見下ろし、デックスは目をそらした。これ以上ロボットに不快な思いをさせたくなかった。そしてさらに考え、とうとう言った。「知ってる場所がある。もうずいぶん長いこと行ってないし、そこまで行くのも大変だし、誰もいないとは言いきれないし……」振り返る。「かなり長い道のりになるけど」

最後の言葉は問いかけだった。モスキャップはうなずいて同意した。「かまいません。アナタがいいのなら」

「わかった」デックスは言い、バイクにまたがった。「よし、行こう」


デックスの知っている場所に名前はなかった。そこに向かう道路には標識もなく、修繕もほとんどされておらず、そこより先の道はほとんど残っていなかった。そこは十代の若者が二、三人の友だちとまだ許されていないワインのボトルを持って、朝になったら後悔するようなさまざまな経験をしようともくろんで行くような場所だ。のび放題のイバラが通り道にまでしゃしゃり出て、デックスの腕をひっかき、ワゴンが通ったあとに跳ね返る。この不愉快な障壁を通りすぎた先に、モスキャップが求めたとおりの砂浜があった。砂浜であるというだけで、特別なものは何もない。誰にも顧《かえり》みられない小さな浜には、ずいぶん前に打ち上げられた海藻や脱ぎ棄《す》てられた貝殻が散乱していた。砂浜は汚されてはいなかったが、過度に美しい景色でもなかった。そこはただ、陸と海が出会う場所だ。言えるのはそれだけだった。

デックスがワゴンを停めているあいだに、モスキャップはこの場所を観察していた。「はい」寄せては返す波をじっと見ながら、ほっとしたような声で言った。「ええ、ここなら完璧です」

デックスはモスキャップと力を合わせてワゴンを砂浜に押し出し、安全な停車場所まで運んだ。そしていっさい言葉を交わすことなく、これまでに何度となくやっていたのと同じように、キャンプの用意をはじめた。デックスがすべての車輪をロックする一方で、モスキャップがワゴンの外側にキッチンを広げる。デックスが椅子を出し、モスキャップが火を起こしにかかる。いや、モスキャップは火を起こそうとしたが、その途中で動きを止めた。火起こしドラム缶の前で、バイオガスタンクに接続されていないコードを手から垂らし、動きを止めたまま立っていた。

「どうかしたの？」デックスが訊く。

モスキャップはデックスを見た。「焚火《たきび》をしたいんです。これを使いたくありません」

「どうして？」

「ワタシはただ……とにかくいやなんです！」モスキャップの声にはいらだちと短気がにじんでいて、いつものモスキャップというよりは農場の子どもたちのようだった。

デックスは両手をポケットに入れた。「薪なんてないよ」

モスキャップは手を広げて周囲に広がる浜を示した。「きっと流木があります。でなければ、崖の下に枯れ枝が」

デックスは肩をすくめた。「わかった。木を探しにいこう」

それから何時間か、デックスとモスキャップは海岸を特に急ぐでもなくぶらぶらと行きつもどりつして、燃えそうなものを探してすごした。どちらも、流木の下に隠れていたカニがあわてて逃げていくのをじっと見守り、邪魔をしたことをわびた。モスキャップは完璧な状態のきらきら輝く巻き貝の殻を見つけたが、何の家にもなれない肩掛けかばんに入れるよりも、その場に残すことを選んだ。

夕暮れどきには、必要量をはるかに超える大きな焚きつけの山ができていた。ワゴンのパントリーにはデックスの実家の農場からのふんだんなお土産がぎっしりと詰まっており、モスキャップがうれしそうに焚きつけの枝を燃えやすい円錐《えんすい》形に組んでいるあいだに、デックスは慎重に夕べのごちそうを選んだ。

「必要な量よりもずっとたくさんあります」枝を組みながら、モスキャップは言った。「これを全部一度に燃やすのはばかげてるんでしょうね」

デックスは野菜を串刺し用の大きさに切りながら、うなずいた。「とりあえずふつうの焚火をして。残りは明日使えばいい」

この瞬間まで、明日何をするかについて、どちらも何も口にしていなかった。デックスは今の発言に何も付け足すことはなく、モスキャップはずっとそういう計画だったというようにうなずいた。いっさい論議されることもなく、合意が形成された。

焚火が起こると、デックスは野菜の串刺しと母親の手製の草ニワトリのソーセージを持ってきて火にかけた。グリル網なしで焼くやり方をモスキャップに教え、星が出るころにはおいしく味わった。

カメは一匹もあらわれなかったが、モスキャップもデックスもいっこうに気にしなかった。

翌日、デックスは泳ぎに出た。モスキャップも波打ち際まで出ていき、三メートルほど下がった砂浜に腰を下ろして、カニたちと充実した時間をすごした。デックスは泳いだあと日向《ひなた》ぼっこをして、そのうちにうとうととまどろみはじめた。うたた寝をしているあいだにどこに行っていたかはわからなかったが、ロボットは夕方にはもどってきて焚火を起こし、ソーセージをあぶって、熾火《おきび》が真っ黒な炭になるまでつついていた。

三日目、デックスは凧《たこ》があることを思い出した。ある年にふとした思いつきで手に入れ、ほんの数日で忘れ去った凧が、戸棚のひとつの奥にしまいこまれていた。モスキャップに凧のあげ方を教え、目には見えないが上空に気流があることをいっしょに発見した。堅実に流れていた風は午後三時ごろには役に立たない微風になったが、そうなるとデックスたちは磯《いそ》だまりに行き、ウミウシに驚嘆したり、イソギンチャクを敬意をもって指でつついたりした。

四日目、モスキャップが本を読みながら何度も大笑いした。何がそんなにおかしいのとデックスが訊くたびに、モスキャップは散歩したりすわったり砂浜に寝ころがったりしているデックスの横で声に出して読み上げた。風刺文学はデックスの得意とするところではなかったが、デックスもいっしょに笑い、落ちにいたるまでの口上を楽しんだ。

その日の夕方、モスキャップはまた焚火を起こした。「これが最後の薪です」

これを聞いて、デックスはニンジンを切っていた包丁を宙に浮かせて動きを止めた。「ああ。そうなんだ」

そのあと、どちらも何も言わなかった。共に火のそばの椅子に腰かけ、ほとんど口をきかずに調理した。デックスは食べ、モスキャップはすわって、日が沈みはじめたのを見守った。それ以外に何もすることはなかった。

「何か話したいことはある？」デックスが言った。

モスキャップはしばらくのあいだ何も言わなかった。「どうしてお父さんにうそをついたんですか？」ついにそう訊いた。

デックスは目を閉じて、その日に吸った空気をすべて吐き出した。「それは今話しあうべきことなのかな」

「ワ、タ、シが話しあいたいのはそのことです。そしてアナタが訊いてくれたんです」

「たしかに」実際、モスキャップがもっと早くこのことを切り出さなかったことに、デックスは驚いていた。「それは……父に――というか家族の誰にも――わたしのことで心配をかけたくなかったからだよ」

「その人たちはなぜ心配するんでしょう？」モスキャップは言った。「アナタが今、目の前で無事でいるのに、なぜすでにすぎ去ったことについて心配するんでしょう？」

「わたしが大自然に出ていった理由を話したら、みんな心配すると思う」デックスは落ち着かないようすでもぞもぞした。「人に言えないこともあるんだよ」

「はい、ですが……」モスキャップの頭がぶんぶんとうなった。「アナタはワ、タ、シにいろいろと悩みごとを話してくれますが、ワタシたちは知りあってまだほんの数か月です。アナタがたは社会的な種《しゅ》で、これはアナタの家族集団内の問題です。そういう関係性が複雑であることは理解していますが、アナタと家族の人たちのあいだに不和や悪意があるようには見えませんでした。あの人たちはアナタに自分たちの問題を話していましたが、アナタはなぜ同じことをしないんですか？」

「わたしはただ……」デックスはため息をついた。「みんななんでも心配するの——わたしがひとりで旅していることも、家で起きてるあらゆることも。あなたも見たでしょ。いつも何かしら起こってる。わたしがややこしいたわごとなんか口にしなければみんなが気分よくいられるというんなら、喜んでそうしたいと思う」

「でも、それならあの人たちはアナタにとって何なんです？　ワタシにはその考えは相互的なものとは思えません」ロボットは首を振った。「あの人たちに心を開いて秘密を打ち明けろと言っているのではありません、でもワタシはアナタがワタシ以外の誰かに心を開いたのを見たことがありません」

「お茶を淹《い》れてるときは心を開けるの」デックスは言った。「相手がわたしに打ち明け話をしてくれたら、こっちも打ち明け話ができるかもしれない。わたしたちはそれほどちがわないと思えるから」

「それはまったく同じではありません。いまだにアナタがあの人たちに何かをもたらしているという体《てい》のもとにあるんですね」

「うん、でもそこからわたしが得るものもあるんだよ。喫茶奉仕っていうのは本当に親密な行為でね、自宅で茶葉をブレンドしてお客に郵送するのとは全然ちがう。顔を見て、話をして、それをギブアンドテイクだと感じる――わたしにはそれが重要なの。本当に」

「でもアナタはもはや喫茶奉仕をやりたくないんですよね」

「そんなことは言ってない」

「ワタシたちの旅でのアナタの身の処し方すべてがそう言っています。アナタは喫茶奉仕をしたくない、でもやらなければならないと感じていると。間違っていますか？」

デックスは鼻のつけ根をこすった。「間違ってない」

「アナタが最後に喫茶奉仕を心から楽しいと思ったのはいつですか、シブリング・デックス？」

太陽は地平線の上の細いすじになってしまい、デックスはできるかぎり目を凝らしてそれを見つめた。「あなたがわたしのためにお茶を淹れてくれたとき」静かに言った。「あの修道院で。あれで感じたの……ほかの人たちに感じてもらいたいと思っていたことを。それがそもそもこの仕事をやりたいと思った理由だったように思えたの」膝のあいだで手を組み、その手をじっと見つめる。「あそこにいたときにあなたが言ったことを覚えてる？　使命をもつ生物なんていない、と言ったことを。生き物はすべてただ存在しているだけで許されていて、わたしたちはそれ以上のことをする必要がないという話を」

モスキャップはうなずいた。「ええ、覚えています」

デックスは唇をぎゅっと結んだ。「それはわたしの信仰する教えの核心だよ、モスキャップ。わたしはテーブルに来てくれる人すべてにそう言っていた、声高にそう言っていた、ずっとね。疲れた理由なんかなくてもいい。休息や安らぎを勝ち取る必要はない。あなたはただそこにいるだけでいいんだよって。どこに行ってもそう言ってた」手をワゴンのほうに向ける。木製の側面に夏グマの紋章が描かれていた。「わたしの家の側面にもそれが描かれてる！　でもそれが本当だとは思えない。ほかのみんなにとっては本当のように思えるけど、わたしにはそうじゃないの。自分はそれ以上のことをしなければならないように感じてしまう。それ以上のことをする責任があるように」

「なぜですか？」

「わたしには得意なことがあるから。わたしはほかの人々を助けることが得意なの。それをするために本当に一生懸命に働いて、それをしているあいだはその働きと愛情から利益を得ていた。わたしがそれをできるのは、わたしがそれをできる世界をほかのみんなが作ってくれたから。もしわたしが『何もかもありがとう、でもわたしはこれから森のなかへ逃げていきます』って言ったら、それはフェアと言える？　わたしはそういうのには耐えられないの。もしそれをやったら、わたしはただのヒルになっちゃうから」

モスキャップは困惑顔になった。「ヒルになってはいけないんですか？」

「わたしが言ってる意味はわかるでしょ」

「わかりません」モスキャップは言った。

デックスはため息をついた。「ヒルというのは受け取るだけで何も返さない人のことよ。比喩なの」

モスキャップはそれについて考えた。「動物の下位区分分類を見苦しいと思われる習性の比喩に使うのはあまりいいこととは思えません」

デックスはあきれたように両手を投げ上げた。「まあ、わたしたちはそれをやってるよね、しょっちゅう」

「それにそれは正確な比喩ですらありません」モスキャップは続ける。「アナタがたはヒルであるという体験ではなく、人間とヒルとの関係を基に雑な比喩を作っています。ヒルだってほかの動物と同じように生態系に必要不可欠な一部なんです」

「ああ、神々よ」デックスは両手のひらで顔をこすった。

「アナタがたはそれと同じ比喩の手法で寄生虫という言葉を使うことはありますか？」

「ある！」デックスは叫んだ。「わたしは使う！」

モスキャップはデックスに非難の視線を向けた。「どんな寄生虫も大事な価値があるんですよ、シブリング・デックス。おそらく宿主にとってはありがたくないでしょうが、捕食獣と獲物の動物についても同じことが言えます。彼らもみなお返しをしているんです――個々にではなく、生態系全体に。ハチはとんでもなく重要な花粉媒介昆虫です。鳥や魚は吸血動物を食べてくれます」

「そういうのを聞くと頭が痛くなる。それにそういうことは、わたしが言ってることと何の関係もないよね。わたしはわたしとほかの人たちとの関係について話をしてるの、魚と吸血動物の関係じゃなくて」

「問題はアナタの比喩です」とモスキャップ。

「わかった、もう二度とその比喩は使わない」デックスは枝を取り上げ、いらだたしげに焚火をつついた。

モスキャップは問題追及をやめ、自分も枝を取り上げた。「その問題はアナタひとりだけのことではありません」赤く燃えている木をつついて樹皮をはがす。「〝使命〟というのはワタシの質問に返されるもっとも多い答えのひとつです」視線を落としてため息をつく。「ワタシはアナタが正しいのではないかと心配になってきています」

「何のこと？」

「ワタシの質問のことです。はじめて出会ったとき、アナタが言ったんです――それは答えることができない問いだ、と」

「今でもそう思ってるよ」

モスキャップは真剣にデックスを見つめた。「それならなぜ、ワタシといっしょに来るんですか？」

「その質問のためにあなたといっしょにいるわけじゃない」デックスは自嘲ぎみに答えた。

ロボットは火をつつきながら、その言葉を受け止めた。「最初にワタシが人間との接触を志願したとき、ワタシたちはみな、これは非常にいい質問だと考えていました。ロボットがアナタがたの社会から去ってから、アナタがたが環境を救うのにちゃんと間に合うように正しいことをできているのか、ワタシたちは知りたかったのです。たしかに、アナタがたが行動を改善していたことは知っていました。ワタシたちが立ち去ったとき、アナタがたは絶滅の危機に瀕《ひん》していましたが、明らかに絶滅はしていませんでした。アナタがたの集落には夜には明かりが灯《とも》っています――〈境界地帯〉にいても、ちゃんと見えるんですよ。それからもちろん、人工衛星もです。あれはアナタがたのメンテナンスなしに飛びつづけることはできません。アナタがたがまだここにいることはわかっていたし、環境が以前よりもよくなっていることもわかっていました。それはワタシだけでわかることではなく、前の世代のロボットたちが川がきれいになっていくのを見守っていたんです。彼らは木がふたたび育ってくるのも見ていました。ワタシたちの種族は世界が癒えていくのを見ていましたが、アナタがたがどれほど癒えたのかはわかりませんでした。ワタシがここで何を見ることになるかは、誰にもわかりませんでした。とりわけワタシには。そういうわけで、非常に気の利いた導入質問だと思えたのです――アナタは何を必要としていますか？」

「あなたたちはそれが根本的なものだと考えていたのね」デックスは言った。「たとえば……わたしたちに必要なのは食べ物とか。住む場所とか、もっと進んだテクノロジーとか、そういったものだと」

「まあ、そうです。ですが、アナタといっしょに行った場所で、そういう必要が満たされていないところはひとつもありませんでした。そして健康で長生きしたいという以上の答えが出るときは……」

「複雑なものになる？」

モスキャップは疲れたような顔で、うなずいた。「ワタシが受け取った答えはすべて、ふたつの領域のどちらかでした。どれも、どちらかひとつでした」金属の指で強調する仕草をする。「最初の領域はきわめて具体的なものです。『自転車を修理する必要があるんだ、この荷物をよその村に届けるためにね』『次に川が氾濫《はんらん》したときのために備えを強化する必要がある』『うちの犬を見つける必要がある』そういった答えです。その人だけの非常に個人的なものか、共同体のなかでのもう少し広汎なものです。ですがどれもこれも、具体的で単発性のものです」

「そうだね。で、もうひとつの領域っていうのは？」

「第二の領域は深遠で難解なものです。哲学的なものです。〝使命〟とか〝冒険〟、〝友好〟といった答えでした。その人が人生に満足感を得るための広汎な要求です。それが欠けているので探していると答える人々もいましたが、ほかの人々はすでにそれをもっていました。その人たちはワタシの質問を、必要だが満たされていない欲求ではなく、人生でそれがないと望ましくない要素を訊かれていると解釈したんです。最初、ワタシはこんなことは考えていませんでした。ワタシの質問に答えるためには、満たされていない欲求がなくてはならない――そうなのでしょうか？」

デックスは息をついて首を振った。「ああ、モスキャップ。わたしにはまったく、見当もつかない」

「ワタシもです、そしてまさにこれなのです。ワタシはこれがもっとも厄介な問題だと考えていました——あの晩あなたの父親と話をしてワタシが必要とするものは何かと訊かれるまでは」モスキャップは枝を落とし、デックスに顔を向けた。「シブリング・デックス、ワタシにはわかりません。まったくわかりません。ワタシはこれからどうすればいいんでしょう？　自分では答えることができない質問をしてまわるなんて、どうしてできるでしょう？」

この泣きごとに耳を傾けているうちに、デックスの顔にゆっくりと、皮肉な、少しもおもしろみのない笑みが浮かんだ。「わたし自身が幸せだと思えないのに、どうしてみんなに大丈夫って言えると思う？」

モスキャップは一度だけはっきりとうなずいた。「ほらね、アナタはちゃんとわかっています。アナタは気づかないようにと願っていたんです、そうなったらワタシと同じように自縄自縛《じじょうじばく》に陥るとわかっていましたから。でも……アナタがわかっていることがうれしいです」

「あなたがシティに行きたがらなかったのはそのせいなの？　自分の質問に確信がもてなくなったから？」

「いいえ」少ししてから、ロボットは言った。

「シティに行けばすごく忙しくなりそうだから？　予定はキャンセルすればいいんだよ、何の問題もない。喜んでそうするよ、正直言えば——」

「いいえ、そうではありません」モスキャップは言った。「シティに行きたくはなかった

――行きたくないんです。シティには行きたくない、なぜならシティに行けば終わってしまうからです」

その意味をモスキャップが説明する必要はなかった。デックスにはちゃんと理解できていた。この旅が終わる。いっしょにいるのも、おそらく終わりだ。モスキャップとはシティへ行ったあと何をしたいかを話しあったことはなかったが、そこにこそ問題が潜んでいたのだ。そこには疑問符、何もない空白があった。路上でデックスを回れ右させたのはそのことだけではない。それが何なのか、どういうふうに言えばいいのかデックスにはわからなかったのだ――今このときまでは。

「わたしたちは別れる必要はない」静かな声で、デックスは言った。「わたしたちは行きたくないところに行く必要はないし、やりたくないことをする必要もない」眉間にしわが寄る。「あなたはわたしがこれまで出会ったなかでもっとも奇妙で、もっとも不可解なモノだよ。ほぼ毎日、あなたはわたしを取り乱させる。わたしには理解できないことをたくさん言うしね」声が涙で割れ、ほとんど聞き取れないほど低くなった。「でも何にせよ、いっしょにやってることはみんな、わたしが本当に久しぶりに確信がもてたことなの」ごくりとつばを呑《の》む。「ほとんどいつだって、あなたはちゃんとすじが通ってるただひとつのモノなんだから」

モスキャップは何も言わなかったが、何度もうなずいて熱心に同意を示した。「では、これからどうしましょう？　シティに行きますか？　大自然のなかにもどりますか？　それとも……」ほとんど意味なく両手を振りたてる。

「わからない」デックスの指がペンダントを探りあて、神のシンボルをぎゅっと強く握りしめた。「だってほら、わたしはあなたの質問に答えてないから」

「はい、そうです。ワタシはずっと、アナタに必要なものは何か訊いてきました」

「そうだけど、あなたは日常のことについて訊いてたんだよ。はじめて訊かれたときにわたしは答えなかった。覚えてる?」デックスが忘れることはないだろう。「あなたは森から出てきて、こう言ったの。『アナタは何を必要としていますか、どうすればワタシはお手伝いができますか?』」

モスキャップは笑みを浮かべた。「はい、覚えています」

「そう、あのときはわからなかったし、今もやっぱりわからない。でもたしかにわかっていることは……あなたが手伝ってくれているってこと。あなたはわたしがそれを見つけ出すのを手伝ってくれてる。ただここにいるということで。あなたは手伝ってくれてるんだよ」

「それならワタシたちの答えは同じですね」モスキャップは言った。「ワタシもわかりません。でもアナタはわたしの最高のお手伝いです、シブリング・デックス」ロボットは最後の流木で起こした火がこれまでの焚火よりも早く消えていくのを見守った。「今のところはそれでもうじゅうぶんということでしょうか? ワタシたちはどちらも、まず答えるべき小さな問題に答えてもいないのに、はるかに大きな問いに答えようとしているのだとしたら? ただワタシたちがここにいるというだけで……」

いいのだとしたら。モスキャップはみなまで言わなかったが、デックスにはわかっていた。

「それなら、わたしたちの準備ができたら、残りの問題に取り組めばいい。どんなに長くかかるとしても」

モスキャップはさらに何か言いかけたが、その注意がほかのものにそれた。「見て！」ロボットは叫んで、海を指さした。

デックスはそちらを見た。最後の陽光は消え去り、海面はインクのように黒くなっていた。海と空を分ける地平線は——ここあちらを隔てる境界線はもはやありはしない。モタンの縦縞《たてじま》模様がおなじみの心安らぐ曲線を描いており、星がいくつかまたたいている。最初のうち、こうしたいつも変わらぬ広大な夜空の下には何も見えなかった。

それからだんだん目が慣れてくるにつれ、色と形があらわれてきた。穏やかな波が寄せてきて砕けた。波がしらに青い輝きがあらわれなければ、それは目に見えなかっただろう。わななくような光が一瞬、吐息のようにすばやく、光って消えた。

デックスとモスキャップは身を乗り出し、浜辺に目を凝らした。いいタイミングで次の波が来た。それと共に、また青い光がひらめいた。

「話には聞いていました」モスキャップは声を殺して言った。「でも実際に見るのははじめてです」

「わたしもだよ」デックスは言い、立ち上がった。「来て」

デックスとモスキャップは波打ち際に急いだ。デックスの素足が踏む砂はひと足ごとに湿ってきて、かかとにまとわりついた。波の先端がつま先を濡らし、液体らしいあいさつをする。デックスは目を下に向け、ほどけていく波のなかでインクのように自分の足を縁どっている青い渦模様を見た。

「これはバクテリア？　それともプランクトンか何か？」

「植物プランクトンです」モスキャップが言った。「植物とは言えないとても小さな生物です」ロボットは身をかがめて、水面に顔を近づけた。「そして美しくもありません」手をのばして、個別に見るには小さすぎるその生物にふれる。

デックスもしゃがみこんで、モスキャップと同じことをした。水面を指先でなで、指の通ったあとに光を集める。そうしているうちに、これまでより威勢のいい波が寄せてきて、デックスのズボンを濡らした。「うわッ」デックスは急いで何歩かあとずさった。

モスキャップがそちらを向いた。闇のなかにその眼が、またちがった色味の青い輝きをもたらした。「もどりましょうか？」

「まさか」そう言って、デックスは最初にすべきだったことをした——次々と服を脱いでいった。波の届かない砂の上に服を積み上げると、向きを変え、小さな子どもみたいに歓声をあげながら波に飛びこんでいった。裸の身体を包みこむように冷たい波がぶつかってきて、息を呑む。しょっぱいしぶきが口にはいり、世界が光で満たされた。

モスキャップも笑いながら、あとを追って走ってきた。もはや言葉にできるものなどなかった。ただふたつの影が飛び跳ね、見ている者がいようがいまいがたしかに存在する美しい光景に驚嘆して叫ぶ歓呼と喜びの声が響いているだけだった。

謝辞

　たった一年でなんというちがいでしょう。『緑のロボットへの賛歌』を仕上げたのはロックダウンがはじまる直前でした。『はにかみ屋の樹冠《じゅかん》への祈り』を提出したのは、はじめての新型コロナワクチン接種を受ける三か月前でした。この二編を完成させるのは大変だったというのはとんでもなく控えめな言い方で、手助けがなければとうてい無理だったでしょう。

　リー・ハリス、アイリーン・ガロ、キャロライン・パーニー。そしてトードットコムの編集チームへ——これほどの最強支援チームになってくれたことに感謝します。わがエージェント、セス・フィッシュマンへ——いつもわたしを支えてくれ、とっ散らかったディテールを整理してくれることに感謝します。いつもシビれさせてくれるカバーアートを作ってくれるフェイフェイ・ルーアンにも感謝します。

　わたしがどんなにとんでもない構想に取り組んでも力になってくれるスサーナ・ポロに感謝します。グレッグ・ルクレアへ——存在してくれていることに感謝します。ローリン・ビショップ、ケイト・コックス、アレックス・レイモンドへ——わたしたちが切り抜けた物語とわたしが書き方を思い出すのを手伝ってくれたことに感謝します。ウェイムート家の方々へ――本当にすばらしく親切にしていただき感謝します。わたしの家族と友人たちへ――わたしが取り乱しているときも愛してくれることに感謝します。わたしの妻バーグローグへ――言葉にできないほど愛さずにいられない存在でいてくれてありがとう。

喫茶去《きっさこ》（お茶を飲んでいきなさい）

勝山海百合《かつやまうみゆり》

本書はアメリカの作家ベッキー・チェンバーズの、「緑のロボットへの賛歌」"A Psalm for the Wild-Built"と、「はにかみ屋の樹冠《じゅかん》への祈り」"A Prayer for the Crown-Shy"の、Monk & Robot 二部作と呼ばれるふたつのノヴェラの邦訳である。前者は二〇二二年のヒューゴー賞、ユートピア賞（希望に満ちたユートピア的なＳＦ、ファンタジー、気候小説に贈られる賞）受賞作、後者は二〇二三年のローカス賞受賞作（ヒューゴー賞候補は辞退）であり、本書はチェンバーズにとって『銀河核へ』（上下巻、細美《ほそみ》遙子《ようこ》訳、創元ＳＦ文庫、二〇一九）以来、本邦で五年ぶりの新刊である。

本書の世界に暮らす人々は、かつて機械や大規模工場に頼り過ぎて環境が悪化したり天然資源を消費し過ぎたりしたことを深く省《かえり》み、大きな機械を使うことを止めた。労働に従事していたロボットたちは自由になり、人間とは別れて暮らすことを選んだ。これが〈移行〉と呼ばれるできごとで、それから長い時が流れ……物語は、修道僧《シブリング》デックスが人口の多いシティの修道院を出て、各地を経巡《へめぐ》る「喫茶僧」になることを発願《ほつがん》するところから始まる。この宗教団体も〈移行〉ののちに戒律《かいりつ》は以前よりずっと緩くなっているらしい。

修道院の許可を得たデックスは、お茶の道具（本書における茶は中国唐代《とうだい》の文人陸羽《りくう》が「南方の嘉木《かぼく》」と呼んだツバキ科チャノキの葉の加工品だけではなく、植物の葉や、実、根を用いたハーブティーを含むもののことだと読者にはご承知いただきたい）と生活用品をワゴンに積みこみ、それを電動自転車《オックスバイク》で引いて出発した。初めはぎこちなくて、うまくお茶を振る舞えなかったデックスだが、徐々に慣れていき、オリジナルのお茶を配合し、お茶を求めるひとりひとりにぴったりのお茶をいれることができるようになっていく。

だがそれはこの物語の始まりに過ぎず、やがてデックスは決まった時間に決まった場所に行き、顔なじみになった善男善女にお茶を振る舞うことが楽しくなくなってしまう。そしてすべての予定を一旦白紙に戻して、いつか聞きたいと願っていた録音ではない本物のコオロギの鳴き声を聞くために新しい旅を始めることにする。ちなみに、デックスはおそらくはノンバイナリーで、心に響く相手がいればセックスをすることもあるものの、目下のところ決まった相手はいない。

先に少し触れたように、本書の舞台となる場所に暮らす人々は、環境に及ぼす影響を少なくすることを選び、その選択に準じた決まりを守って生きている。人間が暮らす町と、町と町をつなぐ道路以外の場所に立ち入らないこともそのひとつだ。ところがデックスは今では人の通わない道に足を踏み入れてしまう。荒れた道に難儀し、そこでロボット、モスキャップに出会う。文字通り過去の遺物であり、お節介なほど親切でおしゃべりなモスキャップに説得され、しかたなくデックスはロボットを道連れにする。モスキャップは知識でしか知らなかった人間たちの生活に触れてみたくてしかたないのだ。ではロボットたちの生活はどんなものであるかというと、野に生きるロボットたちはそれぞれが好きなこと、興味のあることに時間を割いており、故障したら修理するけれど、修理が追い付かなくなったら最期のときを迎えることになる。死んだロボットの部品は再利用され、新しいロボットが生まれることもあり、目覚めて初めて目にしたものを名前にする慣習も生じている。

かれらは二百日に一度の集会で話し合いもするが、この集会に参加するもしないも自由で、他のコミュニケーション手段としては「隠し箱」にメッセージ（手紙や研究成果であろう）を入れておくというのがある。箱の近くを通ったとき、箱に中身があることをロボットたちが知る方法は、人間の通信テクノロジーをこっそり拝借したものだ（通信衛星がまだ機能していることに驚く。この人工衛星に寿命が来たとき、代替機を打ち上げられるのかどうかが気になる。そのテクノロジーはどこかに温存されているのか、そのとき人類は……？　このエピソードでチェンバーズは一冊書いてくれないものだろうか）。

好奇心旺盛《おうせい》で、落ち着きがない子どものようなモスキャップは、カレル・チャペックが戯曲『R.U.R.』で最初に創造した〈ロボット〉が労働する者だったように、デックスを働きでもって助けてくれる。具体的にはワゴンを押してくれる。最初はそのおしゃべりに辟易《へきえき》するものの、やがては良い話し相手になり……。ここまでが本書の一作目で、二作目ではふたりでさまざまなコミュニティを訪れる。ふたりは、かつて大きな社会の変化を経験し、それぞれの信念に基づいたコミュニティに分かれて暮らす人たちに出会う。そこにはロボットの存在を歓迎しない人々も……。

チェンバーズのデビュー作『銀河核へ』では、火星出身の地球人ローズマリーが事務員としてトンネル建造船〈ウェイフェアラー〉に乗り込むが、この未来世界では地球人類は銀河《G》共《C》同体の一員ではあるものの、マイノリティとしてささやかに繁栄しているに過ぎず、乗組員たちは様々な文化を持ち、言語も形態も地球人類とは異なっている者もいる。さまざまな異星人が登場するSF作品といって思い出されるのは、古くはA・E・ヴァン・ヴォークトの『宇宙船ビーグル号の冒険』（一九五〇年）やテレビドラマ『スタートレック』シリーズ（初回放送一九六六年）があるが、これらは既に古典といえる。色褪《いろあ》せない輝きがあるが、二十一世紀にはやや古めかしい。チェンバーズは作中で多種族、多文化の社会を、現代の言葉と新しいテクノロジーで更新してみせる。地球人類を少数で強者ではないほうに置き、表現は慎ましいが性愛をタブー視せず、パートナーに誰を選んでもよい（異性愛以外や異種族愛も尊重する）ことなどを、さりげなく書き記す。

ＮＡＳＡの黒人女性初の宇宙飛行士メイ・ジェミソンは、『スタートレック』に黒人女性（ニシェル・ニコルズ演じるウフーラ）が登場したのを見て驚き、宇宙を志《こころざ》したのだという。一九五六年生まれのジェミソンが幼い頃はアメリカの黒人の若者の進路は限定的で、女性の場合はさらに狭かった。そこへテレビドラマから肯定的なメッセージを受け取り、励まされ、宇宙開発を具体的な目標とすることができたのだ。同じように『銀河核へ』は（いずれ自分も宇宙を旅したい、でなければ宇宙に近いところで働きたい）と年若い読者が願うきっかけになるかもしれないし、自身のアイデンティティに自信が無い十代を励ますものになっているのではないだろうか。

そして『銀河核へ』は読者を励ましたが、本書は仕事や生活に追われて疲れたときに「休んでいい。休もうよ」と優しく呼びかける。録音でないコオロギの声を聞いたのはいつだった？　と語り掛けてくる。

現代において、環境汚染や二酸化炭素の増加による気候変動は大きな問題となっているが、本作は森と海のある、地球の温帯のような場所で、地球人類型の登場人物たちが暮らす世界が舞台だ。貨幣を持たない社会でもあり、もし人類が環境のため、自然との調和を考えて生き方を大きく変えることを選んだらどのようになるかというスペキュレイティブ・フィクションでもある。その選択を進めた場合、社会構造は、産業は、医療福祉は、信仰は……。読んでいると、住民による持続可能な「よりよい暮らし」を続けるための絶え間ない努力がうかがえるし、個人を尊重されてはいても、デックスのようにひとりで旅に出たくなるときもあるというところに人間の社会生活で生じる摩擦が現れていて生々しい。もちろん、真面目なデックスと好奇心旺盛だけど計算機能がやや低いモスキャップ、一人と一台の自転車の速さの旅は楽しい。新しい発見があり、思いがけないことも起こるし、デックスとモスキャップのあいだに、人類の言葉でいえば情（じょう／なさけ）のようなものが醸《かも》されるのが観測できる。

チェンバーズは、他人と自分が違うことを前提に、違いを認め合うことの難しさを描く。同時にそれを乗り越えた先にある明るさをも描く。遠くに小さく見えるトンネルの出口のように。ゆっくりでも、お茶を飲んで休みながらでも歩みを進めればそこにたどり着くのだと。

〈Wired〉の二〇二一年の記事によると、チェンバーズはカリフォルニア州ハンボルト郡（州北部で太平洋に面し、広大な森林地帯を擁《よう》する）に住まい、自宅に近い草深い森でのトレッキングを楽しみ、ハーブティーを飲んでいる。本書が人の多い場所から離れ、年を経た大木と親しみ、お茶を飲みながら書かれた小説であろうことは想像に難《かた》くない。その傍らには長年の読者でもある妻（謝辞にも名前があるバーグローグ）がいる。

二〇二四年七月現在、本人の公式サイトでの報告によると、チェンバーズは新作の執筆に没頭しており、人前に出るイベントへの参加予定はほぼない。二〇二五年八月にワシントン州シアトルで開催される世界SF大会《ワールドコン》には参加できたらいいと考えているそうだ。

検印
廃止

訳者紹介 高知大学人文学部文学科卒業。英米文学翻訳家。訳書に、ラッキー『魔法の誓約』『魔法の代償』、チェンバーズ『銀河核へ』、リュウ『母の記憶に』（幹遙子名義、共訳）など多数。

ロボットとわたしの
不思議な旅

2024年11月8日 初版

著者 ベッキー・チェンバーズ

訳者 細《ほそ》美《み》遙《よう》子《こ》

発行所 (株) 東京創元社
代表者 渋谷健太郎

162-0814/東京都新宿区新小川町1-5
電話 03・3268・8231-営業部
03・3268・8204-編集部
URL http://www.tsogen.co.jp
DTP 工友会印刷
晩印刷・本間製本

ISBN978-4-488-77603-9 C0197